말하지 않는 책

말하지 않는 책

김솔 소설

문학동네

단 한 번도 실패하지 않은,
내 어머니와의 연애를 영원히 기억하겠노라고 맹세하며

차례

말하지 않는 책

Libro Mudo*

* "저는 선생으로서 말하지 않는 책을, 학생으로서 냉정한 잉크병을 지녔지요."
소르 후아나 이네스 데 라 크루스 수녀(Sor Juana Inés de la Cruz, 1648. 11. 12.~1695. 4. 17.).

그 책에 대해 소문을 듣거나 기적적으로 필사본을 직접 읽은 자들은 예외 없이 그런 글을 쓸 수 있는 자는 오로지 마르타 수녀뿐이라고 확신했다.

그녀는 죽은 자들뿐만 아니라 아직 태어나지 않은 자들과도 자유롭게 이야기할 수 있는 능력을 지녔다고 알려져 있었다.

게다가 그녀가 이해하지 못하는 언어나 문자는 세상에 존재하지 않는다고 사람들은 믿었다.

하지만 그녀는 결코 그 책을 쓰지 않았다.

2년 전 자신을 종교재판소로 불러들였던 첫번째 책을 쓰지 않은 것처럼.

그 재판에서 그녀가 얼음보다 더 단단하고 매끈한 표정을 유지한 채, 입술은 조금도 움직이지 않고 펜을 쥔 손가락만 겨우 움직여서, 대주교가 들이민 종이 위에 "앞으로 교회의 승인을 받지 않은 글은 절대로 쓰지 않겠다"라고 적었다는 이야기도 사실이 아니다.

왜냐하면 그녀는 글을 읽거나 쓸 줄 모르기 때문이다.

그녀가 문맹이 되었다는 사실은 그녀의 부모조차도 알지 못했다.

그 사실을 미리 알아차렸다면 그녀의 부모는 결코 딸을 수도원으로 보내지 않았을 것이고, 수천 권의 책과 수백 가지의 악기와 기이한 천체관측 기구로 가득찬 방에서 그녀가 혼자 지낼 수 있도록, 그녀의 후원자를 자처한 부왕까지 동원해 대주교의 허락을 받아내려고 애쓸 필요도 없었을 것이다.

어느 누구도 라틴어를 가르치지 않았건만 『마태복음』을 술술 읽어내려가던 세 살짜리 딸의 모습을 그녀의 부모는 똑똑히 기억했다.

딸의 멈추지 않는 호기심을 채워주기 위해 주일마다 그녀의 손을 잡고 수도원의 서고를 드나들 때만 하더라도 부모는 딸의 운명을 걱정하지 않았다.

하지만 딸의 호기심은 곰팡이처럼 거의 모든 사물과 현상에 스며들었다.

제발 밤이 느리게 오기를, 제발 폭우가 너무 오래 이어지지 않기를, 제발 겨울이 빨리 지나가기를, 제발 양초의 심지가 오래 타지 않기를, 제발 초경이 빨리 찾아오기를, 그럴 수 없다면 제발 수도원의 서고가 모두 불타기를 그녀의 부모는 기도했다.

남장을 해서라도 기어이 대학교에 다니겠다고 고집을 피우는 열다섯 살의 딸 앞에서 부모는 자신들의 어리석음을 한탄했다.

결혼을 하느니 차라리 죽음으로 순결을 지키겠다고 맞서는 열여덟 살 딸을 살리려면 수녀가 되는 걸 허락해야 했다.

자신들의 외동딸이 무덤 같은 수도원에 갇혀서 평생 산송장처럼 살아가게 될까봐 부모는 전 재산을 털어 책과 악기와 천체관측 기구를 마련해주었던 것이다.

책은 죽은 자들과 이야기하는 도구였다.

악기는 살아 있는 자들을 이해하는 데 사용됐다.

천체관측 기구를 통해 그녀는 아직 태어나지 않은 자들의 대화를 들을 수 있었다.

그녀는 거의 하루종일 수도원의 독방에만 머물렀고 미사 시간에도 말석에 앉아 침묵을 지켰으나, 자신의 명성을 숨길 수는 없었다.

특히 그녀가 썼다는 시와 노래 가사는 신자들에게 구원자의 존재를 증명하고 구원에 이르는 방법을 가르치는 데 사용됐다.

성직자들 역시 그녀의 명석함이 『성서』에 내포돼 있는 논리적 모순들을 명쾌하게 해결해줄 것이라고 기대했다.

그런 마르타 수녀가 글을 읽거나 쓰지 못하는 문맹이라니.

펠리페 수사도 그 사실을 받아들이기까지 오랜 시간이 걸렸다.

마르타 수녀가 첫번째 책 때문에 혹독한 필화를 겪을 때까지만 하더라도 펠리페 수사는 그 책의 저자가 그녀라는 사실을 추호도 의심하지 않았다.

하지만 재판 내내 그녀가 일관되게 보여준 냉정함은 감동과 함께 의혹을 불러일으켰다.

그녀의 영혼은 어떤 책보다도 더 심오한 것이 아닐까.

그뒤로 오랫동안 그녀를 주의깊게 관찰한 펠리페 수사는 마침내 숨겨진 진실에 도달했다.

그리고 책이란 물질의 속성도 다시 확인할 수 있었다.

책은 결코 스스로 말하지 않는다.

누군가가 책에게 말을 걸 때만 비로소 책은 대답을 하는 것이다.

그렇다고 모든 책이 대답을 하는 것은 아니고 위대한 책들만 반응을 하는데, 그 방식은 찰나의 영감과 영원한 침묵이다.

왜냐하면 진리는 문자에 담기지 않고 여백에 담기기 때문이다.

위대한 영혼을 소유한 자들만 책의 침묵을 듣고 이전 세대의 진리에 감응할 수 있으나, 그것을 이후 세대에 고스란히 전달할 수는 없다.

그 대신 책과 독자와 화자와 등장인물과 저자의 운명을 바꿀 수 있다.

반드시 기억해야 할 사실은, 독서를 통해 독자뿐만 아니라 책의 운명도 바뀐다는 것이다.

마르타 수녀는 결코 말하지 않는 책이었으나, 그녀만큼 고귀한 영혼을 지니지 못한 자들이 자신의 불순한 의도대로 그녀를 읽고 해석했기 때문에 그녀의 운명은 매 순간 누란지위에 처하고 말았다.

다행히 첫번째 책은 불태워졌고, 그녀의 운명은 수도원의 독방에 방부 처리됐다.

하지만 여백은 사라지지 않았고 그 안에서 쉴새없이 진실이 요동쳤다.

그녀가 언제든 책을 쓸 수 있다는 사실만으로도 종교재판소는 언제든 그녀를 소환할 수 있고, 또다시 의심받은 성직자를 기다리는 건 화형대의 화염뿐이다.

고귀한 영혼을 지닌 자의 명예를 지켜주고 그를 기억하는 것도 수도자의 사명이다.

그래서 펠리페 수사는 자신의 목숨이 다하는 날까지 그녀의 비밀을 지켜주겠노라고 십자가 앞에서 맹세했다.

자신의 부주의한 처신이 그녀와 그녀의 부모는 물론 그녀를 후원하고 있는 부왕에게까지 치명적인 영향을 끼칠 수 있다는 사실을 그는 잘 알고 있었다.

대주교는 부왕의 압력에 굴복해 마르타 수녀에게 수천 권의 책과 수백 가지의 악기와 기이한 천체관측 기구를 허락하긴 했지만, 자신의 종교적 신념을 증명해 보이기 위해서라면 기꺼이 마르타 수녀를 대중 앞에서 희생시킬 것이다.

그리스도의 적이 여자의 형상으로 태어난다는 믿음을 대주교는 단 한순간도 의심한 적이 없다.

그는 고양될 수 있는 영혼은 오직 남자에게만 깃들기 때문에 그리스도가 남자의 형상으로 이 땅에 왔다는 논리를 신봉했다.

그래서 대주교는 남자로 부활하지 못한 여자를 바리새인처럼 혐오했고, 성직자나 신자 앞에서 강론할 때마다 '남자의 머리는 그리스도요, 여자의 머리는 남자요, 그리스도의 머리는 하느님이시라'*라는 문장을 즐겨 인용했다.

대주교의 메시지에 위협을 느낀 일부 수녀들은 자신이 여자라는 사실을 부정하기 위해 붕대로 얼굴 전체를 가린 채 미사에 참석하거나, 방바닥을 혀로 핥고 생리혈을 자신의 몸에 발랐으며, 하녀들에게 채찍을 쥐여주고 속옷 차림으로 침대 위에 엎드리기도 했다.

성령에 의해 태어난 그리스도처럼 자신 역시 어머니의 타락한 육신을 거치지 않은 채 태어났다고 믿은 대주교는 열두 살에 수도원에 들어간 뒤로 지금껏 단 한 번도 어머니를 만난 적이 없었다.

그래서 그의 신상과 관련된 소문 중에는 그가 귀족인 아버지와 하녀인 어머니 사이에서 태어났다는 것과, 어려서 어머니를 살해하

* 『고린도전서』 11장 3절.

려 했다가 실패하자 수도원으로 도망쳤다는 것도 포함돼 있었다.

세상의 절반인 여자를 혐오하는 자에게 대주교라는 직분은 철갑옷 같았다.

하지만 혐오를 설파할수록 결핍은 더욱 커져갔다.

그리하여 매일 밤 대주교의 방으로 적그리스도가 몰래 찾아왔다가 계명성과 함께 사라졌다.

귀족 부인과 매춘부, 그리고 수녀와 하녀의 입을 단속하느라 대주교는 회개와 봉사에 집중할 수 없었다.

대주교의 비서 바카리아 신부는 초기 기독교도들이 사막에 수도원을 세우고 평생 여자를 멀리한 채 살았다는 기록에 따라, 그 도시에 살고 있는 모든 여자들을 수도원의 지하실에 영원히 격리시키려고 시도했다.

공동 우물을 통해 역병을 퍼뜨린 마녀를 색출한다는 명분으로 군인들을 시켜 도시의 거의 모든 집들을 수색했고, 음란하고 천박해 보이는 여자들을 끌어내어 수레에 싣게 했다.

명문가의 여자들은 이미 멀리 도망쳤거나 깊이 숨은 뒤였기 때문에 범부의 아내와 딸, 하녀, 여관이나 술집 종업원, 매춘부, 서커스단의 배우 들만이 수도원 지하실에 갇혔다.

아무런 준비도 없이 끌려온 그녀들이 일으키는 갖가지 소란으로 수도원장과 수녀들은 패닉 상태에 빠졌고, 수도원의 명성과 재정 상태가 급격히 악화됐으며, 오물 냄새와 욕지거리가 향초 냄새와 『성서』를 읽는 소리를 없앴다.

수도원장이 매일 두어 시간씩 주관하는 기도회도 그녀들의 분노와 절망을 누그러뜨릴 수는 없었다.

게다가 매일 수도원으로 몰려와서 소리를 지르고 담을 넘으려는 남자들 때문에 수녀들은 신변의 위협을 느꼈다.

성욕을 해결하지 못해 육신과 영혼이 함께 썩어들기 시작한 명문가의 남자들과 성직자들이 은밀하게 권력자를 동원해 수도원장과 바카리아 신부를 압박했다.

결국 대주교가 나서서 수도원의 지하실 문을 열었다.

대주교의 신뢰를 잃는 게 너무 두려웠던 바카리아 신부는 성수聖水가 들어간 좌약을 항문 속에 집어넣어 자살을 시도했다가 실패해 평생 무명천을 허리 아래에 두르고 살아야 하는 형벌을 받게 됐다.

인류의 존립을 크게 위협할 수도 있었던 이 사건은 급히 무마됐지만, 여자에 대한 대주교의 편견은 조금도 변하지 않았고 학대의 방법만 더욱 치밀하고 악랄해져갔다.

대주교의 언행이 모두 『성서』의 문구로 윤색되는 이상, 그의 권위를 부정할 수 있는 사람이나 책은 거의 없었다.

뜨거운 혀를 지닌 자들은 이미 죽었고, 그들이 남긴 책들은 불태워졌거나 대주교의 신앙심을 찬양하는 내용으로 수정됐다.

이 사건이 모두의 기억에서 사라지는 게 안타까워 마르타 수녀가 첫번째 책을 썼다는 소문이 퍼졌다.

재판소에 나타난 그녀는 『성서』가 존재하는 한 책을 쓰지 않겠다고 약속했다.

대주교는 그리스도의 적에 불과한 여자의 약속 따윈 전혀 믿지 않았지만, 만유의 유일한 진리인 『성서』를 걸고 목숨을 구걸하는 그녀에게 자비를 베풀지 않을 수 없었다.

만약 그녀가 글을 읽거나 쓰지 못한다는 사실을 미리 알고 있었더라면 대주교는 좀더 유연하게 대처했을 것이다.

그는 마르타 수녀가 세 살 때 『마태복음』을 라틴어로 읽는 걸 직접 들었고, 열다섯 살이 되기 전에 그리스어와 이탈리아어, 스페인어와 프랑스어를 완벽하게 구사할 수 있게 됐다는 소문을 조금도 의심하지 않았다.

그런 그녀가 갑자기 문맹이 되는 건 마치 기독교도가 『성서』를 읽기 전의 무지 상태로 돌아가는 것만큼이나 불가능한 사건이었다.

하지만 찰나의 영감과 영원한 침묵은 언제든 세상의 진리를 바꿀 수 있다.

이전까지는 대치하던 것들이 매끄럽게 연결되는가 하면 누구나 이해할 수 있었던 것들이 암흑 속에 빠지기도 한다.

열네 살이 될 무렵 마르타 수녀는 자신과 하느님 사이엔 오로지 『성서』만이 존재해야 한다는 사실을 깨닫게 됐다.

그리고 온전히 『성서』대로 살아가려면 오독과 몰이해를 조장할 수 있는 문자로부터 완전하게 격리돼야 한다는 사실 또한 이해하게 됐다.

그래서 그녀는 부단한 노력을 통해 스스로 문맹이 됐다.

그것은 마치 어부가 물에 빠져 익사하는 일만큼이나 어려웠다.

일단 헤엄치는 방법을 익힌 자라면 갑자기 물에 빠지더라도 본능적으로 손발을 움직여 물가로 나올 수밖에 없는 법이니까.

저 스스로 동공을 찢고 혀를 뽑는 것이 문맹에 이르는 가장 빠르고 쉬운 방법일 수 있었다.

너무 많은 책을 읽은 자들에게만 생긴다는 정신병을 갈구할 수도 있었다.

하지만 마르타 수녀는 수도자에게 어울리지 않는 방법은 선택하지 않았다.

그녀는 페루에서 선교 활동을 마치고 돌아온 예수회 수사들로부터 배운 마야어를 통해 문맹에 이르는 논리적 방법을 발견해냈다.

그것은 다음과 같다.

신은 영원히 편재하고 모든 인간은 유한하다.

문자를 발명해낸 자는 인간이 아니라 신이며, 문자의 쓸모는 기억이 아닌 망각에 있다.

문자로 옮겨 적는 순간 기억은 인간에게서 완전히 사라진다.

문자로 치환된 대상 역시 실재와 무관하다.

왜냐하면 모든 문장의 시제는 과거 시제이고 현재의 상태를 반영하지 못하기 때문이다.

한 문장 안에서 주어와 목적어는 서로 구분될 수 없는데, 가령 '나는 너를 사랑한다'라는 문장에는 '너는 나를 사랑한다'는 의미가 포함돼 있다.*

두번째 문장은 첫 문장의 이전以前을 반영한다.

만약 문장에 신의 속성과 관련된 단어가 등장하면 읽는 방향을 즉시 반대로 바꾸어야 한다.**

이런 특징 때문에 전치사와 접속사는 쓸모없다.

고유명사는 존재하지 않고 일반명사도 최소 두 가지 이상의 사물을 지칭하기 때문에 모든 문장은 여러 의미로 해석될 수 있다.

관사는 당연히 활용되지 않는다.

대명사는 오직 신을 가리킬 때만 사용한다.

동사는 시간의 흐름과 반대 방향의 움직임만을 설명한다.

형용사와 부사는 다섯 가지 감각기관이 동시에 인지하는 감정을 표현한다.

감탄사는 불경함 때문에 금지한다.

이와 같은 원리를 바탕으로 마르타 수녀는 라틴어로 된 『성서』

---

* 이를 현대 용어로 능격 주체(ergative subject)라고 한다.

** 이 서법은 훗날 이집트의 상형문자를 해독한 학자들에 의해 부스트로페돈(boustrophedon)이라고 명명됐는데, 소가 밭을 갈 때 좌우로 방향을 계속 바꾸는 모습에서 유래됐다.

를 3년 만에 마야 문자로 번역했다.

마야어로 완성된 『성서』는 고작 두 페이지에 불과했다.

그리고 그것을 반년 동안 반복해서 읽고 나자 그녀는 자신이 알던 모든 문자의 의미와 작동 원리를 완전히 망각할 수 있었다.

그녀는 이를 또다른 세례라고 여겼다.

수도원에 들어왔을 때 이미 그녀는 완전한 문맹이었지만 이단으로 간주되는 게 두려웠기 때문에 이 사실을 철저하게 숨겼다.

자신의 부모가 하루가 멀다 하고 보내주는 책들은 갓 구워낸 벽돌이나 다름없었다.

그래서 그녀는 악기를 연주하고 천체를 관측하는 일에만 관심을 쏟았다.

비록 의미는 깡그리 잊었더라도 음운만큼은 여전히 기억하고 있었기 때문에 그녀는 언제 어디서든 『성서』의 문장을 정확하게 암송할 수 있었고, 이를 들은 자들은 깊은 위안을 받았다.

그러니 자신의 서재에서 마치 맹인처럼 행동하는 마르타 수녀를 여러 차례 목격한 펠리페 수사조차 그녀가 글을 읽거나 쓰지 못한다는 사실을 쉽게 알아챌 수 없었던 것이다.

처음 펠리페 수사는 그녀가 아직 읽지 않았거나 기억하지 못하는 책이 세상에 남아 있지 않기 때문에 그녀가 눈앞의 책들에 관심을 보이지 않는 것이라고 추측했다.

나중엔 그녀가 인간의 언어마저 초월했기 때문이라고 생각했다. 모든 수도자들의 표상인 프란치스코 성인은 노년에 새들의 언어로 진리를 강설했다고 하지 않던가.

『성서』의 권위를 거부하고 하느님과 직접 소통하기 위해 문맹을 장려하는 이단자들이 중동의 사막에서 집단생활을 하고 있다는 이야기를 전해듣긴 했지만, 마르타 수녀의 모든 언행은 『성서』와 연관시켜야 비로소 이해할 수 있었기 때문에 펠리페 수사는 그녀를 이단자로 의심할 수 없었다.

삼위일체가 마르타 수녀의 영혼 속에서 거룩한 역사를 준비하고 있는 게 분명하다고 여겼다.

그래서 펠리페 수사는 마치 자신이 바울이라도 된 것처럼 마르타 수녀의 성스러운 언행을 후대에 고스란히 전달해야 한다는 사명감에 사로잡혔다.

사도 요한은 하느님의 경이로운 언행을 문자로 기록한다면 이 세상을 모두 책으로 채우고도 남는다고 말했다.

이미 세상의 절반은 하느님과 그의 아들에 대한 책들로 채워져 있다.

유한한 인간이 출간한 책들에는 망각과 오독의 운명이 반영돼 있다.

자신이 쓴 책이 모든 인간에게 이를 수 없을 뿐만 아니라 언젠가 사라질 거라는 사실이 오히려 펠리페 수사에게 용기를 주었다.

그래서 그는, 자신이 결코 쓰지 않은 책 때문에 위태로워진 마르타 수녀의 명예회복을 위해서, 언제나 진실만을 말하는 책을 남기기로 결심했다.

마르타 수녀가 천국에 들어가기 전까지, 또는 자신이 연옥으로 끌려가기 전까지 기록을 멈추지 않겠지만, 자신이 마르타 수녀보다 먼저 죽게 돼 그녀의 마지막을 기록하지 못하거나 그녀가 죽음 앞에서 스스로의 생을 모조리 부정한다면, 자신의 책은 더이상 진실을 말할 수 없을 것이라고 펠리페 수사는 생각했다.

자신이나 마르타 수녀의 죽음 앞에서 그녀에 대한 책은 유황불속에서 불타 사라질 것이다.

자신이 용케 마르타 수녀보다 오래 살아남아 책을 완성하게 되더라도 후대의 독자들이 찰나의 영감과 영원한 침묵을 제대로 읽어내지 못한다면, 그 책은 처음부터 존재하지 않은 것과 마찬가지라고 펠리페 수사는 걱정했다.

기적은 성령의 도움 없이는 결코 불가능하다.

그래서 펠리페 수사는 바닥에 무릎을 꿇고 앉아 평소보다도 더 절실하고 긴 기도를 올린 다음에야 책상으로 가 양초에 불을 켜고 두루마리를 펴서 마르타 수녀의 인생을 옮겨 적었다.

그러고는 방바닥의 벽돌을 들춰내어 두루마리를 숨긴 다음 자신의 운명을 시험하듯 손가락으로 양초의 불을 눌러 껐다.

그는 침대에 누워 잠이 들 때까지 기도문을 중얼거렸지만 악마의 방해 때문에 잠은 좀처럼 찾아오지 않았고, 겨우 찾아온 잠마저도 너무 엷고 묽어서 자신이 이불 대신 종이 두루마리를 덮고 있다는 착각에 빠져들기도 했다.

그는 두루마리 어디에도 마르타 수녀의 이름을 남기지 않았다.

하지만 누가 읽더라도 주인공의 정체를 정확히 알아차릴 수 있도록 썼다.

왜냐하면 그 책이 마르타 수녀를 괴롭히고 있는 비극의 폭풍우를 잠재우고 종국엔 그녀의 운명까지 바꿔주길 간절히 바랐기 때문이다.

그렇다고 그 두루마리를 다른 이에게 보여주거나 그것에 대해 발설한 적은 단 한 번도 없었다.

적어도 대주교와 그의 신봉자들이 『성서』의 권위를 유린하는 동안 그것은 결코 세상에 모습을 드러내지 않을 텐데, 유감스럽게도 적들은 과달루페성당의 기둥보다 더 오래 버텨낼 게 거의 확실했다.

그러니 펠리페 수사는 그저 훗날 자신과 마르타 수녀가 죽고 수도원마저 무너져내린 뒤 그 자리에서 두루마리가 발견돼 그것이 스스로 진실을 말할 수 있길 막연히 기대할 따름이었다.

돌멩이가 강에 떨어지면서 생긴 파문이 돌멩이 위에서도 발견되길.

마르타 수녀가 수도원에서 보낸 10여 년 동안의 행적을 옮겨 적는 데는 거의 2년여의 밤과 만 개의 양초와 여섯 개의 두루마리가 필요했다.

그래서 그는 방바닥에서 더 많은 벽돌을 들춰내어 비밀 공간을 늘려야 했는데, 침대 위에 누워 몸을 뒤척일 때마다 방바닥 곳곳에서 삐걱거리는 소리가 들려와 자신이 마치 범선을 타고 바다를 건너고 있다는 생각이 들기도 했다.

그는 범선이 난파되는 꿈을 여러 번 꾸었다.

꿈은 책과 악기와 천체관측 기구를 통하지 않고서도 죽은 자와 살아 있는 자와 아직 태어나지 않은 자의 이야기를 전달한다.

여러 번 반복되는 꿈에는 반드시 신성한 존재의 메시지가 숨어 있다.

하지만 메시지의 의미를 알아차리기 전에 사건은 현실에서 먼저 일어나고, 비극적 결말을 피하는 방법이 기도밖에 남아 있지 않을 때 겨우 생의 의지가 발동한다.

어느 날 새벽 미사를 마치고 성당을 나오다가 마르타 수녀의 두 번째 책에 대한 소문을 들었을 때, 펠리페 수사는 다리에 힘이 풀려 자리에 주저앉고 말았다.

대주교가 존경해 마지않는 신학자의 『성서』 해석을 조목조목 반박하고 성직자들의 타락을 신랄하게 비난하면서, 『성서』만이 유일한 권위였던 시절의 순수한 공동체로 돌아가자는 주장이 그 책에 담겨 있다고 했다.

그런 내용의 책이라면 귀족들의 서재나 심지어 수도원 서고에도 많이 쌓여 있었으므로, 교회가 승인하지 않은 글은 절대 쓰지 않겠다고 맹세한 마르타 수녀가 목숨을 내걸면서까지 도발했을 리는 없었다.

마르타 수녀를 잠시라도 만나본 사람이라면 그녀가 신성과 인간, 그리고 세계에 얼마나 깊은 애정을 지니고 있는지 단숨에 감지하고, 그 악의적인 소문이 악마가 퍼뜨린 거짓에 불과하다고 믿게 될 것이다.

그리고 그 책은 그녀를 음해하려는 자들이 썼다고 하기에도 내용이 너무 조악했다.

하지만 그 책에 대한 소문을 듣게 된 대주교는 소문의 진위를 파악하지 않을 수 없을 것이고, 마르타 수녀는 또다시 종교재판소에 소환될 위험이 높았다.

다시 한번 소환된 성직자는 죽음으로써 무죄를 증명하거나 죽음으로써 유죄를 인정해야 한다.

어쩌면 자신의 저항 세력을 압박하기 위해 대주교가 직접 만들어낸 소문인지도 몰랐다.

많은 성직자들이 소문의 진원을 은밀하게 추적했지만 그 책을 읽어봤다는 사람조차 찾아낼 수 없었다.

그러다가 펠리페 수사는 행정 장관의 집무실에 매일 드나드는 말단 관료에게서, 활자로 인쇄된 표지에 마르타 수녀의 이름이 박혀 있으나 부왕의 칙허장이나 궁정 공증인의 가격 평가서, 신학대학의 오류 검정서가 붙어 있지 않은 책을 장관의 책상에서 보았다는 진술을 듣게 됐다.

펜으로 필사한 게 아니라 활자로 인쇄한 것이라면 누군가가 그 책을 여러 사람에게 널리 읽히려 했던 게 분명했다.

도시의 모든 인쇄소는 부왕과 대주교의 지원과 관리를 받기 때문에 그들의 허락 없이 인쇄되고 유포되는 책은 결코 존재할 수 없었다.

하지만 칙허장이나 가격 평가서, 오류 검정서가 붙어 있지 않은 것으로 보아 고귀한 신분의 누군가가 부왕이나 대주교의 묵인 아래 그 책을 인쇄했을 수도 있었다.

그러니까 그것은 마르타 수녀의 몸에 불을 옮길 장작으로, 또는 대주교의 부정을 비출 거울로 사용하기 위해 출간됐는지도 몰랐다.

하지만 어느 목적이든 간에 그 책은 문맹인 마르타 수녀와 아무런 연관이 없었다.

차라리 그녀의 악기나 천체관측 기구를 들먹이며 그녀의 불경함을 비난했더라면 펠리페 수사조차 궁색한 변명을 늘어놓아야 했을 것이다.

말단 관료는 고작 그 책의 표지만을 들여다봤을 뿐인데도 마치 세간의 소문대로 그 책이 불경한 내용으로 가득차 있다는 사실을 직접 확인한 것처럼 거들먹거렸다.

그런 책이라면 자신도 하룻밤에 수십 권은 쓸 수 있겠다는 생각이 들어 펠리페 수사는 자신도 모르게 피식 웃고 말았다.

죽은 자의 입을 통해 현재 살아 있는 자의 죄를 증명할 수는 있어도, 아직 태어나지 않은 자의 입을 통해 현재 살아 있는 자의 죄를 증명할 수는 없었다.

마르타 수녀는 이번에도 특별한 저항 없이 박해를 받아들일 것이 분명하나, 그녀가 침묵으로 지켜낸 진실을 대부분의 사람들은 제대로 이해하지 못할 것이다.

책과 독자와 화자와 등장인물과 저자의 운명을 모두 바꿀 폭풍우가 눈앞까지 다가와 있다는 생각에 펠리페 수사는 조급해졌다.

그는 매일 밤 양초의 불빛과 두루마리 속에서 요동쳤고, 새벽마다 난파된 침대 아래에서 깨어났다.

꿈이 아무런 메시지도 남기지 않는 날들이 이어졌다.

무절제한 독서가 건강과 신앙에 부정적인 영향을 미칠 것이라는 수도원장의 충고를 받고서도 그는 크게 괘념치 않았다.

어느 날 밤 그는 방바닥의 벽돌들을 들춰내고 여섯번째 두루마리를 꺼내 펼쳤다가 소스라치게 놀랐다.

자신이 들은 소문의 일부가 고스란히 거기에 적혀 있는 게 아닌가.

변변치 않은 기억력을 탓하는 건 부질없었다.

그는 자신이 두루마리에 기록한 내용을 말단 관료에게 들려준 것인지도 모른다는 불안감에 사로잡혔다.

하지만 말단 관료는 행정 장관의 책상 위에서 활자로 인쇄된 책을 보았다고 말하지 않았던가.

기억력이 비상한 자가 자신의 이야기를 고스란히 활자로 옮기고 마르타 수녀의 이름을 표지에 적어넣었을 수도 있었다.

독서가 모든 이의 운명을 바꿀 수 있고 인간들의 꿈이 모두 연결돼 있다는 생각 때문에 펠리페 수사는 더이상 두루마리 속의 문자를 통제할 수 없다는 자괴감에 빠졌다.

치명적 실수를 저질렀다는 두려움보다는 잔혹한 함정에 빠졌다는 억울함이 더 앞섰다.

어쩌면 주위의 모든 사람들이 자신의 파멸을 위해 은밀하게 배치된 대주교의 심복일지도 모른다는 생각마저 들었다.

심지어 마르타 수녀까지도.

대주교의 믿음대로 적그리스도는 여자의 형상으로 태어나는 게 아닐까.

다만 적그리스도 역시 그리스도에게 영생을 위탁한 노예에 불과하다는 생각이 펠리페 수사와 대주교를 구분할 따름이었다.

여섯번째 두루마리는 아직 절반도 채워지지 않았다.

세상에 존재하는 모든 책들은 이미 서로를 충분히 반영하고 있고 심지어 어떤 책이 존재할 가능성이 이미 존재하는 책들의 가치를 깎아내리기 때문에, 펠리페 수사는 자신이 밤마다 은밀하게 써내려가고 있는 두루마리와 마르타 수녀가 쓴 것으로 알려진 두번째 책이 서로 분리될 수 없다는 사실을 인정해야 했다.

세르반테스가 감옥에서 쓴 에피소드와 문장이 셰익스피어의 책에서 발견된다고 해서 그리 놀랄 필요는 없다.

왜냐하면 신은 자신의 감각기관에 불과한 모든 인간들에게 항상 똑같은 이야기를 들려주기 때문이다.

하지만 마르타 수녀의 일생에 대한 책을 완성하기 전까지 자신의 죽음을 기필코 유예시켜야 할 의무가 있는 펠리페 수사로선 화형 선고를 피하기 위해서라도 자신의 두루마리가 세상에 드러나게 된 경로를 탐문하지 않을 수 없었다.

그녀가 쓰지 않은 두번째 책 때문에, 또는 그 책에 대한 소문 때문에, 또는 그 소문을 만들어낸 두루마리 때문에 마르타 수녀가 기어이 화형대 위에 서게 되더라도 이미 천국과 부활을 약속받은 그녀의 운명은 전혀 바뀌지 않을 것이다.

펠리페 수사는 새벽 미사가 진행되는 시간에 자신의 방으로 들어와 청소를 하는 하녀를 가장 먼저 의심했다.

그는 그녀의 뇌쇄적인 육신과 말랑한 혓바닥 위에 숨어 있는 악마를 발견하고 의도적으로 멀리했는데, 그런 배타적 태도가 악마의 질투심을 더욱 자극했을 수도 있었다.

하지만 그녀는 편지지와 검은 두건을 구분하지 못하는 까막눈이었다.

그는 자신의 방으로 이따금씩 음식을 가져다주는 아그네스 수녀도 의심했다.

세례식에서 사용해야 할 빵과 포도주가 매일 밤 도난당하고 있다고 의심하는 그녀는 이따금 수사들의 침대 밑으로 기어들어가 증거를 찾아내려고 했으니까.

하지만 그녀의 관심은 오로지 『성서』에서 허락된 음식과 그것의 조리법뿐이었기 때문에, 새로운 음식이 추가되지 않는 한 그녀는 『성서』를 자세히 읽지 않을 게 분명했다.

결국 펠리페 수사의 의심은 수개월 전 자신에게 연정을 고백한 마태오 신부에게로 자연스레 향했다.

마태오 신부는 자신의 몸속에 들어온 악마 때문에 고통받고 있다고 고백하며 펠리페 수사에게 애욕을 품은 것은 자신이 아니라 그 악마라고 분명하게 잘라 말했다.

만약 그 악마를 없애지 못한다면 자신의 의지와는 상관없이 펠리페 수사에게 해악을 입힐지도 모른다고 울먹이기까지 했다.

하지만 펠리페 수사는 마태오 신부의 말을 전혀 믿지 않았다.

죄악을 저지르는 게 인간이 아니라 악마라면, 두 인간이 낙원에서 저지른 죄악 때문에 모든 인간이 죄인이 됐을 리 없고, 모든 인간의 속죄를 위해 단 한 명의 인간이 십자가를 짊어지고 골고다 언덕으로 올라갈 이유도 없기 때문이다.

인간을 육신과 영혼으로 나누어서 이해하는 자들만큼이나 죄악을 인간과 악마의 소행으로 구별하려는 자들 역시 수도자들은 극도로 경계하지 않으면 안 된다.

그래서 펠리페 수사는 이런저런 이유를 대면서 마태오 신부와 단둘이 남는 상황을 교묘하게 피해 다녔는데, 이런 조심스런 처신이 오히려 악마의 관심을 끌었을 수도 있었다.

악마의 복수는 희생양의 일상과 사유 속에서 틈을 찾아내어 곰팡이 종균을 심는 것으로부터 시작된다.

펠리페 수사가 마르타 수녀를 은밀하게 관찰해 그녀의 행적을 기록해온 것처럼 마태오 신부 역시 오래전부터 펠리페 수사를 주시하고 그 행적을 기록하고 있었다면, 두루마리를 찾아내는 건 그리 어렵지 않으리라.

펠리페 수사는 마태오 신부를 만나 진실을 추궁하기 전에 두루마리부터 처리해야겠다고 생각했다.

두루마리를 없애는 가장 확실한 방법은 불태우는 것이다.

하지만 이미 그 두루마리의 내용을 반영한 책이 존재하는 이상 두루마리를 없앤다면 자신의 죄를 감출 수는 있어도 마르타 수녀의 억울함까지 해결해줄 수는 없으리라고 펠리페 수사는 생각했다.

차라리 마르타 수녀가 결코 쓰지 않은 책을 자신이 대신 완성해서 출간하는 게 그녀를 지켜내는 데 더 큰 도움이 될 수 있겠다는 생각이 자라났다.

문자는 신의 발명품이기 때문에 인간의 생각을 정확하게 반영할 수 없고, 인간의 발명품인 책은 인간이 지닌 불완전성 때문에 그 안에 적힌 문자마저도 완벽하게 담을 수 없다.

더욱이 자신이 마르타 수녀의 이름을 빌려서 쓴 책이 소문과는 정반대로 대주교의 언행을 찬양하는 내용이라면, 굳이 그것의 무용함을 더 말해서 무엇할까.

펠리페 수사는 자신의 연정을 마르타 수녀에게 고백했다가 거절당하자 복수할 결심으로 그녀의 방에서 두번째 책의 원고를 훔쳤다고 떠들어댈 것이고, 이 소문은 여러 사람을 거쳐 마르타 수녀가 썼다고 알려진 책을 직접 읽은 자들에게까지 흘러들어갈 것이다.

그들은 자신이 읽은 내용과 그 두루마리에 적힌 내용이 서로 일치하지 않는다는 사실을 알아채고 혼란에 빠져들 것이다.

둘 중 하나만을 진실로 선택하려면 다른 하나를 거짓으로 폐기해야 한다.

만약 한 권의 책이 다른 책에 의해 완벽하게 대체되거나 부정된다면, 두 책은 모두 쓸모가 없다고도 할 수 있다.

왜냐하면 두 책 중 한 권을 읽고 기억하는 행위는 또다른 한 권의 책을 불태우고 망각하는 행위이기 때문이다.

그래서 『성서』는 『코란』을 대체할 수 없고, 태양은 달을, 밤은 낮을, 여름은 겨울을, 남자는 여자를, 아버지는 어머니를, 수은은 금을, 문자는 언어를, 심지어 죽음은 삶을 대체할 수 없다.

오히려 그것들은 영원한 결핍을 지닌 채 공존할 때만 의미와 권위를 지닐 수 있다.

두 권의 책 어디에서도 의미와 권위가 발견되지 않는다면, 둘 다 존재할 이유가 없다.

결국 사람들은 마르타 수녀가 썼다고 알려진 책과 두루마리를 모두 불태우는 방법을 선택할 것이고 나중엔 그 사건마저 잊게 되리라.

그래서 펠리페 수사는 여섯번째 두루마리를 하나 더 만들었다.

하나는 동시대인들에게 발견되길 희망하면서, 또하나는 자신이 죽고 수도원마저 무너진 자리 위에서 스스로 드러나길 기대하면서.

더이상 동시대의 어떤 책과 독자와 화자와 등장인물과 저자의 운명을 바꾸지 못하도록 전자는 어둠 속에서 진실과 관련없는 이야기들로 채운 뒤 시렁 위에 올려놓았다.

후자는 방바닥에 숨겨놓았는데, 벽돌 틈새를 고운 점토로 꼼꼼히 메워서 더이상 악몽 아래에서도 삐걱거리지 않게 만들었다.

어느 날 새벽 미사를 마치고 방으로 돌아와보니 예상했던 대로 시렁 위의 두루마리는 이미 사라지고 없었다.

방바닥 아래에 숨겨둔 여섯 개의 진실의 기둥은 여전히 굳건했다.

펠리페 수사는 서둘러 마르타 수녀를 만나 자신의 죄악을 고백하고 도움을 요청해야겠다고 생각했다.

운명이란 영원히 반복되는 실패를 인정하기 위해 인간이 발명해낸 신기루에 불과하기 때문에 운명에 지대한 영향을 미칠 사건을 미리 감지한다고 하더라도 실패로부터 도망치는 것은 결코 불가능하다.

자초지종을 전해들은 마르타 수녀는 마치 이런 상황을 오래전부터 예상하고 있었다는 듯이 덤덤한 표정을 지어 보였다.

그녀의 악기와 천체관측 기구가 미리 알려줬을 수도 있겠다.

펠리페 수사는 자신이 오래된 꿈을 꾸고 있는 것 같은 기분이 들었다.

뜨겁거나 차갑지도, 밝거나 어둡지도, 고요하거나 시끄럽지도, 쓰거나 달지도 않은 공기가 펠리페 수사의 몸속을 드나들었다.

그것은 멀거나 가깝지도 않은 목소리를 만들어냈는데, 펠리페 수사 자신의 목소리 같기도 하고 마르타 수녀의 목소리처럼 들리기도 하다가 나중엔 단 한 번도 들어본 적 없는 목소리로 변했다.

두려움에 사로잡힌 펠리페 수사는 머리를 바닥에 조아린 채 그 두루마리에다 그녀의 삶을 기록하도록 명령한 건 대천사라고 고백했다.

펠리페 수사는 자신이 마태오 신부와는 달리 손톱 한 조각도 악마에게 건넨 적이 없다고 확신했다.

자신의 주변에서 일어나는 모든 사건 중에 하느님의 계획에 의거하지 않은 것은 없으므로, 설령 최초의 파멸이 있더라도 그것은 최후의 부활을 위한 과정에 지나지 않는다는 사실을 마르타 수녀가 이해해주길 바랐다.

그녀는 아무런 소리도 내지 않은 채 느린 동작으로 만돌린을 집어들더니 연주하기 시작했다.

순간 공기가 심하게 요동치며 방안을 사막으로 바꾸었다.

모든 감각과 생체 활동을 정지시키려는 듯 빛과 열기가 펠리페 수사를 옥죄었다.

모래 구덩이 아래로 자신의 발목을 잡아당기는 힘에 완강하게 저항하면서 펠리페 수사는 죽음에 앞서 속죄할 기회를 달라고 아이처럼 읍소했다.

하지만 마르타 수녀는 연주를 멈추지 않았다.

어둠과 침묵과 한기가 세상을 짓눌렀다가 천천히 물러갔다.

그리고 펠리페 수사는 자신이 어떻게 해서 마르타 수녀의 방을 빠져나와 자신의 침대 위에 누워 있게 됐는지 기억할 수 없었다.

새벽 미사를 알리는 종소리에 의식을 되찾은 그는 심한 갈증을 느끼고 머리맡에 놓인 물 한 사발을 단숨에 들이켰다.

그러자 비로소 몽환이 걷히고 숨소리가 잦아들었다.

그는 자신의 기억 중 어느 것이 실제로 일어난 일이고 어느 것이 아직 일어나지 않은 일인지 구분할 수가 없어 혼란스러웠다.

아무리 기괴하고 고통스러운 꿈일지라도 그것에 굴복하지 않는 한 자신은 마르타 수녀보다도 더 오래 살아남아 진실을 증언할 수 있을 것이라고 그는 생각했다.

거듭해서 말하지만, 여러 번 반복되는 꿈에는 반드시 메시지가 숨어 있는 법이다.

그리고 만유에 인과의 법칙이 적용되지 않는 사건은 존재하지 않는다.

다만 그 관계가 너무 복잡해서 평범한 인간들은 거의 이해할 수 없을 따름이다.

하나의 원인은 두 개의 결과로 분열된다.

두 개의 결과는 두 개의 원인으로 작용하고 두 개의 원인은 또 다시 네 개의 결과로 분열하면서 기하급수적으로 늘어난다.

더욱이 결과와 원인은 수시로 자리를 바꾼다.

이런 가역적 연쇄반응은 시공간의 제약을 뛰어넘어 거의 동시에 일어나기 때문에 현재나 미래가 아닌 과거를 바꿀 수도 있다.

그래서 기억은 늘 진실을 배신하는 게 아닐까.

낯익은 일상이 다시 시작됐고 펠리페 수사가 잃어버린 가짜 두루마리는 아무런 소란을 일으키지 않았지만, 그에게 평온함은 오히려 형벌처럼 느껴졌다.

마르타 수녀에게선 아무런 동요도 관찰되지 않았다.

펠리페 수사의 경계심도 점점 무뎌져갔다.

그래서 그는 자신의 선의가 마침내 세상에 수용돼, 마르타 수녀가 썼다고 알려진 두번째 책과 자신의 두루마리가 이미 모두 불태워졌을지도 모른다는 착각에 빠져들기도 했다.

하지만 펠리페 수사는 마르타 수녀에 대한 대주교의 적대감을 과소평가하는 바람에 자신이 치명적인 실수를 했다는 사실을 나중에 깨달았다.

설령 마르타 수녀가 "앞으로 교회의 승인을 받지 않은 글은 절대로 쓰지 않겠다"라고 약속했더라도, 대주교는 그녀를 살아 있는 책과 다름없이 여겼기 때문에 여태껏 그녀를 용서하지 않았던 것이다.

그래서 대주교는 마르타 수녀와 관련된 것이라면 무엇이든, 책의 교졸이나 소문의 진위 따윈 상관없이, 그녀의 죄악을 증명하는 증거로써 충분히 활용할 수 있었다.

살아 있는 책인 마르타 수녀가 『성서』를 자의적으로 해석하고 이단적으로 살아온 건 그 신성한 책을 반박하거나 오독하는 행위와 다름없었으므로 하느님의 이름으로 단죄돼야 마땅했다.

신성한 영혼에는 결코 그림자가 깃들지 않는 법이다.

적그리스도만이 늘 그림자를 좇는다.

그리고 의심은 불치병과 같아서 결코 치유될 수 없다.

치유할 수 없다면 제거해야 하며, 가장 확실한 방법은 불태우는 것이다.

펠리페 수사는 대주교의 결단이 말이나 문자로 완성되기 전에 마르타 수녀를 수도원 밖으로 피신시켜야겠다고 생각했다.

그래서 며칠 뒤 새벽, 펠리페 수사는 자신에게 연정을 품고 있는 마태오 신부와 함께 마르타 수녀의 방으로 숨어들어갔다.

수천 권의 책과 수백 가지의 악기와 기이한 천체관측 기구로 가득찬 그녀의 방은 미로와 다름없어서 그들은 침대를 찾지 못한 채 오랜 시간을 헤맸다.

자신들이 한곳을 너무 오랫동안 맴돌고 있다는 걱정이 들자 마태오 신부는 옆방에 잠들어 있는 수녀들을 깨울 위험을 감수하고 책과 악기와 천체관측 기구 들을 거칠게 무너뜨려 통로를 만들었다.

침대에 누워 있던 마르타 수녀의 입에 재갈을 물리고 그녀를 감자 자루 속에 집어넣은 자도 마태오 신부였다.

그 난폭함에 놀란 펠리페 수사가 마태오 신부에게서 신성한 감자 자루를 빼앗아 자신의 어깨에 들쳐 멨다.

감자 자루 속의 마르타 수녀는 비명을 지르거나 몸부림치지 않았다.

깊은 잠이 그녀의 육신을 한 권의 책처럼 가볍게 만들었기 때문이라고 펠리페 수사는 잠시 생각했다.

말을 달려 수도원으로부터 수십 레구아 떨어진 농장에 도착해 감자 자루를 건초더미 위에 내려놓을 때까지도 아무런 인기척을 느낄 수 없자 비로소 펠리페 수사는 뭔가 잘못됐다는 걸 알아차렸다.

그리고 다시금 운명이란 영원히 반복되는 실패를 인정하기 위해 인간이 발명해낸 신기루에 불과하다는 사실을 기억해냈다.

감자 자루를 털자 펠리페 수사가 자신의 방바닥에 숨겨놓았던 다섯 개의 두루마리가 쏟아져나왔다.

'왜 이게 마르타 수녀의 침대 위에 놓여 있었을까?'라는 질문이 '마르타 수녀는 어디로 사라졌을까?'라는 질문보다 앞서 찾아왔다.

여섯번째 두루마리가 사라졌다는 사실은 전혀 중요하지 않았다.

자신의 두루마리를 훔친 자가 마르타 수녀였다는 놀라움보다, 마르타 수녀가 몸을 피해 다행이라는 안도감이 먼저 찾아왔다.

마르타 수녀가 먼저 존재하고 펠리페 수사가 그녀의 삶을 두루마리에 기록한 것이 아니라, 펠리페 수사가 먼저 두루마리를 완성하고 그것의 내용이 마르타 수녀의 운명에 반영된 것이라면 더할 나위 없을 것 같았다.

그게 아니라면 처음엔 단순한 인과로 엮여 있던 마르타 수녀와 펠리페 수사의 두루마리가 시간이 지나면서 서로의 원인인 동시에 결과로 뒤섞였을 수도 있다.

그리고 펠리페 수사 옆에 앉아서 죄책감 때문에 울고 있는 마태오 신부 역시 그것들의 원인이자 결과에 포함될 것이다.

마태오 신부는 수도원으로 돌아가지 않겠다고 고집을 피웠다.

그래서 펠리페 수사는 그와 다섯 개의 두루마리를 농장에 놔둔 채 혼자 수도원으로 돌아왔다.

새벽녘의 하늘에 유독 반짝이는 별 하나가 앞으로 자신에게 일어날 사건들에 대해 말해주고 있는 것 같았지만, 펠리페 수사는 전혀 알아들을 수가 없었다.

설령 수도원에서 자신의 화형식이 준비되고 있더라도 그는 마르타 수녀의 건재함만큼은 꼭 확인하고 싶었다.

그러지 않고선 화염으로도 자신의 죄를 씻을 수 없을 것 같았기 때문이다.

옷을 입은 채로 침대에 누워서 새벽 미사를 알리는 종소리를 기다리던 그에게 문득 음악소리가 들려왔다.

잠들지 않은 자들만 간신히 들을 수 있을 만큼 작은 소리였다.

마르타 수녀의 만돌린 소리가 분명했다.

그 순간 펠리페 수사에게 위안과도 같은 잠이 밀려들었다.

결국 그는 새벽 미사에 참석하지 않은 채 정오까지 침대 위에 누워 있다가 수도원장실로 불려갔다.

수도원장은 펠리페 수사와 마태오 신부가 새벽에 수도원을 빠져나갔다는 사실을 누군가에게서 전해듣고 진실을 추궁했다.

다행히 수도원장은 신성한 감자 자루와 그 안에 담긴 다섯 개의 두루마리에 대해선 전혀 알지 못했다.

정작 그가 궁금해하는 건 수도원 안에서 벌어진 사건이 아니라 수도원 밖에서 벌어지고 있는 일들이었다.

수개월째 계속된 가뭄 때문에 옥수수 수확량이 크게 줄어들면서 굶어죽는 사람들이 늘어나고 있는데도 에스파냐의 왕과 부왕, 귀족, 성직자 들이 거두어가는 세금은 오히려 늘었다.

그래서 여기저기서 폭동이 일어나고 있었다.

설상가상으로 그동안 사람들의 신임을 받던 부왕과 그의 가족들이 에스파냐 왕실로 돌아가면서 상황은 더욱 걷잡을 수 없게 됐다.

새로운 부왕이 도착하기에 앞서 대주교는 이 혼란을 이용해 자신의 권위를 더욱 높이려고 할 것이다.

그래서 그는 도시의 소식이 수도원 안으로 전달되는 걸 철저하게 막는 한편, 사람들을 현혹하는 악마를 찾아내려고 혈안이 돼 있었다.

수도원장의 예상대로 대주교는 주일 강론에서 마르타 수녀의 두번째 책에 대해 언급했다.

하느님의 섭리를 정면으로 부정하는 책 한 권 때문에 선량한 사람들이 수백 년 동안 결코 경험한 적 없는 기근을 겪게 됐다고.

심지어 성직자들마저 악마의 책략에 속아넘어가 자신들이 평화와 사랑의 그리스도에게 헌신해야 하는 수도자라는 사실을 잊은 채 교회의 권위를 비판하고 농민들의 폭동을 주도하고 있다고.

마르타 수녀는 두번째로 종교재판에 소환됐다.

펠리페 수사는 증인석에 앉았다.

농장에서 붙잡혀온 마태오 신부는 포승줄에 묶여 있었다.

하지만 심판대에 올라온 이는 마르타 수녀가 아니라 펠리페 수사의 방을 매일 청소하던 하녀였다.

이상한 건 마르타 수녀를 두 번이나 종교재판소에 세운 자들 중 어느 누구도, 심지어 그녀를 오랫동안 눈엣가시로 여겨온 대주교조차 그 사실을 알아차리지 못했다는 점이었다.

마태오 신부마저 하녀를 폭동의 주모자로 지목했다.

하지만 그는 자신의 사랑을 지켜내기 위해 재판이 끝날 때까지 펠리페 수사와 눈을 마주치지 않았을 뿐만 아니라 단 한 차례도 그의 이름을 언급하거나 그가 쓴 두루마리에 대해 발설하지 않았다.

펠리페 수사는 이 기괴한 상황을 도무지 이해할 수 없었다.

그러다가 문득, 책을 읽는 순간 책과 독자와 화자와 등장인물과 저자의 운명이 모두 바뀐다는 금언을 다시 떠올렸다.

혹시 그 하녀 역시 자신의 두루마리 여섯 개를 모두 읽은 게 아닐까.

그녀는 자신의 모든 죄를 인정하는 대신 화형만큼은 피할 수 있도록 선처해달라고 절절히 호소하더니, 새끼손가락을 깨물어 흘러나온 피로 '세상에서 가장 비천한 노예'라고 화형대 바닥에 썼다.

그러고는 자신의 방을 채운 수천 권의 책과 수백 가지의 악기와 기이한 천체관측 기구를 모두 팔아서 마련한 돈으로 가난한 신자들을 구휼하는 데 일생을 바치겠노라 맹세했다.

영원히 수도원을 떠나 오지로 가겠다는 약속에 흡족해진 대주교는 화형대 위의 형리들을 뒤로 급히 물리며 '남자의 머리는 그리스도요, 여자의 머리는 남자요, 그리스도의 머리는 하느님이시라'라는 문장을 다시 인용했다.

하녀 또는 마르타 수녀는 일체의 소지품을 챙기지 않은 채 말을 타고 국경을 향해 떠났다.

마태오 신부는 화형을 피하지 못했다.

펠리페 신부는 자신이 더이상 누군가에게, 심지어 하느님에게조차 사랑받을 수 없는 존재가 됐다는 사실을 깨닫고 절망했다.

종교재판이 열린 지 나흘 뒤에 신기하게도 폭우가 쏟아졌다.

폭우는 가뭄과 마찬가지로 옥수수 수확에 아무런 도움이 되지 않았지만, 대주교와 고위 성직자들은 마르타 수녀에 대한 자신들의 판결이 정당했다는 사실을 하느님으로부터 확인받았다고 믿었다.

그리고 폭우가 그친 새벽에 잠에서 깬 펠리페 수사는 침대 아래에서 진짜 여섯번째 두루마리를 발견했다.

자신의 글씨체인 건 분명했으나 그 안에 적혀 있는 내용은 전혀 읽거나 기억할 수 없었다.

하룻밤 사이에 모조리 사라졌다는 마야인의 책 같았다.

그때부터 그는 그 두루마리 속의 문자를 해독하기 위해 여생을 통째로 바쳤으나 끝내 뜻을 이루지 못했다.

소문에 따르면, 요양원의 침대 위에서 죽음을 앞둔 펠리페 수사가 꿈에서 만난 마르타 수녀의 도움으로 두루마리의 마지막 문장만은 해석할 수 있었다고 한다.

그는 이런 이해할 수 없는 유언을 남겼다.

"천국에 이르는 열쇠 중에는 말하지 않는 책도 포함된다."

독서와 악기 연주와 천체관측을 멈추고 밀림에서 역병에 걸린 환자들을 치료하는 데 고군분투하던 하녀, 또는 마르타 수녀는 자비로운 병에 걸려 생을 마감했다.

하지만 신에겐 마르타 수녀와 펠리페 수사의 죽음이 동시에 일어난 한 가지 사건이었기 때문에 인과를 구분할 필요가 없었다.

만유에 편재하는 신의 섭리는 항상 죽음에서부터 시작한다는 사실을 명심하라.

Little Boy

독자들이 다 사라지고 작가들만 남으면, 우린 누구한테 책을 팔지?
그땐 책 대신 독자들을 팔면 되지.*

"내가 사업에 성공한 이후 지금까지 살아온 인생에 대해서는 이미 여러 언론을 통해 널리 알려져 있으니 굳이 언급할 필요가 없을 테고."

거의 알려지지 않은 비밀 사업체를 제외하고도 일곱 개의 제조회사와 네 개의 금융회사, 세 개의 언론사, 두 개의 대학교, 병원과 문화 재단까지 소유하고 있는 W회장이 자서전 출간을 준비하고

* 김솔, 「소설 작법」, 『암스테르담 가라지세일 두번째』, 문학과지성사, 2014, 50쪽.

있다는 소문은 이미 2년 전부터 세상을 나돌았다. 대통령선거를 앞둔 후보들은 그 책의 내용을 미리 알아내기 위해 치열하게 경쟁했다. 그들은 자신에게 불리한 내용을 수정할 수 없다면 출간 시기라도 선거 이후로 늦추고 싶어했다. 당국이 W회장의 사업체들에 대해 계획에도 없던 세무조사를 준비하고 있다는 뉴스는 정작 주목조차 받지 못했는데, W회장이 운영하고 있는 세계를 강제로 정지시키는 순간 유권자들은 투표 대신 폭동으로 분노를 표현할 것이 자명했기 때문이었다. 자신의 사업에 적대적인 대통령 후보에게 치명적 상처를 입히기 위해서라도 W회장이 선거 한 달 전에는 자서전을 출간할 것이라는 전망이 우세했다. 국회의사당을 드나드는 자들 중에서 W회장에게 뇌물을 받지 않은 자는 오로지 굴뚝 청소부들뿐이라는 세간의 농담을 사실로 증명하기 위해 그는 자신의 비밀 금전출납부 사본까지 자서전에 붙여넣을지도 몰랐다. 대통령 후보들은 W회장의 심기를 거스르지 않으려고 필사적으로 노력했다. 설령 자신의 비리가 드러나더라도 자신보다 더 막강한 권력을 지닌 자들의 더 거대한 비리가 드러나 그 아래 저절로 묻히길 매일 기도했다.

W회장은 자신의 운명이 거쳐온 역사를 기억하기 위해서 자서전을 계획했다고 말했다. 주변에서 오랫동안 그를 지켜봐온 사람이라면, 사업가로서 명성을 얻기 이전의 인생도 세상 사람들에게 자랑하고 싶어하는 그의 욕망을 단숨에 알아차렸을 것이다. 어쨌

든 그는 자서전의 절반 이상을 유년기와 청년 시절의 이야기로 채워넣었다. 자서전을 상하 두 권으로 나누어 1년 간격으로 출간하되 선거에 개입하기 위해 하권부터 공개하는 방법도 검토했으나 하권만 불티나게 팔리고 상권은 물류 창고의 풍진 속에서 낡아가는 상황을 걱정해 결국, 가방에 넣고 다닐 수 없을 정도로 무겁고 두꺼워지더라도 한 권으로 합본해 출간하기로 결정했다. 그 대신 판매가격을 월간지 수준으로 낮추면 소비자들의 고민을 덜어줄 수 있을 것이라고 W회장은 확신했다. 그는 자신의 자서전을 전국의 도서관에 배포하려는 계획에 부합하지 않는다는 이유로 전자책 제작은 거부했다. 거의 모든 도서관에서 전자책을 열람할 수 있다는 사실을 알게 된 뒤에도 그는 어리석은 정부 정책이 전자기기 사용에 익숙하지 않은 어린이나 노인에게서 독서 기회를 빼앗고 있다고 주장했다. 또한 자신의 인생을 범죄자들이 불법으로 복제해 헐값에 팔거나 2차 창작물의 소재로 도용하는 상황을 결코 묵과하지 않겠다고 엄포를 놓았다.

"성공한 사업가가 되지 않았다면 나는 헤밍웨이에 필적할 만한 작가로 크게 성공했을 것이오."

W회장을 잘 모르는 사람이 이 말을 듣는다면, 시대적 불운과 자격지심, 그리고 주변 인물들과의 갈등 때문에 인생의 전반기를 처절하게 유린당한 젊은이가 불굴의 의지로 크게 성공해 가난한 예술가들의 든든한 후원자로서 명성을 얻게 된 이야기를 기대할

것이다. 하지만 W회장은 사업으로 큰돈을 번 뒤에도 예술 관련 분야에는 거의 투자하지 않았고 최근에 설립한 문화 재단은 탈세의 온상이라는 비난에 시달렸다. W회장은 자신의 미적 감각과 예술사적 사명감을 자극할 만큼 뛰어난 예술가들이 나타나지 않아서 후원금을 재단 금고에 쌓아둔 것뿐이라고 해명했다. 자신이 본격적으로 예술 관련 사업을 시작하는 순간 게으르고 무능한 예술가들은 모조리 추방당할 것이라는 허풍도 서슴지 않았다. 어쩌면 그는 자신의 자서전을 적국의 한복판에 던지는 리틀 보이Little boy 정도로 여기는지도 몰랐다. 그래서 그는 전설적인 록 밴드 리더와 혁신적인 통신회사 창업자의 일대기를 써서 세계적인 명성을 얻은 외국의 유명 전기작가에게 자서전 집필을 맡기면서도 세상에는 이 사실을 철저하게 숨긴 채, 자신의 인생을 가장 정확하고 효과적으로 이야기할 수 있는 자는 자신뿐이므로, 한때 작가를 꿈꾸었던 자신이 평생 써온 일기를 묶어 자서전을 완성했다고 알릴 작정이었다. 언어의 장벽을 넘나들면서 원고를 완성하기 위해 통역사와 번역가까지 고용해야 하는 계약조건은 아무런 문제가 되지 않았으나, 전기작가의 바쁜 일정에 맞추려면 출간일을 선거 이후로 늦출 수밖에 없다는 보고를 받고 W회장은 계약서에 끝내 서명하지 않았다. 그 대신 아직 출간되지도 않은 자서전을 해외 유수의 에이전시를 통해 여덟 개 국가에 판매하는 계약을 성사시켰다.

자서전 대필은 국내 유명 작가 세 명—시인, 소설가, 평론가—

이 맡았다. 적어도 국내에서만큼은 그들보다 더 화려한 수상 경력을 지닌 작가는 존재하지 않았다. 게다가 그들은 자신들의 제자들로 문단을 빼곡히 채우면서 청출어람의 전통을 이어가고 있었다. 제자들은 어느 자리에서든 자신의 스승들이 세속적 욕망에서 벗어나 오로지 인간 정신을 고양하는 작업에만 집중하고 있다고 찬탄했으며, 외국의 유명 문학상 선정 위원회가 지역과 인종, 언어와 종교, 정치와 역사에 대한 편견을 극복하거나 오히려 그런 요소들을 더욱 적극적으로 고려하게 된다면, 자신의 스승들에게도 조만간 수상의 영광이 찾아올 것이라고 호언장담했다. W회장은 여러 통로를 통해 이 사실을 확인하고 흡족해했다. 그래서 그는 최고의 조건으로 세 명의 작가와 계약을 하고 그들이 각각 완성한 세 편의 원고를 하나로 짜깁기할 편집자를 고용했다. 집필 작업에 관여한 사실을 발설하지 않는다는 조건의 각서에 서명한 세 명의 작가는 자신 이외의 대필 작가들이 존재한다는 사실을 전혀 알지 못했다. 나 역시 편집자로 고용돼 W회장에게서 세 편의 원고를 건네받은 뒤에야 비로소 이 사실을 알게 됐다. W회장이 자신의 비서 앞에서 구술한 내용이 담긴 녹음 파일을 바탕으로 세 명의 작가가 각각 집필을 했기 때문에 원고의 내용은 서로 크게 다르지 않았고 다만 이야기 방식과 순서, 그리고 문체가 달랐을 뿐이다. 높은 명성에 걸맞게 각각의 원고에는 오탈자나 비문이 적어서 내가 작가들에게 별도로 연락해야 하는 경우는 거의 없었다. 세 편의 원고를 각각 삼등분해 짜깁기하는 것만으로도, W회장의 실제 인생보다 더 극적이고 흥미로운 작품을 스물일곱 편이나 완성할 수 있었다. 하지만 나는 스물일곱 편의 원고를 하나하나 검토하는 대신 편집 원칙을 세워 그것에 충실히 따르는 편을 택했는데, 작가들의 나이를 고려해 가장 연장자인 시인에게 유년기 부분을, 시인보다 젊은 평론가에겐 청년 시절을, 가장 나이가 어린 소설가에겐 사업가로서 성공한 이후를 맡겼다.

이쯤에서 나를 소개하겠다. 나 역시 자서전의 편집자라는 사실을 누설하지 않는다는 조건의 계약서에 서명했지만, 이 글이 내 컴퓨터 밖을 나갈 확률은 지극히 낮기 때문에 뒤탈을 걱정할 필요는 없을 것 같다. 혹시 내가 세상 사람들의 호기심을 자극할 만큼 성공한 인생을 살게 된다면 누군가 이 글을 우연히 발견할 수도 있겠지만, 내 자서전에 이 글을 싣는 일은 결코 일어나지 않을 것이다. 어쨌든 이 글이 W회장 덕분에 시작된 만큼 그에게 감사하는 마음은 버리지 않겠다. 자서전 편집 작업을 진행하면서 나는 존경받는 독자가 돼야겠다는 욕망에 사로잡혔고, 훌륭한 작가의 더 훌륭한 작품을 찾아낼 수 없을 땐 독자가 직접 그걸 쓸 수도 있다는 생각에 이르렀다. 나는 게으르고 무능한 작가들과 격렬하게 투쟁하면서 그들이 더이상 엉터리 작품으로 세상을 어지럽히지 못하도록 감시하겠다고 결심했다. 또한 W회장의 자서전 작업에 참여한 세 명의 작가 중 한 명을 스승으로 섬기고 그가 세계적

명성의 문학상을 수상할 때까지 성심껏 홍보하겠다고 약속했다.

W회장과 인연을 맺기 직전까지 나는 편의점의 계산대를 지키는 파트타임 점원에 불과했다. 내가 그 직업을 하찮게 여겼다는 게 아니라, 크게 성공한 W회장의 눈에 그렇게 보였을 것이란 뜻이다. 내가 평생 그 일을 하려고 태어난 것은 아닐 테고, 우연히 태어나서 힘껏 자랐더니 그저 거기에 도착해 있었다. 안타깝거나 억울하거나 창피하지는 않았고 오히려 누군가는 차지하지 못했을 행운을 잡은 것에 감사했다. 내일을 위해 오늘을 포기하는 것보다 차라리 오늘을 위해 내일을 파괴하는 것이 생존에 훨씬 유익한 방법이라고 여겼다. 하지만 하루에 다섯 시간씩 편의점에 갇혀 노동을 팔아야 겨우 최저생계비를 벌 수 있는 자에겐 반드시 하고 싶은 일보다는 결코 하고 싶지 않은 일이 더 많았다. 나는 쓸모와 가치를 전혀 짐작할 수 없는 상품들을 매장에 가지런히 진열하는 일이 싫었고, 주머니 속에 손을 찔러넣고 무엇인가를 끊임없이 만지작거리는 손님들에게 웃어 보이는 일도 끔찍했으며, 거스름돈을 건네기에 앞서 두 번씩 세는 일도 부끄러웠다. 주급을 요구할 때면 마치 급전이라도 빌리듯 편의점 주인에게 굽실거려야 하는 처지도 비참하다못해 애처로웠다. 어서 빨리 이 일을 그만두어야겠다고 생각했으나 이내 마음을 고쳐먹고, 주인과 손님들이 거의 찾아오지 않는 편의점에서 일하면 좋겠다고 중얼거렸다. 어차피 첨단 기계장치들이 조만간 파트타임 점원들을 모두 해고시킬 텐데

내가 먼저 도망칠 이유는 없었다. 앞으로 새로운 직업을 선택해야 할 때는 꼭 하고 싶은 일보다 결코 하고 싶지 않은 일들부터 먼저 따져보자고 다짐했다. 가령 나는 채소나 버섯을 먹기보다 채소나 버섯이 되는 일을 더 희망하기 때문에 그것들을 키우는 직업은 결코 선택해서는 안 되는 것이다. 이 편의점에서는 아무것도 희망할 필요가 없었으므로—손님이나 주인, 그리고 어느 수상한 상품으로도 변신하고 싶지 않았다—나에게 이보다 더 나은 직업은 없는 셈이었다. 담배나 술, 콘돔 덕분에 세상이 빠른 속도로 파괴돼가고 있다는 사실을 매일 확인하는 건 진기한 즐거움이었다. 이따금 괴짜 손님들이 나타나 흥미로운 사건을 벌여주는 날이면 어제를 겨우 끝마쳤거나 내일을 대수롭지 않게 시작할 수 있겠다는 생각이 들기도 했다. 그러다가 어느 날 저녁 W회장의 비서가 편의점으로 나를 찾아왔고, 내 신분을 확인하자마자 편의점 주인에게 전화를 걸어 내가 내일부터 출근하지 않을 것이라고 통보했다. 그것이야말로 내가 오랫동안 희망해온 사건이었다. 전화기 너머에서 왁달박달 소리를 질러대는 주인에게 내 주급을 입금해야 할 날짜까지 일러주고 전화를 끊는 그의 모습을 보고 있자니, 내 인생이 제법 성공한 것처럼 여겨졌다.

나는 다음날부터 W회장의 문화 재단 사무실로 출근했다. 근무 중인 다섯 명의 직원은 새로운 직원의 등장을 전혀 반기지 않았으므로 나는 그곳에서 해야 할 일과 지켜야 할 규칙을 그들에게서 배울 수 없었다. 나는 마치 모든 것을 이미 알고 있는 것처럼 애써 평온한 표정을 지으며 그들을 끊임없이 힐끔거려야 했다. 그곳 역시 편의점과 크게 다르지 않아서 누군가 찾아오지 않으면 아무 일도 일어나지 않았다. 하찮은 용무를 해결하려고 찾아오는 자들도 아주 잠깐 머물다가 사라졌다. 그런데도 다섯 명의 직원은 하루종일 각자의 업무를 처리하느라 잡담을 나눌 여유도 없었는데, 얼핏 보니 그들의 업무는 서로 관련이 없는 것 같았다. 처음에는 독립적인 성향의 예술가들을 지원하는 일이라면 그럴 수도 있겠다고 생각했다. 하지만 그들이 매일 집중하고 있는 업무라는 게 고작 인터넷 사이트를 돌아다니면서 뉴스를 읽거나 시시껄렁한 내용의 메일을 주고받는 것뿐이라는 사실을 알아차리는 데엔 그리 오랜 시간이 걸리지 않았다. 그러니까 그들은 W회장의 문화 재단이 실제로 존재한다는 사실을 대외적으로 홍보하기 위해 자리를 지키고 있는 것일 뿐, 월급을 받는다는 사실을 제외하면 사무실의 가구와 별반 다르지 않았다. 그들에게서 나는 내가 단 한 번도 만난 적 없는 W회장의 후광을 업게 된 사연을 전해들을 수 있었다. 내 어머니가 간호조무사로 일하고 있는 병원의 소유주가 W회장이었고, 과로로 입원한 W회장이 어머니에게 파렴치한 범죄를 저지르면서 둘 사이에 비밀 거래가 성사됐다. 어머니는 침묵하는 조건으로 작은 아파트와 자식의 취업을 요구했고 W회장의 비서가 깔끔하게 뒤처리를 했던 것이다. 다섯 명의 직원 역시 W회장이 저지른 범죄와 연관돼 그곳으로 왔는데, 피해자라는 사실을 스스로 부인하지 않는 한 그곳에서 평생 벗어날 수 없을 것 같았다. 안락사를 희망한 자들의 가묘假墓와도 같은 그곳에서 내가 기적적으로 빠져나올 수 있었던 까닭은, 자서전을 준비하던 W회장의 귀에 나 역시 한때 작가로 우화하려고 버둥거렸다는 이야기가 흘러들어갔기 때문이었다.

자서전 편집 업무를 맡은 뒤로 나는 문화 재단의 사무실 대신 W회장 소유의 오피스텔로 출근했다. 지상 이십층 건물의 맨 꼭대기 층에 위치한 작업실엔 침대와 소파, 냉장고와 커피 머신, 라디오와 망원경이 놓여 있었고, 바닥에는 양탄자가 깔려 있었다. 벽에는 그림 한 점 걸려 있지 않았다. W회장이 과중한 스트레스로부터 잠시 탈출하고 싶을 때마다 이곳에서 편히 쉴 수 있도록 최소한의 가구만 들여놓았다는 비서의 설명이 곧이곧대로 들리지 않았다. 오히려 그곳은 W회장이 세상의 감시를 피해 일탈을 즐기려고 만들어놓은 공중 정원 같았고, 카사노바가 수많은 유부녀들과의 밀회를 즐기기 위해 베네치아 곳곳에 만들어놓았다는 은신처를 떠오르게 했다. W회장은 자서전을 출간한 뒤 이곳에서 세상을 내려다보며 음탕한 파티를 즐길지도 모른다. 그러면 문화 재단의 직원들 숫자가 슬그머니 늘어나겠지. 망원경은 자신의 성공이 하늘과 얼마나 가까운지 측정하려는 도구인 게 분명했다. W회장의 비서는 그곳에서 생활하기 위해 내가 반드시 준수해야 할 사항을 백 가지쯤 설명하고 돌아가더니 다음날 나타나서는 또다시 열 가지 조항을 추가했다. 숨통을 죄는 금기의 궁극적 목적은 내가 그곳에 머무르고 있다는 사실을 아무에게도 들키지 않은 채 자서전을 완성하는 것이었다. 그래서 나는 사람들이 깊이 잠든 새벽이나 집을 비운 대낮에만 화재 대피 통로를 통해서 출퇴근을 해야 했고 업무 시간엔 절대 밖으로 나갈 수 없었다. 필요한 물품들은 인터넷으로 구매했고, 건물 청소원이 그것들을 건물 입구에서 수령해 현관문 앞까지 가져다주었다. 매일 점심과 저녁 식사는 건물 관리인이 현관문 앞에 놓고 갔다. 휴식시간에 할 수 있는 일이라곤 맨손체조나 샤워가 전부였다. 이따금 망원경으로 멀리 떨어져 있는 세상을 당겨 보면서 내가 준비하고 있는 리틀 보이의 위력을 상상하기도 했다. 월급은 기대했던 액수보다 훨씬 많았다. 세 명의 대필 작가가 자의식이나 예술혼을 지나치게 앞세우면서 마감일까지 원고를 넘기지 않은 덕분에 계획보다 좀더 오랫동안 이곳에 머물 수 있길 바랐다. 나는 내가 결코 하고 싶지 않은 일보다 꼭 하고 싶은 일들을 먼저 떠올리려고 노력했다. 하지만 세 명의 대필 작가는 마감일보다 한 달 앞서 원고를 보내왔고 W회장의 비서는 내가 반드시 준수해야 하는 일정표를 오피스텔의 현관문과 냉장고에 붙여놓고 돌아갔다.

세 편의 원고—한 편은 서사시였고 또 한 편은 대하소설이었으며 마지막 한 편은 학술 논문과 다름없었다—를 번갈아 읽으면서 논쟁거리가 될 만한 내용들을 골라내 비서에게 알렸더니 곧바로 전화가 걸려왔다. W회장은 자신이 구술한 이야기가 곧이곧대로 자서전에 반영되는 걸 원하지 않는다고 했다. 독자들이 보편적으로 경험하는 사건 중에서 그가 미처 구술하지 못한 것이 있다면 자서전에 반드시 포함돼야 하고, 동시대의 문화 역시 한 인간의 생각과 태도에 지대한 영향을 끼치기 때문에 시기에 따라 유행했던 영화나 음악, 책과 관련된 일화도 빠뜨려선 안 된다고 주장했다. 심지어 자서전이 발간된 이후에도 새로운 책과 영화, 음악은 끊임없이 그의 일상 속으로 유입될 것이기 때문에 그것들의 영향까지 미리 반영해두어야 한다는 요구도 서슴지 않았다. 그러면서 한때 작가 지망생이었던 W회장이 한때 작가 지망생이었던 나를 편집자로 선택한 이유를 잊지 말라고 충고했다. 전화를 끊고 나니 나는 몹시 초조해졌다. 현재의 안락을 포기하고 싶지 않았으므로, 모든 인간에게 일어날 수 있는 사건들을 W회장의 인생에 끼워넣되 모두의 감탄과 존경을 끌어낼 수 있는 결말로 마무리지어야 했다. 그래서 나는 W회장과 동년배의 예술가들이 열광했던 영화와 음악, 책에 대해 조사했다. 하지만 그토록 이질적인 장식들로 W회장의 인생을 꾸미는 작업은 결코 녹록지 않았다. 세 명의 대가가 심혈을 기울여 완성한 원고 속에 억지로 끼워넣은 내 문장들은 마치 발바닥 한복판에 생겨난 티눈처럼 확연하게 눈에 띄었다. 고작 스무 문장을 부드럽게 갈아서 원래 문장과 뒤섞는 데에만 꼬박 한 달이 걸렸다. 대통령선거를 두 달쯤 앞두고 마침내 W회장의 승인이 떨어졌고 최종 원고를 출판사에 넘기자마자 나는 지상 이십층 높이의 건물에서 문화 재단 사무실이나 편의점으로 추락할 준비를 마쳐야 했다. 마치 아무 일도 없었던 것처럼 이전의 일상으로 돌아가는 건 불가능하겠지만, W회장의 후광이 아직 반짝이는 한 바닥에 부딪혀도 크게 다칠 것 같진 않았다. 하고 싶은 일이든 하고 싶지 않은 일이든 굳이 따지지 않은 채 뭐든지 할 수 있을 것 같았다. 그때 W회장이 오피스텔로 전화를 걸어왔다.

"내 책의 아킬레스건이 추천사란 사실을 발견했나?"

나는 자서전을 편집하며 상상한 것에 비해 그의 목소리가 너무 맑고 커서 놀랐다. 맨손으로 세상의 질서를 재편한 사람치곤 다소 경망스럽다는 인상도 받았다. 하지만 감히 누구와도 필적할 수 없을 정도의 권력을 지닌 그의 인생에 어느 누가 사족을 붙인단 말인가. 대통령 후보로 나선 정치인들이라면 W회장의 호감을 살 기회를 두고 치열하게 경쟁하겠지만 그들을 철저하게 무시하는 W회장이 그들의 아첨을 반길 리 없었다. 자신의 작은 성공에 만족하지 못한 경제인들이 W회장과의 친분을 과시할 기회를 간청하더라도 W회장은 콧방귀도 뀌지 않을 것이다. 차라리 속세의 욕망을 벗어던진 종교 지도자들이라면 W회장이 이룩해놓은 결과 대신 그것에 이르는 과정을 강조해줄 수 있을지 모른다. W회장의 사업 철학과 이론에 대해 강의하는 대학교수들 역시 기꺼이 추천사의 한 문장씩을 맡아줄 것이다. 만약 W회장이 사업가가 아닌 작가로서의 재능을 인정받고 싶어서 추천사를 고집하는 것이라면, 원고를 집필한 세 작가를 동원하는 게 최선일 것이다. 그들은 자신의 비밀을 숨기기 위해서라도 시치미를 뚝 떼고 자서전의 문학적 성취에 대해 침을 튀기면서 떠들어대지 않을까. 외국의 유명 사업가나 경제학자, 작가나 배우, 정치가 들의 이름을 빌려오는 것도 전혀 어려운 일이 아니다. W회장이 바라는 추천사라는 것이 높은 곳에 앉아 있는 자가 낮은 곳에 앉아 있는 자에게 내미는 악수 같은 게 아니라 낮은 곳에 앉아 있는 자가 누군가를 목말 태우는 것이라면, W회장이 소유한 기업의 직원들에게 부탁할 수도 있다. 문화 재단의 직원들도 자격은 충분하다. 이런저런 생각을 하느라 나는 수화기를 든 채 꽤 오랫동안 아무런 대답도 하지 못했다. 다행히 W회장 역시 사업과 관련한 긴급 보고를 받고 적절한 방법을 지시하느라 내 침묵에 신경쓸 수 없었다.

"라울 페레스에게 추천사를 받아오게. 그러면 나와 자네 사이의 거래는 마무리될 거야."

이내 통화가 끊겼고, 그뒤로 나는 두 번 다시 W회장의 목소리를 들을 수 없었다. W회장은 자서전을 발간하고 두 달쯤 지나 내 어머니에게서 아파트를 빼앗더니 나를 문화 재단에서 해고했다. 하긴 문화 재단이 먼저 해체되고 나를 포함한 여섯 명의 직원이 적은 금액이나마 위로금을 받았으니 해고가 아니라 퇴직이라고 윤색해도 무방하겠다. 하지만 다른 직원들은 청천벽력과도 같은 소식에 분노를 감추지 못했다. 그들은 내가 재단에 나타나기 훨씬 전부터 W회장의 자서전이 세상에 미칠 파장을 걱정하고 있었다. 자서전을 통해 W회장은 세상 사람들의 기억을 왜곡하고 거짓 증거를 활용해 자신의 죄악을 완전히 지우려 할 것이 분명하기 때문이었다. 그래서 그들은 나름대로 인맥을 총동원해 자서전이 세상에 나오지 못하게 하려고 고군분투했다. 그들은 사무실에 출근해 하루종일 자서전 출간 작업에 참여할지도 모를 예술가들과 출판사들의 근황을 확인했다. 그들의 치명적인 실수라면 실제로 자서전을 대필한 세 작가만큼은 세속적 욕망에 구애받지 않고 오로지 인간 정신을 고양하는 작업에만 천착하고 있다는 평판을 곧이곧대로 믿은 것이었다. 그 작가들이 문단에서 확고한 권위와 거대한 인맥을 유지하려면 위계질서에 따라 이권을 적절히 분배해야 하니 W회장 같은 부자의 제안을 쉽게 거절할 수 없을 것이라고 의심해야 했는데 그러지 못했다. 그러니 재단에 입사한 지 일주일 만에 자취를 감췄다가 한참 뒤에 퇴직금을 받으러 사무실에 나타난 신입 사원이 W회장의 자서전을 편집했을 거라고 생각한 자는 단 한 명도 없었다. 라울 페레스가 W회장의 자서전에 추천사를 쓰는 순간 그들에게 익숙한 현실은 연기처럼 사라지고 악몽이 통째로 현실로 쏟아졌다.

나는 라울 페레스가 누구인지 알지 못했다. 심지어 그의 이름을 듣고도 제대로 기억하지 못해 라울 페르난데스라는 이름을 인터넷에 검색하기도 했다. 거의 모든 것을 지닌 W회장이 추천사를 부탁할 정도라면 위대한 작가이거나 학자일 것이라고 짐작했다. 실제로 라울 페르난데스라는 이름의 작가와 학자를 찾아내긴 했지만 그들의 명성은 그리 대단하지 않았다. 그래서 나는 W회장의 비서에게 도움을 요청했고 그는 내 실수를 바로잡아주었다. 라울 페레스는 작가나 학자가 아니었고, 한밤에 자신의 가족 일곱 명과 이웃 열여섯 명을 잔혹하게 죽이고 종신형을 선고받아 교도소에 갇혀 있는 범죄자였다. 나는 W회장과 흉악범 사이의 비밀스런 사연을 캐내려고 질문을 이어갔지만 W회장의 비서는 퉁명스럽게 대답할 뿐이었다. 살인자에게 추천사를 받아내야 하는 임무 앞에서 나는 한참 동안 숨을 참고 있다가 조용히 전화를 끊었다. 밤의 어둠과 고요는 지혜와 용기를 불어넣어주지 못했다. 새벽이 돼서야 나는 Q를 떠올렸다. 그는 내가 작가 지망생이던 시절에 열광했던 작가였다. 그는 열 명의 작가와 공동으로 첫번째 책을 발간한 뒤로 10여 년 동안 절필한 채 시골에 처박혀서 수백 마리의 닭을 키우고 있지만, 그가 헤밍웨이에 필적할 만큼의 재능을 지녔다는 사실을 직접 확인한 뒤로 나는 지금까지 존경심을 거두지 않고 있으며 그의 작품 이외엔 어떤 책도 일절 읽지 않고 있었다. 그와 마지막으로 전화통화를 한 것도 10여 년 전의 일이었으나, 나는 거의 매일 인터넷으로 그의 두번째 책 관련 소식을 검색하고 있기 때문에 마치 어제저녁에 헤어진 것처럼 그에게 친근함을 느꼈다. 다행히 Q는 전화번호를 바꾸지 않았고 내 목소리를 듣고 나를 금방 기억해냈으며, 예전처럼 건성으로 자신의 집주소를 알려주었다.

10여 년 전 Q의 예측대로 세상에서 독자들은 거의 사라진 반면 작가들은 크게 늘어났다—나는 거의 사라진 독자와 새롭게 태어난 작가 중 어느 쪽도 아니다—. 한 해 새로 등장한 작가들의 수가 그해 발간된 책들보다 훨씬 많을 때도 있었다. 한 권의 책을 열 명 이상이 분업해서 완성한 뒤 모두 작가의 칭호를 얻었다. 심지어 단 한 권의 책도 출간하지 않은 자들조차 작가로 분류됐는데, 자신의 일상을 찍은 사진에 메모를 남겼거나 꿈의 내용을 녹음한 자들은 그나마 자격을 증명할 자료라도 지니고 있었으나 단순한 아이디어와 가능성만을 앞세우며 거들먹거리는 자들도 부지기수였다. 세상 사람들은 자신이 잘 알지 못하는 자들을 높여 불러야 할 때마다 습관적으로 작가라는 호칭을 붙이기도 했다. 10여 년 전에는 독자들 중 일부가 작가로 변신하기도 했으나 작가의 권위가 크게 줄어들면서 독자들은 더이상 작가의 자리를 탐하지 않게 됐고, 현재의 작가들마저 너무 많은 책을 쓰느라 정작 자신의 책조차 제대로 읽지 않자 지극히 일부 작가들만이 독자로 인정받았다. 독자가 작가보다 존경받게 되면서 작가는 독자로 변태하기 위해서 반드시 거쳐야 하는 유충 단계의 존재처럼 여겨졌고, 책은 탈피를 위해 쏟아내야 하는 허물이나 배설물처럼 간주됐다. 서점이나 도서관에 덜 마른 장작처럼 쌓여 있는 책들을 훑어보고 요약해주는 독자들 덕분에 작가들은 표절의 위험을 피하고 창작의 땔감을 손쉽게 얻었다. 수많은 작가들을 거느린 스타 독자들은 출판계뿐만 아니라 사회 각 분야에서 막강한 영향력을 행사했는데, 그들은 책 대신 독자를 팔고 있다는 비아냥거림에 격렬히 반발했다. 작가와 독자의 경계가 사라졌다는 단정에도 노골적으로 불쾌감을 드러내며, 쓰는 행위와 읽는 행위가 각각 책에 미치는 영향이 엄연히 다르기 때문에 자신들을 작가로 분류해서는 안 된다고 주장했다. 스타 독자들의 주목을 받지 못한 작가들은 고독해졌고 고독은 가난을 불러왔다. 호구지책조차 되지 않는 직업은 명성이나 자존감을 지켜줄 수 없었다. 그런 현실에서도 여전히 작가라는 직업으로 생계를 이어가는 자들은 광고주들에게서 홍보비를 받고 자신들의 작품 속에 각종 상업광고를 노골적으로 끼워넣어야 했다. 언론인이나 학자, 종교인이나 정치인 또한 광고주들의 지령을 충실하게 따르고 있는지라 굳이 작가들만 과민하게 반응할 이유는 전혀 없었으나, 자괴감이 발작할 때마다 응급처치가 필요한 자들도 많았다. 그래서 어떤 작가들은 상업광고에 오염되지 않은 책을 골라내어 자신의 의지대로 독파한 뒤 가감 없이 논평할 줄 아는 소수의 스타 독자들에게 열광하면서, 그들마저 굴복시키려는 광고주들의 비열한 폭력에 맞서는 의미로 비밀리에 후원금을 보내기도 했다. 일탈이 광고주들에게 발각된 작가들은 반강제적으로 절필해야 했고, 책 대신 독자를 파는 직업도 가질 수 없었다.

Q는 라울 페레스에 대해 잘 알고 있었다. 사형 집행이 영원히 중지된 흉악범들만으로 가득찬 교도소에서 올해로 12년째 갇혀 지내고 있는 라울은 수만 명의 추종자를 거느린 스타 독자였다. 살인을 저지르기 전 그는 인근에 소문난 독서광이자 독설가였는데, 너무 많은 책을 읽은 나머지 과대망상증에 시달리다가 가족과 이웃을 잔인하게 살해한 것이었다. 그리고 곧바로 경찰서에 찾아가서 자수했다. 그는 공판 내내 자신의 혐의를 덤덤하게 인정했고 종신형이 내려질 때에도 전혀 놀라지 않았다. 그가 갇혀 있는 교도소는 70여 년 동안 단 한 명의 무기수도 살아서 내보낸 적이 없는 곳이었고 심지어 억울한 누명을 쓰고 수감된 자들마저 주검이 된 뒤에야 간신히 그곳에서 빠져나올 수 있었다. 그래서 호사가들은 돈키호테의 일생을 흠모했던 라울이 여생을 독서에 온전히 쏟아붓고 싶은 욕심에 일부러 흉악한 범죄를 저지르고 난공불락의 요새와도 같은 교도소에 제 발로 걸어들어간 것이라고 수군거렸다. 그는 그곳에서 10여 년째 노벨문학상 수상자를 정확히 예측하면서 자신의 명성을 증명해 보였다—너무나 많은 도박사들이 그의 예측에 따라 베팅을 하는 바람에 이익을 작게 나눠야 했다—. 그의 추천사가 붙은 책들은 단 한 번의 예외 없이 전부 베스트셀러로 등극했다. 라울의 팬클럽이 우후죽순으로 생겨났고 수만 명의 팬은 라울의 추천사가 붙은 책들을 돌려 읽으면서 독자들의 식

견을 뛰어넘지 못한 작가들을 조롱했다. 예술의 발전을 위해서라도 그를 석방해야 한다는 탄원서가 인터넷을 통해 세상을 떠돌아다녔다. 작가나 출판사는 라울의 추천사를 받기 위해 경쟁했다. 그래서 라울이 갇혀 있는 교도소로 매일 수백 권의 책이 배달됐고, 교도소장은 독서의 긍정적 효과를 인정하면서도 교도관들이 양서를 골라내는 데 너무 많은 시간과 노력을 쏟는 걸 탐탁하지 않게 여겼다. 그래서 교도관들은 돌무덤처럼 쌓여 있는 책들 중에서 무작위로 스무 권을 뽑아서 한 달에 한 번 라울에게 전달하고 나머지 책들은 팔거나 불태웠다. 라울은 일주일 사이에 그 책들을 모두 통독한 뒤 간단한 감상을 엽서에 적어 작가나 출판사에 보냈는데, 예술적 가치를 전혀 발견하지 못한 책에 대해선 오류나 오탈자만을 언급했다. 진위 다툼을 막기 위해 라울의 친필 서명은 공신력 있는 공증회사에서 관리했다. 라울 역시 작가의 자격을 충분히 갖추고 있었으나 그렇게 불리는 걸 몹시 싫어했다.

Q와 라울에 대한 이야기를 나누다보니 문학을 향한 열정이 요동쳤다. 난 완전한 작가가 되고 싶었고, Q는 존경받는 독자로 변신하고 싶어했다. 라울을 직접 만날 수만 있다면 나와 Q의 일생에 획기적인 돌파구가 생겨날 것 같았는데, 아무리 대단한 재력가나 권력자도 그를 면회하는 건 쉽지 않았다. 간신히 자리를 만들었다 해도 라울이 거부하면 면회는 취소됐다. W회장의 비서는 교정 당국을 설득하는 일엔 자신감을 내비쳤지만, 정작 라울이 면회를 승

낙할는지는 확신하지 못했다. 하지만 오히려 내겐 그를 면회 장소로 불러내는 일이 어렵지 않게 여겨졌다. 나는 라울이 12년 동안 세상 밖으로 나온 적이 없으므로 자신이 추천사를 써준 책의 작가들을 직접 만나지 못했을 것이라는 사실에 주목했다. 그가 최근에 가장 높이 평가한 과학책의 작가가 새로운 책을 출간하기에 앞서 친필 원고를 전달하고 싶어한다는 소식을 전한다면 라울은 틀림없이 반길 것이고, 그때 내가 W회장의 자서전 원고를 슬그머니 내밀면서 추천사를 부탁한다면 그도 차마 거절하지 못할 것이었다. 그럴듯한 추천사를 받는 대신 상스러운 욕설을 듣거나 따귀를 맞게 되더라도 그와 관련된 에피소드는 자서전을 홍보하는 데 무조건 도움이 될 것이었다. 무기수들의 면회를 극도로 제한하고 있는 교정 당국의 규정은, W회장이 대통령 후보들을 압박하는 것으로 간단히 무너뜨릴 수 있을 것 같았다. 나는 Q를 라울이 상찬한 과학책의 작가로 속이고 그와 함께 면회를 갈 계획을 세웠다. 해박하고 논리적일 뿐만 아니라 자신이 읽은 책들의 내용과 물성까지도 기억한다는 라울을 속이려면 Q는 그 과학책의 내용은 물론이고 그와 연관된 최신 정보까지 공부해야 했다. 전문적인 교육을 받지 않은 자에게는 너무나도 어려운 임무였지만, 자신이 존경하는 자를 직접, 그리고 어쩌면 처음이자 마지막으로 만날 수 있다는 기대감에 부풀어 Q는 초인적 능력을 발휘했다. W회장의 비서는 라울이 그 과학책의 저자나 출판사 직원들과 주고받았을 편지의 내용을 알아내기 위해 출판사 편집장에게 거액의 뇌물까지 제공했다. 또한 교도관을 매수해 라울이 면회를 거부하지 못하도록 조종했는데, 그 교도관은 라울에게 면회를 거부할 경우 한동안 책의 반입을 중지하거나 형편없는 책들만을 골라서 제공하겠다고 협박했다. 마침내 면회 날짜가 확정됐고 나와 Q는 비서가 운전하는 승용차를 타고 교도소로 향했다.

조이스나 비트겐슈타인의 책보다도 더 이해하기 까다로운 문서들에 여러 번 서명한 끝에 마침내 면회 장소에 도착하긴 했으나, 라울과 같은 일급 범죄자들은 대면 면회가 허락되지 않았고 벽을 사이에 둔 두 방에 각각 머물면서 모니터를 통해 화상으로 대화해야 했다. Q는 과학책의 저자와 최대한 닮게 보이려고 헤어스타일을 바꾸고 양복까지 차려입었으나 이곳으로 오는 차 안에서 불안감을 호소하다가 기어이 선글라스와 마스크로 얼굴을 가린 채 방으로 들어갔다. 나는 라울에게 그 책을 담당했던 편집자가 최근 퇴사해서 대신 참석했다고 둘러댔다. 라울은 면회 시간 내내 모니터 대신 바닥을 내려다보고 있었지만 나와 Q가 거짓말을 하고 있다는 사실을 단숨에 알아차린 것 같았다. 그는 자서전 원고를 잠시 들여다보더니 자신이 결코 읽지 않을 책에는 추천사를 쓰지 않는다고 완강하게 말했다. 하지만 라울이 교도소로 출판 대리인을 불러들여 원고를 건네받은 과정을 자세히 기록하는 것만으로도 추천사를 완성할 수 있을 것 같았다. 심지어 아직 계획조차 세우지 못한 Q와 내 여생에도 라울이 직접 발급한 보증서를 붙인 것과 다를 바 없었다. 몽롱한 상상에 내 심신이 녹아내리려는 순간 라울이 마치 올무에 한쪽 다리가 걸린 맹수처럼 갑자기 날뛰기 시작했다. 만약 우리가 라울과 한방에서 대면하고 있었더라면 라울은 우리의 목덜미를 차례대로 물어뜯었을지도 모른다. 그때 Q가 선글라스와 마스크를 벗더니, 만약 당신의 추천사를 받아가지 못한다면 우리는 교도소 밖에서 기다리고 있는 갱들에게 처참히 살해당할 것이고, 당신은 평생 우리에게서 매달 열 권의 양서를 공급받을 수 있는 기회를 잃게 될 것이라며 거짓말을 했다. 그제야 라울은 다시 냉정을 되찾고 자리에 앉았다. 그리고 자서전에 추천사를 쓰겠다고 약속했다—어쩌면 라울은 그곳에 갇히기 전부터 W회장의 인성과 능력에 대해 알고 있었는지도 모른다—. 그는 자신이 10여 년 동안 추천사를 써준 책이라곤 고작 예닐곱 권밖에 되지 않는데 세상엔 이미 천여 권의 책들이 자신의 추천사를 매단 채 팔리고 있다고 한탄했다. 심지어 Q가 썼다는 과학책은 읽어보지도 못했다고 고백했다. 그러자 Q는 다시 선글라스와 마스크를 썼다. 라울이 출판사와 주고받았다고 알려진 편지들도 모두 가짜였다. 이런 사실을 애써 세상에 알리지 않은 까닭은 이곳에서 더 이상 새로운 책들을 읽을 수 없게 될까봐 두려웠기 때문이었으며, 자신에게 책은 신선한 혈액이라는 말도 덧붙였다—새로운 책들이 배달되지 않으면 최소 두 명 이상의 교도관들이 집세를 낼 수 없었다는 사실은 라울이 죽은 뒤에야 드러났다—. 그는 나와 Q에게 화집 한 권, 악보집 한 권, 그리고 사전 한 권을 꼭 보내달라고 요구했다. 우리는 라울이 행간에 숨긴 뜻을 단숨에 알아차렸다. 그는 추천사 따위가 필요 없는 책을 읽고 싶은 것이었다. 내가 그런 책들을 출간하는 출판사들을 찾아가 라울과의 친분을 과시하면서 비밀 계약을 체결할 궁리를 하는 동안 Q는 세상에 떠도는 라울의 가짜 전기들을 단숨에 제압할 책을 써야겠다는 충동에 사로잡혔다. 그래서 Q는 면회를 마치기 직전에 라울에게 지금까지 살아오면서 가장 후회하는 언행이 무엇인지 물었고, 그는 자신이 생애 처음으로 읽은 책의 작가를 찾아가 제 손으로 죽이지 못한 것이라고 덤덤하게 대답했다. 식곤증으로 졸고 있다가 뒤늦게 위험한 단어를 감지한 교도관이 라울을 쓰러뜨리고 수갑을 채우면서 모니터와 마이크의 전원을 끄는 바람에 우리는 그에게 가해지는 공적 폭력을 직접 목격할 수 없었다. 하지만 우리는 우리가 라울의 일생을 파괴한 책의 작가나 독자가 아니라는 사실에 크게 안도했다.

라울은 약속을 지켰다. 교도관이 자서전 원고를 들고 있는 라울의 사진과 그의 자필 추천사를 W회장의 비서에게 전달했다. 비서는 친분이 있는 신문기자에게 자료를 보내 기사를 준비시켰다. W회장의 자서전이 출간되고 사흘 뒤에 라울의 추천사가 신문에 실렸다. 하지만 나와 Q는 그와 한 약속을 곧바로 지키지 못했다. 나는 W회장의 개인 변호사들과 자서전의 내용을 검토하고 법적 다툼의 소지가 있는 부분을 수정하느라 며칠째 뜬눈으로 밤을 지새우고 있었고, Q 또한 석 달 동안 두문불출하면서 라울의 전기를 쓰고 있었기 때문이다. 자서전이 발간된 직후에야 비로소 나는 라울의 부탁을 기억해내고 세 곳의 출판사를 찾아가 은밀한 사업을 제안했다. 출판사 사장들은 처음에는 내 정체를 의심했지만 내가 W회장이 세운 문화 재단에 소속돼 있다는 사실을 확인한 뒤 계약서에 서명했다. 나는 W회장의 비서를 통해 라울과의 두번째 만남을 준비했으나 면회는 끝내 성사되지 않았다. W회장의 자서전 때문에 곤란해진 정권의 실력자가 선거를 앞두고 갑자기 사회 정화를 명목으로 부랑자들을 체포하고 무기수들의 사형을 강행하면서 라울도 전기의자 위에 앉아야 했기 때문이었다. 사형 집행 전날 W회장은 자신이 소유한 신문사를 통해 라울의 신변이 위험하다는 사실을 세상에 알렸으나 정작 그를 살리기 위해 자신의 자서전을 폐기하는 조치는 선택하지 않았다. 라울이 죽고 여론이 들끓자 결국 두 명의 대통령 후보자가 비위 사실을 인정하며 경선을 포기했고, W회장에게 우호적인 후보가 대통령에 당선됐다. 죽은 라울이 악당들로부터 국가와 국민을 구했다는 찬사가 인터넷을 통해 급격히 퍼졌다. 새로운 대통령은 라울의 죽음을 안타까워하면서 사법제도가 개선될 때까지 자신의 임기중에는 단 한 건의 사형 집행도 승인하지 않을 것이라고 천명했다. 라울의 마지막 추천 작품이라는 홍보 문구 덕분에 W회장의 자서전은 한 달 새 수십만 권이 팔려나갔다. 그런데도 W회장은 라울의 추념 행사를 준비하는 팬클럽 두어 곳에 푼돈을 보냈을 뿐이었다. 그러고는 갑자기 문화 재단을 해체하더니 나를 포함한 직원 전원을 해고했다. 반면 자신의 자서전을 집필한 세 명의 작가를 천거해 새로운 정권에서 문화 관련 정책을 입안하고 관리하도록 만들었다. 이런 일련의 조치는 자신의 자서전에 숨겨진 비밀을 영원히 봉인하려는 목적을 내포하고 있었는데, W회장이 정작 두려워한 것은 대필 작가들의 정체가 드러나는 게 아니라 자서전의 내용 중 절반이 그와 무관하다는 사실을 들키는 것이었다. W회장의 자서전에 등장하는 사건들은 결코 한 인간의 삶에서 모두 일어날 수 없으며, 비상식적인 확률을 뚫고 그런 사건들이 연속됐다면 적어도 수천 명의 인간이 W회장의 성공을 위해 희생됐을 것이라고, 자서전을 건성으로 읽은 Q가 술추렴을 가장해 짧게 논평했다.

라울의 추천을 받지 못한 채 출간된 책들은 소비자들의 주목을 거의 끌지 못하다가 사라졌으므로, 라울의 죽음이 출판계에 빙하기를 몰고 왔다는 탄식이 흘러나왔다. 갑자기 지구로 찾아온 소행성 때문에 공룡이 멸종됐다면, 갑작스레 지구를 떠난 사형수 때문에 인류의 영혼이 통째로 증발할 위험에 처한 것이다. 라울에게서 추천사를 받은 책들만큼은 빙하기에도 꾸준히 팔려나갔으나 라울의 전기가 출간된 이후로는 그것들의 판매량 역시 급격히 줄어들었다. Q는 초인적인 능력을 발휘해 라울과 면회한 지 넉 달 만에 그의 전기를 완성했다. 그 책 역시 W회장의 자서전과 같은 출판사에서 출간됐는데, 이는 W회장의 의지가 작용한 결과였다. W회장은 자신의 자서전이 선거 이후에도 여전히 불티나게 팔려나가자 점점 부담을 느끼기 시작했다. 더욱이 자신의 지원 덕분에 선거에서 승리한 대통령이 자신을 의도적으로 피하고 있다는 인상도 지울 수 없었다. 상황을 뒤집을 방편이 필요해졌을 때 W회장은 Q가 라울의 전기를 준비하고 있다는 소식을 전해들었고 즉시 그를 자신의 오피스텔로 불러들여 원고 작업을 마무리할 수 있게 도왔다. 라울의 전기에는 대통령의 추천사가 실렸는데, 이 짧은 글로 작가의 반열에 낀 대통령은 W회장과의 오해를 풀 수 있었다. 라울의 전기는 전국의 서점들을 가득 채웠다. 서점에 들른 소비자들이 라울의 전기 이외에 구입할 수 있는 책이라곤 W회장의 자서전이 전부였다—이는 W회장의 의중을 거스른 조치였고 출판사 사장은 곧이어 석연치 않은 이유로 교체됐다—. 라울의 추천사가 붙은 책 중 대부분이 그가 읽지도 않은 것이었다는 사실이 Q의 책을 통해 알려지자 소비자들은 라울의 권위를 사칭했던 작가와 출판사들을 힐난했다. 추문에 연관된 책들은 곳곳에서 불태워졌다. 라울의 친필 서명을 관리하던 공증회사는 Q의 폭로를 전면 부정하고 법적 소송까지 예고했으나 실제로 Q를 법정에 세우진 못했다. 왜냐하면 Q가 펴낸 라울의 전기는, 그가 극악 범죄를 저지른 이후 사법부의 엘리트들이 총출동해 발굴한 진실만을 토대로 완성됐기 때문이다. 라울의 전기 속에서 재현된 모든 상황에는 국가가 부여한 문서 번호가 붙어 있을 정도였다. Q는 작가가 아닌 순수한 독자로서 라울의 일생을 주의깊게 읽었고 세상 사람들과는 전혀 다르게 그것을 해석했다. 라울의 유전적 열등감은 창조적 열정으로 발현됐고 선천적 가난은 윤리적 태도를 유지시켜주었으며, 가족들의 학대와 친구들의 멸시는 인간과 세상에 대한 호기심을 키워주었다고 단정했다. 라울이 저지른 끔찍한 범죄를 부정하거나 변명하진 않았지만, 라울이 사악한 인간이기 때문에 천인공노할 범죄를 저지른 것이 아니라 인류가 상상할 수 있는 범죄 중 하나가 나약한 라울을 선택한 것뿐이고, 라울이 아니었더라도 누군가는 그런 범죄를 저지를 수밖에 없었을 것이라고도 썼다. 죄악은 미워해도 인간은 미워하지 말라는 궤변을 쏟아내는 대신, 죄악과 그것을 저지른 죄인을 모두 미워하되 더이상 그 죄악이 인간을 유혹하지 못하도록 파수꾼을 세우고 끊임없이 감시해야 한다고 주장했다.

라울의 빈자리를 안타까워하던 추종자들은 Q의 등장에 환호했다. 그리고 라울에게 했던 것처럼 Q의 언행에 예민하게 반응하기 시작했다. Q는 더이상 작가라고 불리지 않고 순수한 독자로 분류됐다. Q가 과대망상증과 근친 살해 충동에 고통받지 않으면서 라울보다 더 많은 책들을 더 자유롭게 읽을 수 있도록 추종자들은 그가 천애고아이자 부자이길 바랐다. 그를 만나고 싶다는 연락이 출판사로 빗발쳤다. 하지만 Q는 공개 석상에 자신을 전혀 드러내지 않았고 오로지 서면을 통해서만 존재를 증명해 보였다. 그의 정체를 밝혀냈다는 소식이 언론에 여러 번 등장하기도 했지만 진위를 확인받지 못한 채 저절로 소멸했다. Q의 정체를 밝히려고 시도한 자들은 정체 모를 이들의 집단 공격을 받고 공명심을 버려야 했다. 더이상 혼자서는 유명세를 감당할 수 없게 된 Q는 자신이 기르고 있던 수백 마리의 닭을 야산에 풀어주고 상경한 뒤 나를 비서로 고용했다. 나는 Q의 추천사가 필요한 작가나 출판사 직원들을 만나 계약서를 작성하고 그 자리에서 계약금을 받아 Q의 통장에 입금했다. 그러고는 사무실로 돌아와 책들을 건성으로 읽으면서 추천사로 적당한 문구들을 메모했고, 책 사이에 메모지를 꽂아두었다. 그러면 Q는 내 메모만을 확인한 뒤 문장을 수정하고 서명했다. 나는 그가 과대망상증에 빠져 주변 인물들을 살해할 만큼 독서에 열중하지 않는다는 사실에 감사했다. Q의 등장 덕분에 정권의 견제와 감시에서 해방된 W회장은 자신의 이십층 오피스텔을 Q에게 무상으로 양도했다.

Q의 추천사는 책에만 국한되지 않고 음식과 전자제품, 숙박 시설과 관광명소, 보험 상품에까지 붙었고, 그의 추천을 받은 상품들은 어김없이 소비자들을 정어리떼처럼 불러모았다. 심지어 Q가 용도를 정확히 이해하지 못한 채 추천한 상품조차도, 그의 인간적 면

모를 확인할 수 있었다는 이유로 날개 돋친 듯 팔려나갔다. 그렇다고 Q에게 추천 상품을 고르는 기준이 전혀 없는 건 아니어서, 그는 품질에 비해 터무니없이 비싸거나 서비스 평판이 나쁘거나 해당 기업가가 종업원들이나 지역 주민들을 비윤리적으로 대하고 있다고 판단할 경우엔 아무리 매력적인 조건일지라도 계약서에 서명하지 않았다. 또한 정치와 종교에 관련된 사안에는 일절 개입하지 않았으며 자신의 선의를 의도적으로 폄훼하는 자들에겐 무관용의 자세를 고수했다. W회장이 비밀리에 소유하고 있는 전자회사의 상품을 추천했다가 뒤늦게 이 사실을 알게 되자 추천 의사를 공개적으로 철회하고 W회장에게 상징적인 액수의 손해배상금을 청구한 적도 있었다. W회장은 자신이 소유한 신문사를 통해 사과문을 발표한 뒤 그 전자회사를 헐값에 매각했다. 이 사건은 Q에 대한 소비자들의 신뢰감을 더욱 단단하게 만들어주었다. 라울의 첫번째 기일이 되자 Q는 추념사를 써서 언론에 공개했고, Q의 요청을 차마 무시할 수 없었던 기업들은 라울의 이름으로 사회 보호시설에 거액을 희사해야 했다. 이를 두고 흉악범의 일생을 미화했다는 비난이 잠시 일었으나, 이미 사라진 죄악보다 현재 진행중인 죄악을 통제하는 게 더 중요하다는 반론에 부딪쳐 이내 잠잠해졌다. Q는 자신이 벌어들인 수익의 일부를 흉악 범죄의 희생자들과 나누는 동시에, 사형제 폐지를 주장하는 시민단체에도 기부했다. 고약한 상술로 심약한 어린이들의 영혼을 파괴하고 있다고 지목한 백여 권의 책을 광장에 쌓아놓고 불태우며 불매운동을 벌인 적도 있었는데, 이는 Q가 자신의 유명세에 도취돼 저지른 가장 큰 실수였다. 해당 작가들의 반발을 출판사들이 조용히 처리했던 까닭은, Q가 그 출판사들에 먼저 연락해서 사과하고 그곳에서 출간된 또다른 책들에 대해 무상으로 추천사를 써주었기 때문이었다.

더이상 제어할 수 없는 유명세가 자신을 괴물로 만들고 있다고 자각한 Q는 인생의 최고점에 이르렀을 때 자서전을 발간한 후 은퇴해야겠다고 결심했다. 그걸 편집할 자로서 그는 일찌감치 나를 지목했다. 라울에 뒤이은 스타 독자가 되기 전까지 Q는 재능 있는 작가였으므로 당연히 그가 직접 원고를 쓸 것이라고 예상했는데, 그는 W회장의 자서전을 집필한 세 명의 작가 중 한 명에게 원고를 맡겼다. 나는 갖가지 이유를 들어 대필을 반대했으나, Q는 자신 역시 W회장처럼 자신이 구술한 이야기만으로 자서전을 채우는 걸 원치 않는다고 했다. 그는 자신의 인생이 스스로에게조차 낯선 방식으로 읽히길 희망했다. 타인이 자신의 인생을 대신 증언한다면 거짓과 위선에 가려져 있던 진실이 고스란히 드러날 것이라고 기대했다. Q와 W회장의 다른 점이라면, 후자는 모든 인간의 역사를 자신의 인생 안에 쑤셔넣으려고 애쓴 반면 전자는 인간 공통의 경험과 감정에 대한 기록은 가능한 한 줄이고 자신에게만 허락된 사건들에 집중했다는 것이다. Q는 자신의 인생과 무관한 사실이나 문장은 결코 허락하지 않았다. 그는 언젠가 자신의 자서전이 불태워질 것을 걱정해 여러 나라의 언어로 번역해 그 책을 보존할 계획까지 세웠다. 하지만 언어의 장벽을 넘나들면서 오역된 문장들이 늘어나다보면 결국 Q와 W회장의 자서전은 서로 닮아갈 게 분명했다. 한 인간의 인생과 그것을 키워낸 세계를 깊이 이해하고 공감하지 않는 한, 모든 자서전은 허무맹랑한 등장인물이 실패를 거듭하는 소설 정도로 읽힐 수밖에 없지 않을까.

Q는 라울을 만나기 직전과 이후의 기억을 세밀하게 비교하는 데 자서전의 절반 분량을 할애했다. 라울이 죽기 전에 자신에게 보냈다는 편지의 내용도 자서전에 담았다. 자신이 라울의 후계자라는 사실을 강조하기 위해서였다. 하지만 나는 원고를 작성하는 데 활용된 자료들을 살피는 과정에서 책에 실리지 않은 라울의 편지 두 통을 추가로 발견했다. 나는 Q가 이 중요한 자료를 자신의 자서전에 인용하지 않은 이유를 곧바로 알아챌 수 있었다. 두 편지에서 라울은 자신의 전기 집필을 멈추라고 경고했다. 자신의 인생과 죄악에 대한 흔적을 세상에서 모조리 지우고 싶다며, 죽는 날까지 교도소에서 조용히 책을 읽게 해달라고 간청하기도 했다. 자신의 편협한 독서가 모든 독자를 행복하게 만들 수 없다는 고백도 포함돼 있었다. 하지만 Q는 라울의 경고와 간청을 모두 무시했다. 만약 W회장이 자서전의 출간을 미루거나 포기한 덕분에 라울이 좀더 오래 살아남을 수 있었더라면 그는 Q가 완성한 자신의 전기에 최악의 평가를 내렸을 것이고, 자신의 추종자들을 동원해 책과

Q를 동시에 불태우려 했을지도 모른다. 하지만 세상일은 W회장과 Q에게 유리한 쪽으로 전개됐고, Q는 라울의 후계자로서 그의 명성을 독차지할 수 있었다. 라울의 편지를 읽은 이상 나는 Q와 예전처럼 지낼 수 없었다. 편지의 내용을 만천하에 공개하고 싶었지만 자칫 어설프게 행동했다가는 Q의 대부를 자처한 W회장에게 공격당할 위험이 높았다. 그래서 나는 라울의 편지를 복사해 모처에 숨기고 이 사실을 Q에게 알렸다. Q는 자서전을 마무리하는 대로 나를 자신의 후계자로 지목한 뒤 은퇴하겠다고 약속했다. 그래서 나는 Q의 명예로운 은퇴를 돕는 데 전념했다. Q의 자서전 또한 W회장의 자서전과 라울의 전기를 출간한 출판사를 통해 전국에 배본됐는데, W회장의 자서전이나 라울의 전기를 함께 구입할 경우 할인이 됐다. 자서전 출간 이후 이어지는 행사에 참여하느라 Q와 나는 살인적인 일정을 감당해야 했다. Q는 모든 행사에서 나를 자신의 후계자로 소개했으나 대중들의 심드렁한 반응을 확인하고 나보다도 더 당황했다. 나는 Q가 조만간 약속을 파기할 것 같아 불안했다. 때마침 파국의 사건이 발생하면서 불편한 동업관계는 저절로 청산됐고 Q를 제외한 모두가 라울이 군림하던 원래의 세계로 돌아갔다.

사업가들로부터 거액의 뇌물을 받은 측근들 때문에 탄핵 위기까지 내몰린 대통령은 부패 세력과의 전쟁을 선포했다. 재계에서 제왕의 권력을 행사하던 W회장이 사법 당국의 첫번째 사냥감으로 지목되고 얼마 지나지 않아 Q는 난데없이 사기 혐의로 피소됐다. W회장과 Q의 각별한 친분을 잘 알고 있던 세상 사람들은, W회장의 자서전이 완성되기 전에는 라울과 일면식도 없던 Q가 라울을 면회한 지 넉 달 만에 그의 후계자로 등극할 수 있었던 데에는 W회장의 지원이 절대적인 역할을 했다고 확신했다. 그러니 W회장에게 진 마음의 빚을 갚기 위해서라도 Q가 각종 이권 다툼에 개입해 W회장에게 유리한 상황을 조장했을 것이라고 조금도 의심하지 않았다. W회장과 Q의 자서전을 차례대로 읽은 소비자들은 두 사람의 인생이 거의 동일하다는 사실을 발견하고 혼란에 빠졌다. Q 역시 마찬가지였다. 그는 자신의 자서전이 출간된 이후 처음으로 책을 다시 읽었고 W회장의 자서전과 정밀하게 비교했다. 자신의 자서전에 담긴 내용 중에는 전혀 기억할 수 없는 것들이 너무 많았다. 그는 자신의 인생이 자신에게조차 낯설게 읽히길 희망했던 어리석음을 뒤늦게 후회했다. 자신의 인생은 W회장이 이미 벗어던진 외투에 싸여 있을 따름이었다. 어쩌면 인쇄소 직원들의 실수로 자신과 W회장의 자서전 내용이 뒤바뀌거나 뒤섞인 채 제본됐을지도 몰랐다. 또는 W회장이 은밀히 개입했을 수도 있었다. 그제야 비로소 Q는 W회장의 자서전을 집필한 작가에게 원고를 맡기지 말라던 나의 충고와, 자신의 편협한 독서가 모든 독자들을 행복하게 만들 수 없다는 라울의 고백을 떠올렸다. 하지만 내겐 Q의 불운을 해결해줄 능력이 없었고 라울은 이미 죽었다. W회장은 전국의 서점과 도서관에 비치된 자신의 자서전을 긴급히 회수한 뒤 개정판을 배포했다. W회장이 직접 경험하지 않은 내용은 모조리 삭제했기 때문에 개정판은 초판의 절반 두께로 제작됐고 라울 대신 Q의 추천사가 붙었다. W회장은 개정판의 마지막 부분에 이렇게 썼다.

'이 책은 실패한 자의 부끄러운 고백에 불과하고, 이 책을 출간한 직후부터 나는 전혀 다른 인생에 정착할 작정이므로 당신도 이따위 책을 읽느라 소중한 인생을 낭비하지 마시길. 지금 당장 독서를 멈추고 가장 가까운 서점으로 이 책을 들고 가서 책값의 80퍼센트를 환불받으시길.'

자신의 재산 절반을 국가에 헌납하는 조건으로 대통령과 극적으로 타협한 W회장은 사법 당국이 의욕적으로 준비하던 법적 자료들 속에서 자신의 이름을 말끔히 지울 수 있었다. 그 대신 Q는 살인 교사와 사기죄를 추궁받고 라울이 갇혀 있던 교도소에 수감됐다. Q는 자신이 죽인 자들과 살해 동기를 전혀 기억하지 못했고 누군가의 재산을 부당하게 착취한 적이 없다고 확신했지만, 그의 주변에 널려 있는 책들과 그것들에 덕지덕지 붙어 있는 추천사에 범죄의 목적과 방법이 자세하게 기록돼 있었다. 죄인보다 죄악이 먼저, 그리고 훨씬 많이 존재하고 있는 게 분명했는데, 이 또한 책과 독자들이 저지른 실수였다. 아무도 읽지 않는 이야기를 처음으로 만든 작가에겐 아무런 죄가 없었으나, 그걸 책으로 만들어 유통시킨 자들과 그 책을 읽고 요약해주는 자들은 금전적 대가를 차지했으니 유죄였다. 그제야 Q는 그 많던 독자들이 왜 작가로 변신했으며 작가가 된 뒤에 왜 글을 쓰거나 읽지 않으려 했는지 어렴풋이 깨달았다. 살아서는 결코 밖으로 나갈 수 없는 교도소에 갇히지 않았더라면 라울 또한 독서를 멈췄을 것이다. 작가로 돌아가면 모든 위험에서 해방될 것이라는 Q의 생각은 틀렸다. 더이상 독자가 작가로 환원되는 반응은 불가능하다. Q는 자신의 자서전 집필을 멈추고 라울의 후계자로서의 역할에만 집중했어야 했다. 그랬더라면 라울의 추종자들이 Q에게 필요한 논리와 근거들을 만들어주었을 것이다. W회장의 자서전이 Q의 자서전을 들여다본 순간 어떤 인간도 살아서는 빠져나갈 수 없는 감옥이 두 책 사이에 건설됐고, Q는 그 사이에 갇혀 독자와 작가 어느 쪽에도 속하지 못하게 된 것이었다. Q마저 독서를 멈추자 한동안 새로운 책은 출판되거나 유통되지 않았다. 하지만 라울이나 Q가 누리던 무소불위의 권력은 아직 어느 누구에게도 완전히 귀속되지 않았으니, 라울의 후계자를 참칭하는 독자들이 그걸 차지하기 위해 치열하게 경쟁하는 한 작가와 책은 다시 등장할 것이다. 그사이 나는 W회장과 Q의 자서전, 그리고 라울의 전기를 출간한 출판사의 편집장으로 취업해 독자와 작가 사이를 오가면서 리틀 보이를 만들고 있다. 나는 결코 어느 누구의 전기도 출간하지 않을 것이고, 게으르고 무능한 작가들이나 독자들과 격렬하게 투쟁할 것이다. 기존의 세계가 파괴되고 폐허 위에 새로운 질서를 세워야 할 때, 혹시 내 이름이 이따금 라울의 유산과 섞여 불릴 수도 있지 않을까. 그때까지 나는 Q와 사이좋게 지낼 작정이다. 그래서 그가 편지로 요청해온 탁구공 스무 개를 어떻게 감옥 안으로 들여보낼지 궁리중이다.

낙타의 세계

진실이라는 게 무엇이고 어떤 대가를 요구하든, 단 오 분 동안만이라도 오로지 진실로만 가득 채워진 세계에서 살아보고 싶었다. 그 세계는 한없이 고요할 것이라고 상상했다. 다만 그곳에서 원래의 자리로 되돌아오는 일은 거의 불가능할 것이라고 생각했는데, 인류 최초로 달 탐사를 떠날 우주인들에게 지구로 귀환할 방법이 제공되지 않을 것이라는 뉴스를 접한 직후부터 그랬던 것 같다.

태어나자마자 인큐베이터로 옮겨진 아이들은 평생 크고 작은 질병에 시달린다고 들었다. 무균실에서 오랫동안 근무한 간호사들은 독감 예방주사를 맞은 뒤에도 항체가 일반인의 절반 수준밖에 생성되지 않으며, 자동차엔진의 소음을 측정하는 연구원들은 난청을 막기 위해 삼십 분마다 무향실無響室 밖으로 나가 십 분 이상 생활 소음을 들어야 한다고 했던가.

하지만 내가 살고 있는 세계에서 순수한 진실은 거짓과 모호함에 쉽게 오염되거나 훼손되기 때문에 누군가에게서 전달받은 것을 곧이곧대로 받아들여서는 안 된다. 진면목에서 떨어져나간 부스러기들을 찾아내어 끼워맞추는 일을 게을리하는 건 범죄행위와 다를 바 없다. 누구나 언제든 피해자가 될 수 있다. 악순환의 고리를 끊어야 죽음이 모두에게 두 번씩 반복되지 않을 것이다.

육체의 소멸 뒤에도 영혼은 남아서 유전된다고 믿었던 고대 그리스 사람들은 모두 사라졌지만 그들이 발명해낸 망상은 여전히 경주마처럼 세상을 떠돌고 있다. 심지어 사람들은 피타고라스가 그리스도로 환생했고, 그리스도가 부처를 만나 미륵불로 해탈했다는 풍문도 의심하지 않는다.

자식의 육체에 담긴 유전자가 부모의 발명품이 아니듯, 영혼 역시 만인의 도서관에서 잠시 빌려왔다가 반납해야 하는 책에 불과한지도 모른다. 그 책엔 제목이나 저자의 이름, 발행일이나 발행 장소도 기록돼 있지 않다. 그런 걸 잠시 빌려 쓰고 있을 뿐인데도 나는 나 자신이 고유하고 신성한 임무를 부여받은 존재라고 착각했다.

혹시 내 육체 또한 잘못 빌려온 것이 아닐까. 만인의 윤리는 개인의 욕망을 결코 제압할 수 없고 생식의 목적이 없는 쾌락이 만연한데다가 결혼 제도마저 생래적인 결함을 지니고 있기 때문에, 내가 내 부모의 육체에서 순수하게 분리되었을 확률은 유감스럽게도 매우 낮다.

그렇다고 유전자 검사를 위해 죽은 부모의 무덤을 파헤칠 생각은 추호도 없다. 왜냐하면 나 역시 가문의 고유한 문장紋章을 내 아들에게 고스란히 전달했다고 확신할 수 없기 때문이다. 내 아들 앞에서 내가 느끼는 무력감을 내 부모도 어린 내 앞에서 똑같이 느꼈으리라 상상하니 몹시 괴롭다.

물론 육체에 남은 증거를 불변의 진실로 단정할 수는 없다. 세대를 거치면서 돌연변이는 수없이 등장하는데다가, 한 세대 안에서도 유전자는 얼마든지 변할 수 있기 때문이다. 태어나자마자 유전자 검사를 받고 친자로 확인된 덴마크의 아이가 10여 년 뒤 유전자 검사를 다시 받았을 때 양자로 판명되는 바람에 막대한 유산을 포기해야 했던 사건은 유전자마저도 신의 지문이 아니라는 사실을 증명했다.

하지만 수십 년이 지난 지금까지도 그 사건은 단지 유전자 검사의 오류 때문에 일어난 해프닝 정도로 회자되고 있다. 진실은 그것을 부정할 수 있는 단 하나의 예외적 증거가 발견되기 전까지만 유효한데, 어느 누구도 의심하지 않은 것에선 아무것도 발견되지 않을 테니 진실로서 유용할 수밖에. 설령 모든 인간에겐 전혀 존재하지 않는 유전자가 한 인간에게서 발견된다고 하더라도, 모든 인간이 똑같은 유전자를 지니고 있다는 맹목적인 믿음은 조금도 줄어들지 않을 게 분명하다.

또한 거의 모든 인간은 자신의 육체가 증명할 수 없는 능력까지 지녔다고 믿기 때문에, 영혼이 기껏해야 뇌 속을 흘러 다니는 호르몬의 혼합 물질 정도에 불과하다는 주장도 진실로 받아들이지 않을 것이다.

그러니 차라리 물질의 일부가 비물질적 요소로 채워져 있고 그 반대의 경우도 가능하다고 믿는 편이 모든 인간을 행복하게 만들 수도 있겠다. 광대무변한 우주가 텅 비어 있는 게 아니라 암흑물질로 가득차 있다는 진실을 발견하고서도 그것을 자신의 실수로 치부해버린 아인슈타인을 위로하기 위해서라도 그런 가설은 필요하다.

영혼과 육체, 또는 물질과 비물질을 결합시키는 힘이 작동하지 않는다면, 인간과 만물은 이미 오래전에 구별할 수 없게 되지 않았을까. 그리고 그 힘이 우주의 모든 곳에 작용하고 있다면, 인간이 아닌 다른 생명체에게도 영혼이라고 간주할 수 있는 부분이 존재할 수밖에 없다. 영혼과 육체를 결합시키는 힘은 각각의 질량에 비례하고 둘 사이 거리의 제곱에는 반비례할 것이며, 그 힘이 클수록 생명체가 발산하는 존재감도 묵직해진다. 지렁이의 영혼이 고양이의 그것보다 훨씬 무겁다고 하더라도 영혼과 육체 사이의 거리가 너무 멀기 때문에, 지렁이의 존재감은 고양이의 그것에 비해 훨씬 떨어진다. 반면에 독감 바이러스는 영혼과 육체의 무게가 모두 미미하지만 둘 사이의 거리가 너무 가까워서 지렁이보다 훨씬 주목받는 것이다.

지구 위의 인간들이 시행착오와 권태 사이에서 아슬아슬하게나마 균형을 잡고 있는 건 거의 기적에 가깝다. 이 기적을 설명하려면 다양한 이름의 신을 발명한 뒤 그들 사이의 투쟁과 협상을 상상할 수밖에 없다.

무신론자인 내가 갖가지 정신병에 용케 포섭되지 않고 이 나이가 될 때까지 평온하게 늙어갈 수 있었던 비결 중 하나는, 타인에게서 전달받은 것들을 곧이곧대로 받아들이지 않는 습관 덕분이라고 추측하는데, 이게 사는 데에도 도움이 됐는지는 확신할 수 없다.

그런데 진실은 끌어당기는 힘을 지녔을까, 밀어내는 힘을 지녔을까?

제 목숨을 바쳐 진실을 지키려는 자들은 인류의 오랜 역사 속에서 항상 소수였고 늘 반동 앞에서 실패했기 때문에, 진실은 밀어내는 힘을 발휘하는 게 분명하다. 반대로 말해, 이웃과 평화롭게 살아가기 위해선 거짓의 끌어당기는 힘을 적절히 활용할 수 있어야 한다.

부모들은 오직 진실만을 숭배하고 그것을 지켜낼 용기와 지혜를 단련해야 한다고 자식들에게 가르치면서도 정작 자식들의 모범이 되지 못한다. 부모가 된 자식들은 부모에게서 배웠으나 자신이 결코 실천하지 못한 조항들을 더욱 복잡하고 모호한 언어로 자식들에게 가르친다. 그러다보니 진실은 부모와 자식 사이의 갈등을 더욱 부추길 뿐이다.

비록 내겐 진실을 지켜낼 용기나 지혜는커녕 그것을 감지해낼 능력조차 없지만, 복잡하고 모호한 언어를 사용해 내 아들에게 그걸 가르치진 않았다. 다섯 살에 자폐 증세를 보이기 시작한 아들은 죽기 전까지 오로지 자신만의 세계에 머물면서 부모의 세계에서 건너오는 진실과 거짓을 모두 경계했다.

하루종일 아들의 뒤치다꺼리를 하느라 녹초가 될 때마다 나는, 진실은 공기나 물처럼 인간의 생존에 절대적으로 필요한 물질 또는 비물질이 아니며 인체의 어느 장기도 그것을 육체 안에서 끊임없이 순환시키려고 애쓰지 않는다는 사실을 수긍하게 됐다.

과학자들조차 자신의 삶에 아무 쓸모도 없는 것들만이 진실에 가깝다고 여기고 있으며, 현재의 세계를 진실만으로 채워서 작동시키려는 의지는 거의 지니지 않은 채 그저 인류가 진실에서부터 얼마나 멀리 떨어져 있어야 안락해지는지 계산하는 일에만 열정을 쏟고 있다고 나는 의심한다. 그들의 업적이라면, 진실의 세계는 오래 지속되거나 반복될 수 없으며, 그 세계 안에서마저도 인간은 무한한 자유를 누릴 수 없다는 걸 가르쳐준 것이다.

반증 불가능한 진실은 탄생과 죽음이 구분되지 않고 언제 어디서나 똑같은 형태와 쓸모를 지니기 때문에 어떤 대상과도 완벽하게 결합할 수 있다고 나는 믿었다. 진실로 가득차 있는 세계는 사방이 거울로 둘러싸인 육면체의 방과 같고, 빛과 열기와 소음으로 가득차 있어서 폭발하기 직전의 상태이거나, 암흑과 한기와 침묵 속에서 소실점을 향해 빛의 속도로 응축되고 있을 것이라고 상상했다. 그곳에 인간이 들어서는 순간 눈과 귀가 멀고 심장박동이 멈추며 피부가 벗겨지고 터럭들이 불타오르는데, 정작 감각과 사유는 점점 더 또렷해질 것이라는 공포에 사로잡혔다.

하지만 내 생명의 일부를 기꺼이 지불하고서라도 진실의 세계에서 오 분만이라도 살아보고 원래의 자리로 돌아와 그 세계를 증언할 수 있기를 나는 간절히 희망했다. 죽음으로도 육체와 영혼을 완전히 분리하지 못해 고통받고 있을 내 아들의 해방을 위해서라도 나는 모험을 피하지 않겠다.

더욱이 진실의 세계가 내 눈앞에서 잠시 드러났다 사라지는 것을 일 분 정도 직접 목도한 이상 이 희망을 포기할 순 없었다. 이미 지나간 일 분은 짧은 시간이지만, 아직 찾아오지 않은 일 분은 길이를 측정할 수 없을 만큼 긴 시간이다. 광대무변한 우주가 일초가 흐르기도 전에 모두 만들어졌다는 사실을 떠올린다면 내게 일 분의 시간을 허락한 신의 자비를 뜨겁게 찬양해야 마땅하다. 하지만 나는 고작 일 분 안에 만유의 진리를 모조리 이해해야 한다는 사실은 미처 깨닫지 못했다. 그래서 눈앞의 세계를 의심하느라 일 분을 모두 탕진하고 말았고, 그것은 내 일생에 아직 일어나지 않은 사건이 됐다.

그로부터 반세기가 지난 지금까지도 나는 그 순간을 반복해 떠올리면서 여생을 보내고 있다. 즉, 나의 일생은 일 분 정도의 시공간 속에 응축되고 있는 것이다. 사건이 짧을수록 기억은 모호해지고 이야기는 무한히 변형된다. 여러 번 복기한 결과 지금은 어렴풋하게나마 그때의 상황을 이해할 수 있을 것 같다. 사유는 결핍이 작동시키는 기능이다. 결핍이 변화를 만들고 변화가 힘을 발산한다. 하지만 진실에 결핍이 포함돼 있다고는 도저히 생각할 수 없으므로 진실의 세계는 한없이 고요하고 육하원칙은 전혀 적용되지 않을 게 분명하다. 중언부언하자면, 진실의 세계에서 주객은 곤죽처럼 뭉쳐져 있고 시공간은 끊임없이 교환되며 인과는 짝을 이루어 전개되지 않는다. 그러니 인간은 진실의 세계 밖에서 진실을 원래대로 기억하거나 재현할 수 없는 것이다.

진실의 세계에서는 이런 양자론적 문장들이 얼마든지 가능하다.

'바람이 나를 걸었다.'

'부엌이 되자 아침에서 점점 메말랐다.'

'길거리가 너무 달콤했기 때문에 잠을 깊이 넘길 수 있었다.'

이런 세계에서 개인의 실존은 결코 감지되지 않고 인생은 어느 방향으로도 전개되지 않을 것이다. 나는 고작 일 분 동안 진실의 세계 입구에서 서성거렸을 뿐인데도 두 번의 윤회를 거쳤다고 착각할 정도였다. 나는 진실이 인생에 적대적이며, 현생인류는 수십만 년 동안 단 한 편의 인생을 나누어 살고 있다고 단언할 수도 있다.

이쯤에서 당신들 중 누군가는 나의 장광설을 경멸하고 싶어졌을 것이다. 기어이 그렇게 해야겠다면 당장 그렇게 해도 상관없지만, 그런 적개심이 내 영혼이나 육체를 굴복시키지 못한다는 사실을 뒤늦게 깨닫고 부끄러워져서 오히려 자신을 공격하게 될까봐 나는 몹시 두렵다.

어제부터 오늘까지 이틀 동안 이어진 나의 양자론적 진술이 당신들의 신뢰를 거의 얻어내지 못했다는 사실은 덤덤히 인정하겠다. 고작 일 분 동안의 경험이 나를 모든 상식과 논리, 금기로부터 해방시켰다. 게다가 내 아들과 아내마저 갑자기 사라지고 나니 인간으로서의 유한성은 전혀 걱정되지 않았다. 그런데도 나는 이런 곳에 누워서 반세기 넘게 살아 있다.

죽음이 진실을 파괴하거나 은닉하는 사건이라면 진실의 세계에선 단 한 건도 일어나지 않을 것이다. 그것은 그저 한 인간의 육체와 영혼을 연결하는 힘이 소멸되는 사건일 뿐인데, 그렇다고 그 힘이 완전히 사라지는 것은 아니고 우주의 물질과 비물질 속으로 골고루 분산됐다가 또다른 인간의 운명에 관여하는 것이다. 내 죽은 아들에게서 사라진 힘이 당신들의 운명에 개입했을 수도 있다.

나와 당신들이 살고 있는 세계가 점성술사들의 카드 위에 펼쳐져 있는 것이 아니라 눈먼 궁사들의 화살촉 끝에 겨우 매달려 있다는 사실을 이쯤에서 상기할 필요가 있다.

그리고 내가 유럽입자물리연구소CERN에 30년 넘게 근무하면서 1957년 싱크로사이클로트론Synchrocyclotron과 1970년 초양성자 싱크로트론Super Proton Synchrotron을 설치하는 작업에 모두 참여했다는 사실도 잊지 않길 바란다.

나는 이 기계장치들을 바벨의 탑이자 지혜의 나무*라고 부른다. 왜냐하면 이걸 통해 인간은 조물주가 21세기까지 닫아두었던 세 개의 보물 상자 중 하나의 내부를 들여다볼 수 있게 됐기 때문이다. 인간의 꺾이지 않는 호기심이 조만간 나머지 두 상자도 열어젖힐 것이라고 과학자들은 낙관하고 있다.

이 복잡한 장치들에 대해 굳이 당신들에게 설명하고 싶은 생각은 전혀 없으니 당신들도 이 어려운 용어들을 이해하려고 애쓸 필요는 없다. 다만 나는 내가 당신들보다 비결정적 세계에 훨씬 익숙하다는 사실을 강조하고 싶을 뿐이다.

물론 나는 양자론의 설계도를 완성해가는 물리학자가 아니라 이미 완성된 설계도에 따라 전자장치를 설치하는 기술자에 불과하기 때문에 비결정적 세계에 대한 지식과 철학을 설파할 적임자는 결코 아니다. 하지만 그 세계에 대해 자세히 알고 싶은 당신들

* 지혜의 나무(The tree of Knowledge)가 선악과나무로 번역된 것도 인과가 교란된 좋은 예이다. 나무가 공급하는 건 지혜이고 그 지혜로서 선악이 구분되는 것이니, 부모의 이름에 아이의 이름이 이미 반영돼 있는 셈이다.

을 위해 기꺼이 내 친구들에게 전화를 걸어줄 수는 있다. 노벨물리학상을 이미 수상했거나 조만간 수상하게 될 그들은 바벨의 탑이자 지혜의 나무가 고장날 때마다 수시로 나에게 전화를 걸어와 도움을 요청했다.

새벽에도 잠들지 않는 그들 때문에 아내와의 섹스를 중단하거나 아들을 깨운 적이 부지기수다. 아내가 산통으로 침대 위를 뒹굴고 있는 동안에도 나는 전화로 노벨물리학 수상자들에게 입자가속기의 전력 시스템 구조를 설명해줘야 했다. 만약 그때 매몰차게 전화를 끊고 아내를 구급차에 실어 병원 응급실로 옮겼더라면 내 아들에게 자폐 증상이 나타나지 않았을지도 모른다.

하지만 그런 가정은 고작 낙타 한 마리의 쓸모*만 지닐 뿐이다. 그리고 진실의 세계엔 그런 낙타들이 아주 많이 살고 있어서 그곳을 낙타의 세계라고 불러도 전혀 이상하지 않을 정도다. 그 동물은 이미 삼킨 것들을 무한히 되새김하면서 자신의 일생을 견뎌내고 있을 뿐, 주객과 시공간과 인과율 따위에는 전혀 관심이 없다. 되새김을 통해 물질과 비물질 사이에 작용하는 힘줄을 끊어내고

---

* 한 아버지가 세 아들에게 이런 유언을 남기고 죽었다. "내가 가진 열일곱 마리의 낙타 중 맏이는 절반을 갖고 둘째는 3분의 1을 갖고 막내는 9분의 1을 갖거라." 어떻게 나눠야 할지 모르는 형제들에게 현자가 찾아와 자신의 낙타 한 마리를 빌려주었다. 그러자 형제들은 각각 아홉 마리, 여섯 마리, 두 마리씩 낙타를 나누어 가질 수 있었고 남은 낙타 한 마리를 현자에게 돌려주었다.

나면 현실은 과거와 미래로 나뉘어 각각 귀속된다. 그리고 낙타의 마지막 위장에 도착한 비물질이 진실을 둘러싸면서 그것의 부패 속도를 늦추는 것이다.

내 아들이 윤회의 바퀴 위에서 새로운 육체와 영혼을 빌릴 수 있게 된다면, 현자의 낙타로 태어나 모두에게 환영받으면서 아무에게도 속박되지 않고 평온하게 살아가기를. 설령 낙타가 선천적으로 자폐증을 지닌 채 태어난다고 하더라도, 평생 사막을 건너다녀야 하는 운명에 그보다 더 잘 어울리는 호신구도 없을 테니 굳이 그걸 벗어던지려고 버둥거리지는 않을 테지.

낙타를 타고 진실의 세계에서 돌아오자마자 내가 내 아들과 아내를 차례대로 살해했다고 당신들은 확신하고 있지만 내가 그런 짓을 저지를 이유는 전혀 없다. 영혼과 육체의 존재를 믿고 영겁의 윤회를 기대하는 자가 어떻게 누군가를, 그것도 가족을 죽일 수 있겠는가. 그들을 잃는 즉시 나의 육체와 영혼 역시 파괴될 수밖에 없다는 내 절규를 아무도 진실로 받아들여주지 않으니, 누군가 내게 낙타 한 마리를 빌려주지 않는 한 나는 반세기 넘도록 나를 가두고 있는 딜레마에서 결코 빠져나갈 수 없을 것이다.

범행 현장에 살인자는 없고 나 혼자만 있었다. 살인자의 정체를 확신할 증거가 현장에서 발견되지 않을 경우 최초의 목격자가 유력한 용의자로 의심받는다는 사실을 나중에야 알았다. 최초이자 유일한 목격자인 내가 사건 현장인 집을 자유롭게 드나들 수 있다는 사실이 나를 범인으로 내몰았다. 완벽한 거짓은 보호받고, 불완전한 진실만 추궁당하는 상황이 아이러니했다.

장례식을 치르고 나자 비로소 공포가 나를 찾아왔다. 나는 감옥이나 병원에 갇힌 채, 영혼이 육체를 조종하는 게 아니라 육체가 영혼을 잠식해가는 현실을 무기력하게 받아들이고 싶지 않았다. 내 힘으로 살인자를 찾아내 그의 육체와 영혼으로 죽은 아들과 아내를 살려낼 수만 있다면 어떤 처벌도 불사할 작정이었다.

감옥이나 병원 안에서 배울 수 있는 반성과 갱생의 방법은 그곳 밖에서는 전혀 쓸모가 없다. 왜냐하면 수용소의 안과 밖에서 흐르는 시간의 속도와 방향이 서로 다른데다가 대다수 사람들이 수용소 밖에 살고 있기 때문이다. 격리시키거나 처벌하는 방법으로 인간을 개조할 수 있었다면 적어도 중세시대 이후에 태어난 인간은 모두 새로운 인류로 분류돼야 하겠지만 역사는 아직까지도 격리와 처벌의 효과를 증명하지 못했다. 오히려 감옥과 병원은 박탈과 결핍의 고통을 늘려 물질과 비물질을 결합시키는 힘을 약화시키고, 그 결과로 인간의 존재감을 더욱 희미하게 만들 뿐이다.

나 역시 이미 미약해졌다. 무력감은 죄책감으로 변했고, 피해자와 살인자를 혼동하기 시작했다. 이런 심리상태는 갑작스럽게 사랑하는 사람을 잃은 자들에게 공통적으로 나타나는 징후라고 알려져 있었다. 단기간의 호르몬 처방이 증세를 호전시킬 수 있을 것이라는 의사의 예상은 빗나가고 말았다. 그 끔찍한 사건을 겪은 뒤로 나는 나를 포함해 대부분의 인간들을 믿을 수 없게 됐다. 거대한 슬픔이 내 육체와 영혼 사이에 굴러떨어져 거대한 공동을 만들었을 때 악마가 숨어들어 내 행세를 하기 시작했는지도 모른다.

그래도 나는 노벨물리학상을 이미 수상했거나 조만간 수상하게 될 친구들만큼은 믿을 수 있는 부류로 여겨서, 그들에게 전화를 걸어 도움을 구하려고 했으나 끝내 포기했다. 왜냐하면 비결정적 세계의 진실을 찾아내기 위해 평생을 쏟아붓고 있는 그들은 내가 겪고 있는 부조리를 그저 결정론적 세계가 무너지면서 일어난 잠깐의 먼지 폭풍 정도로 간주할 것이기 때문이다.

만물은 존재와 부재의 확률을 동시에 지니되 고작 2퍼센트 범위, 즉 49퍼센트와 51퍼센트 사이에서 현재의 상태가 결정되지만 이 상태 또한 급변하기 때문에 완전한 현실태나 완전한 잠재태만을 진실로 간주하는 것은 어리석다고 믿는 그들에게, 51퍼센트의 존재와 49퍼센트의 부재로 구성됐던 두 명의 인간이 시체로 발견됐다는 뉴스가 어떤 의미를 지닐 수 있으며 피해자와 살인자가 서로 무관하다는 사실을 어떻게 이해시킨단 말인가.

낙타의 세계에서 십계명처럼 널리 인용되는 불확정성의 원리* 를 빌려 나는 이렇게 주장할 수도 있다. 어떤 원인이 진실 또는 거

* 이 원리를 설명하는 가장 극단적인 표현은 이렇다. "인식하는 순간 주체는 객체에 반영된다."

짓일 확률과 그로 인해 야기된 결과를 동시에 확정하는 게 불가능하기 때문에, 확정된 하나의 결과는 반드시 진실과 거짓을 동시에 동원해야만 그 원인을 완벽하게 설명할 수 있다고.

인간의 삶과 죽음을 결정하는 것은 인간이 아니고 인간에게 숨을 불어넣은 조물주도 아니다. 그건 인간의 삶을 관찰하고 있는 타인이거나 냉철한 목격자로서의 신일 뿐이다. 범죄를 완성하는 건 목격자와 추적자의 의지다. 만약 내 아들과 아내가 쓰러져 있던 안방을 아무도 들여다보지 않았더라면, 설령 그들의 육체에 부삽을 쑤셔넣어 피와 침과 뇌수를 모조리 뽑아낸 살인자가 그 방에서 미처 빠져나오지 못했더라도, 내 아들과 아내는 여전히 살아서 나의 귀가를 기다렸을 것이다. 그래서 나는 집안에 들어서면서 역겨운 피 냄새와 오물 냄새를 맡았는데도 그것의 출처를 궁금해하지 않은 채 뜨거운 물로 샤워를 하고 냉동 스파게티를 전자레인지에 데워 허기를 채웠던 것이다. 그때까지도 나의 일상은 진실과 거짓 사이에서 한없이 평온했다.

내 가족의 허락도 없이 무람없이 집안으로 들어와서 안방 문을 열어젖힌 경찰이야말로 내 아내와 아들을 죽인 진짜 범인이다. 또한 안방에서 일어난 사건을 처음부터 끝까지 지켜본 뒤 일부러 고약한 냄새를 흘려 이웃의 호기심과 정의감을 자극한 신에게도 분명한 책임을 물어야 한다.

경찰 앞에서 내 아들은 바닥에 엎드린 채 꼼짝도 하지 않고 있었다. 아들의 정수리에서 흘러나온 선혈은 방바닥을 가로질러 그것이 처음 시작됐던 시원으로 돌아갔다. 시원의 우물 안에 내 아내가 부삽을 껴안은 채 파라오처럼 누워 있었다. 아내와 아들 중 한 명은 순장된 게 분명했다.

낙타의 세계를 전혀 이해하지 못하면서도 모든 인간의 죽음에는 불순한 의도를 지닌 공모자가 반드시 숨어 있다고 믿는 경찰들은 이질적 시공간을 이어붙이고 살인자의 심리상태를 엉터리로 상상하면서 나를 윽박질렀지만, 나는 터져나오는 웃음을 참으려고 고개를 숙이고 있었을 뿐이다.

노벨물리학상을 이미 수상했거나 조만간 수상하게 될 친구들이 이 장면을 봤다면, 낙타 한 마리의 쓸모를 경찰에게 가르치느니 차라리 고속도로 한가운데 서서 눈을 가린 채 방금 지나친 자동차의 번호판 숫자를 맞히는 게 더 낫겠다며 빈정댔을 것이다.

하지만 육하원칙의 세계에 적응한 경찰은 전혀 웃지 않았다. 나의 알리바이는 그들의 송곳니가 뚫지 못할 만큼 완벽했기 때문이다. 그래서 나는 불법 연행된 지 사흘 만에 경찰서 유치장에서 풀려날 수 있었다. 51퍼센트의 존재보다 49퍼센트의 부재를 증명하는 것이 자신의 안녕을 지켜내는 데 도움이 된다는 사실을 수긍하는 건 썩 유쾌한 경험이 아니었다.

나는 집으로 돌아가고 싶었으나 그곳은 이미 출입 통제구역으로 분류돼 있었으므로 집이 내려다보이는 모텔에 머물러야 했다.

친분이 있던 모텔 주인은 내가 휘말린 살인사건에 대해 전혀 듣지 못했는지 나의 아내와 아들의 안부를 물어왔다. 나 역시 그들을 찾고 있다고 대답하자 주인은 정수리까지 보이며 웃었다.

뜨거운 물로 샤워를 마치고 벌거벗은 채로 침대에 누우니, 내게 육체는 없고 영혼만 남아 있는 것 같았다. 그마저 온전히 지켜낼 수 있는 곳은 감옥밖에 남지 않았다는 생각까지 밀려왔다. 아무도 낙타의 세계로 들어가거나 나올 수 없다면, 내 아들과 아내에게 죽음이 찾아온 과정을 밝혀내고 살인자를 처벌하는 일이 내게 무슨 소용이 있을까. 그리고 내게 아무 소용도 없는 정의가 경찰들에겐 왜 필요한 걸까.

거듭 말하지만 목격자가 없으면 범인이나 피해자도 없고 처벌이나 용서도 없다. 하지만 낙타의 세계 밖에는 너무나 많은 목격자들이 존재하기 때문에 범인과 피해자가 필요하고 살인의 목적과 음모가 대량으로 유통되는 것이다.

나는 더이상 아들과 아내의 죽음을 유일하게 목격한 인간으로 살고 싶지 않았다. 그래서 아침을 기다렸다가 인근 공장으로 숨어들어, 극도의 공포 앞에서 종종 내 명령에 복종하지 않던 혀와 손가락을 잘랐다. 혀를 자를 땐 오른손과 가위를 사용했고, 왼손 새끼손가락을 제외하고 아홉 개의 손가락을 유압프레스로 잘라냈는데, 평소에 그 기계는 프라이팬을 만드는 데 사용되는 것 같았다.

왼손 새끼손가락을 남긴 목적이라고 해봤자 친구들에게 전화를 걸거나 손톱을 기르기 위한 것이 전부였다. 손가락이 하나라도 남아 있는 이상 신분 확인이 필요할 때마다 지문 검사를 요구받겠지만, 몸을 통과한 시간을 측정하는 데 손톱만큼 정확한 도구도 없다는 믿음이 최종 결과를 바꿨다. 우주 만물을 지배하는 대칭의 원리에 따라 오른손 새끼손가락도 남기고 싶었으나 두 개의 새끼손가락을 지닌 인간이라면 정상인처럼 행동할 수 있을 것 같았다. 간단한 훈련을 거치면 두 개의 새끼손가락만으로도 능숙히 타자를 칠 수 있었으므로 혀를 잘라낸 일이 헛수고가 되지 않으려면 새끼손가락은 반드시 하나만 남겨야 했다.

절체절명의 순간에 타인의 자비를 구걸하거나 갈취하기 위해 발가락 사이에 연필을 끼우거나 막대기를 입에 물고서라도 내 처지와 의사를 분명하게 드러낼 수도 있을 것이다. 파괴된 육체가 더이상 영혼의 건재함을 증명할 수 없는 상황에 대비해 나는 바지 주머니에 독약 두 알과 지폐 몇 장을 항상 들고 다니는데, 독약은 내 육체와 영혼을 연결해주던 힘의 소멸을, 그리고 지폐는 내 시체를 가장 먼저 발견할 목격자의 행운을 축하하기 위함이다.

아무튼 혀를 자른 고통은 손가락을 자른 고통으로 간단히 제압됐고, 손가락을 자른 고통은 병원에서 이 주일 동안 번갈아 이어진 수술과 심문의 피로감이 대충 해결해주었다. 수상한 낌새를 감지한 경찰이 내 알리바이를 다시 조사했으나 그는 처음보다도 더욱 참혹한 결과를 받아들여야 했다. 이로써 내 육체와 영혼은 낙타의 세계에 도달할 때까지 완벽하게 방부 처리됐다.

그뒤로 나는 공공 병원의 일반 병실에서 아주 평화로운 노후를 보내고 있다. 한 달 전 폐암 선고까지 받아 더할 나위 없이 행복하다. 매일 세 번씩 나를 찾아와 식사를 건네고 안부를 물어주는 간호사들이 가장 먼저 내 죽음을 목도하길 바란다면, 그건 그녀들의 호의를 경멸하는 일일까. 공권력은 반세기 동안 단죄하지 못한 죄악을 처단하기 위해 막대한 세금을 내게 쏟아붓고 있지만, 나는 혹독한 처벌을 피해 그들을 크게 낙담시킬 것이다.

요즈음 의료진의 방문이 잦아지면서, 그리고 새끼손가락의 손톱이 자라나는 속도가 더욱 느려졌다는 걸 깨달으면서 나는 내 죽음으로 확정 지을 수 있는 것들이 무엇인지 궁금해졌다. 거짓 목격자들의 선동을 막기 위해서라도, 발가락 사이에 연필을 끼우거나 막대기를 입에 문 채 유언장을 남기는 게 어떨까 진지하게 고민하고 있다. 종이 위에 이어진 선형의 문자야말로 바벨의 탑과 같은데, 수직으로 쌓아올린 돌덩이는 쉽게 발견돼 파괴될 수 있어도 평면에다 넓게 펼쳐둔 문자는 수천 년을 견딜 수 있다는 사실을 간파한 페르가몬인들은 훗날 양피지를 발명했다.

하지만 낙타의 세계가 아닌 곳에서 진실이 거짓의 근거로 활용될 것을 걱정해 나는 결코 결정론적 문장으로는 기억을 기록하지 않을 작정이다. 한 개인이 인류 전체에게 알려질 확률이나 인류 전체가 우주에 존재할 확률 등을 따져본다면 나는 내 인생을 덤덤하게 마무리할 수 있을 것 같다. 인류 전체가 지금까지 찾아낸 진실이라는 게 고작 칸트의 낡은 가죽가방 속에 모두 담길 정도로 적은 분량일지 모르고, 그 가방 안의 진실을 정확하게 이해할 수 있는 개인마저 극소수에 불과할 테니, 지극히 평범하게 살아온 내가 굳이 진실의 수호자나 비극의 대속자처럼 거들먹거릴 필요는 없다. 숨이 끊어지기 전에 영혼이 먼저 흩어지지만 않는다면 내가 괴이한 정신병을 앓다가 지구를 통째로 박살 내는 일은 결코 일어나지 않을 것이다. 대신 당신들을 괴롭히고 있는 거짓들에 가능한 한 붉은 표지를 많이 붙여둠으로써 반세기 동안 나를 정성껏 보살펴준 간호사들에게 보답하겠다.

진실은 신의 영역에 속하지만 거짓은 인간의 발명품이기 때문에 인간이 제대로 취급할 수 있는 것은 거짓뿐이다. 진실에 포함된 1퍼센트의 거짓은 진실을 통째로 폐기시킬 수 있지만, 거짓에 포함된 1퍼센트의 진실은 거짓의 영향력을 더욱 강화한다. 그러니 낙타의 세계는 퇴화할 수밖에 없는 데 반해 인간의 세계는 갈수록 발전하는 것이다.

부모는 자신이 새로운 거짓을 발명하고 퍼뜨린다는 사실을 은폐하기 위해 자식들에게는 오직 진실만을 숭배하고 그것을 지켜낼 용기와 지혜를 단련해야 한다고 가르쳤는지도 모른다. 그리고 자식들은 자라나서 제 부모의 거짓에 분개하다가, 부모의 거짓을 압도할 수 있는 새로운 거짓을 발명해낸 뒤로 부모와 화해하고 자식을 학대하기 시작한다.

결국 거짓의 쓸모를 만들어내기 위해 인간은 진실이라는 그림자를 마치 신성한 암소처럼 숭배하게 된 게 아닐까. 진실에 집착하는 강박을 당장이라도 떨쳐낼 수 있다면 인간은 지금보다 훨씬 완전한 자유와 평화 속에서 살아갈 수 있을 것이고 많은 생명을 권태와 시행착오로부터 구해낼 수도 있으리라.

그렇다고 내가 지금 신성한 죽음을 앞두고 내 아들과 아내에게 저지른 죄악을 자백하는 건 결코 아니다. 다만 나도 이제 너무 늙어서 거짓마저 제대로 다룰 수 없게 됐다고 인정하는 것이다. 당신들이 내게 계속해서 진실을 요구한다면, 나는 그저 죽음에 이를 때까지 침묵함으로써 당신들의 승리를 확인시켜주겠다.

사막 한가운데에서 문득 낙타가 어떻게 사자가 되고, 사자가 어떻게 어린아이가 되는지* 전혀 이해하지 못한 당신들이, 피의자와 목격자의 뇌 속을 뒤져서 기억의 파편들을 찾아내고 그것들을 연결해 과거의 사건을 복원할 수 있는 기계를 발명해내다니 정말 놀랍다. 그 기계에 싱크로사이클로트론과 초양성자 싱크로트론의 원리가 적용될 것이라고는 미처 상상하지 못했다.

하지만 내가 기억하는 사건들 중에는 실제로 일어난 것보다 그

* "나 이제 너희들에게 정신의 세 단계 변화에 대해 이야기하련다. 정신이 어떻게 낙타가 되고, 낙타가 사자가 되며, 사자가 마침내 어린아이가 되는가를." 프리드리히 니체, 『차라투스트라는 이렇게 말했다』, 정동호 옮김, 책세상, 2015, 38쪽.

저 상상한 것이 더 많을 텐데, 기계가 그 둘을 어떻게 구분할 수 있는지 궁금하다. 뇌의 각 부위에서 측정되는 전기적 신호와 뇌파의 변화를 분석해서 기억의 진위를 판단하는 것이라면, 유감스럽게도 내겐 정상적으로 작동할 것 같지 않다. 왜냐하면 내 생각과 행동을 관장하던 장기는 혀였는데 그건 이미 사라지고 없기 때문이다. 가족과 내가 함께 비극을 맞이하기 전까지 나는 허기와 풍문에 끊임없이 시달렸다.

그래봤자 아주 잠시뿐이겠지만, 어쨌든 그 기계 덕분에 당신들은 이제 혀가 잘린 자의 이야기까지 똑똑히 들을 수 있게 됐다. 내 의지와 상관없이 스스로를 변론할 수 있게 돼 한편으로 두렵고 다른 한편으로는 편안하다. 그래서 당신들에게도 자신의 운명을 돌아볼 수 있는 시간을 잠시나마 주고 싶다. 그렇더라도 당신들의 의지로 결과를 바꿀 수 있는 사건은 단 하나도 없다. 당신들의 일생에서 탄생과 죽음이 기록되지 않는 것도 그 때문이다. 눈에 보이지 않는 낙타가 당신들과 우주의 운명을 결정한다. 그래도 나는 당신들이 중요한 순간에는 최소한 나처럼 주사위라도 던지길 희망한다. 그래야 모든 결과가 당신들의 의지에서 비롯됐다고 착각하고 그 결과에 수긍할 수 있지 않겠는가.

아직도 진실에 대해 알고 싶은가. 죽기 전까지, 그리고 다시 태어나기 전까지 낙타의 세계를 단 일 초도 경험하지 못할 당신들에게 왜 이제 와서 그것이 필요해진 것인가. 죽은 자들은 이미 사라졌고, 그들이 남긴 물질과 비물질은 돌고 돌아 산 자들의 육체와 영혼이 됐다. 죽은 자들을 살리려면 살아 있는 자들에게서 육체와 영혼을 빼앗아와야 한다. 살인자를 처벌하는 방법도 이와 다르지 않다.

당신들이 내 뇌 속에서 발견한 기억의 파편들을 이어붙여서 완성한 이야기 따위에 나는 전혀 관심이 없다. 당신들이 나를 여전히 살인자로 확신하고 있다면, 나는 기꺼이 살인자가 돼주겠다. 그러니 반세기 동안 단죄하지 못한 죄악을 처단하기 위해 나에게 아까운 세금을 낭비하지 말라.

영원한 침묵 속으로 들어가기 전에 낙타의 세계 입구까지 도달했던 과정만큼은 당신들에게 짧게 들려주고 싶은데, 이 또한 낙타의 세계와 무관할 테지만 그저 내가 죽기 전에 당신들에게 남기는 마지막 인류애 정도로 간주해주길 바란다. 목하의 죽음이 나를 감상적으로 만들었다는 사실도 부정하지 않겠다. 마지막 소원이 있다면 폐를 가득 채운 암세포가 폭발하는 순간을 혼자서 조용히 지켜보는 것이다.

거듭 충고하건대, 낙타의 세계에서 되돌아온 즉시 당신들은 무균실 또는 무향실 밖으로 나가야 한다. 그러지 않으면 괴이한 정신병을 앓다가 지구를 통째로 박살 내려고 시도할 것이고, 처참한 실패의 징벌로써 육체와 영혼이 살아 있는 상태에서 죽음을 맞이할 수도 있다. 나는 그렇게 파괴된 친구들을 너무 많이 알고 있으며 그들의 비극에 감염되지 않기 위해 부단히 노력했다.

낙타의 세계는 1972년 11월 18일 새벽에 유럽입자물리연구소에 설치된 가가멜 거품상자* 안에 나타났다가 일 분 뒤에 완전히 사라졌다.

가가멜 거품상자에 대해선 노벨물리학상을 이미 수상했거나 조만간 수상하게 될 나의 친구들에게 더 자세한 설명을 듣는 게 좋겠다. 전기기술자에 불과한 나는 그저 그것이 비누 거품으로 가득 채워져 있는 욕조와 닮았다는 정도만 말해줄 수 있다. 너무나도 작은 입자들을 찾고 있는 자신들이 마치 프랑수아 라블레의 소설 『가르강튀아와 팡타그뤼엘』에 등장하는 거인 가가멜처럼 여겨졌기 때문에 나의 친구들은 그 이름을 차용했다.

1972년 11월 18일 새벽, 나는 아내와 침대에서 잠들어 있다가 다음해 노벨물리학상 수상이 유력한 친구로부터 전화를 받았다. 그의 첫마디를 듣는 순간 나는 그가 물리학의 역사를 새로 쓸 수 있을 만큼 중요한 진실을 거품상자 속에서 발견했다고 직감했다. 나는 그 진실을 직접 확인한 두번째 인간이 되고 싶었기 때문에

* 가가멜 거품상자는 지름 1.8미터, 길이 4.8미터, 무게 1,000톤의 원통으로 18톤의 액체 프레온이 채워져 있다. 원자를 구성하는 다양한 입자들이 과열된 액체 프레온을 빛의 속도로 통과하면서 남긴 흔적을 분석하면 다양한 입자의 존재와 특징을 확인할 수 있다. 이는 마치 하늘에 남은 비행운으로 비행기의 존재와 항로를 짐작할 수 있는 이치와 같다.

급히 침대에서 빠져나와 옷을 갈아입었고, 아내의 욕지거리와 아들의 울음소리를 뒤로한 채 자동차를 몰고 서둘러 집을 나왔다.

실험실에 들어서자마자 친구는 악수를 건네는 것도 잊은 채 다짜고짜 흑백사진 몇 장을 보여주었는데 전기기술자에 불과한 나조차도 그것이 우리를 가가멜로 만들어줄 증거임을 확신할 수 있었다. 그래서 나는 거인 친구에게 축하의 뜻을 전하려고 뜨겁게 포옹했고, 그때 붉은 핏자국이 내게로 옮겨왔던 것이다.

연구에 열중하느라 자신이 다친 줄도 모르고 있던 친구가 걱정된 나는 그에게 병원 응급실에 가서 간단한 치료를 받고 집으로 돌아가 잠시나마 눈을 붙이는 게 좋겠다고 충고했다. 하지만 그는 흥분을 가라앉히지 못한 채 말을 이었다. 가가멜의 거품상자에서는 원인이 결과를 만드는 게 아니라 결과가 원인을 소환하는 것 같다는 것이었다. 또한 지금 여기서 벌어지고 있는 사건이 과거나 미래의 어느 곳에서 벌어진 또는 벌어질 어떤 사건에 영향을 미칠 수도 있다고 그는 중얼거렸다. 그러면서 입자들의 충돌 직후 일 분 동안 상자 안에서 일어난 사건들의 인과를 설명할 수 있는 수학식을 보여주었는데, 나는 한낱 평범한 전기기술자에 불과해서 그 명확한 증거를 보고도 도저히 낙타의 세계를 가늠할 수 없었다.

그는 자신이 신의 봉인을 뜯어낸 것 같다고 불안해했다. 그러고는 낙타가 그려져 있는 담뱃갑에서 궐련을 꺼내 연거푸 세 개비를 피웠다.

아침이 거의 다 돼서야 나는 집으로 돌아왔다. 집안으로 들어서면서 역겨운 피 냄새와 오물 냄새를 맡긴 했으나 그것의 출처를 궁금해하지 않았는데, 평생 아내나 아이 없이 혼자서 외롭게 살고 있던 내 집에 누군가가 침입해 정체불명의 시체 두 구를 놔두고 떠났을 것이라고는 전혀 상상할 수 없었기 때문이다.

전화벨소리를 듣고 안방에 들어갔을 때 비로소 비극의 정체가 드러났다. 전화는 함정을 만든 살인자에게서 걸려온 게 분명했다. 수화기를 들자마자 상대방은 전화를 끊었다.

죽은 자들이 바닥에 남긴 붉은 궤적들로 사건의 전모를 상상하다가 문득 나는 물리학자 친구에게서 옮겨온 핏자국들이 새로운 사건을 일으키고 그 결과와 원인까지 모조리 수정했을지도 모른다는 생각을 했다. 왜냐하면 그 친구는 가가멜 프로젝트에 참여하기 이전부터 자신의 아내와 심각한 갈등을 겪고 있었고 이따금 동료들 앞에서 서슴없이 아내를 향한 살의를 고백했기 때문이다. 갈등의 이유는 정확히 알 수 없었으나, 자폐증을 지닌 아들과 자신 사이에 유전적 친밀성이 거의 없다는 소문과 관련이 있는 것 같았다.

이웃의 신고를 받은 경찰들이 집안으로 들이닥쳤을 때, 내가 이렇게 중얼거렸다고 알려져 있다.

"아들이 나에게 낳았죠."

"너무 슬퍼서 배가 높게 굴렀답니다."

"낙타를 피우게 하려면 이름이 뭐였죠?"

우는 책

1. 원재현의 일기*

1995. 3. 2. K와 M은 더이상 연락이 되지 않는다. 학교에 안식년을 신청한 P는 권솔들을 거느리고 영국으로 떠났고 A의 칼럼은 봄 개편에 맞춰 조간신문 지면에서 사라졌다. L은 지병이 악화돼 출판사 경영을 친척에게 맡기고 낙향했다. N국장에 대한 하마평

* 이 일기는 처음부터 끝까지, 원재현이 '원문자C'라고 명명한 기호로 적혀 있었다. 이것을 해독하기 위해 이주용은 3년 동안 원재현의 서재에 칩거해야 했다. 조어(造語)는 부득이 풀어서 번역했고 도저히 뜻을 헤아릴 수 없는 문장은 공백으로 남기고 각주를 달았다. 이주용은 원문자C가 차뜰라문자로부터 유래됐다고 확신한다.

도 꾸준히 들려왔는데 부인의 땅투기 의혹이 표면적 이유였다.

1994. 12. 18. 주검 속에 봉인된 비밀이 윤회의 바퀴를 굴리고 있는 걸까. 미망인의 울음소리에서 하얀 뼈가 드러날 때까지 밤은 계속됐다. 장례식장에서 백리향을 뒤집어쓴 동료들에겐 은둔과 침묵만이 의무였다.

1994. 12. 16. 한밤에 O의 교통사고 소식이 들려왔다. 응급실에 도착했을 때 이미 그의 심장은 멈춰 있었다. 피의자나 목격자도 없었다. 마치 오래전에 서서 죽은 자가 마침내 쓰러졌다는 듯이. 영안실에서 K와 M은 술잔을 나누며 서로에게 알려질 자신의 부음에 앞서 유언을 발설했다. 유족들의 슬픔은 오히려 얇고 투명했다.

1994. 11. 2. P는 국립대학 영문과 교수 신분으로 되돌아갔다. A가 월요일자 조간신문에 기고한 영어 공용화 칼럼이 엄청난 반향을 일으키면서 국민들 사이에 새로운 대립 구도를 만들어냈다. L의 출판사가 출간한 작품들 중에서 올해 노벨문학상 수상작이 나왔다. 아내의 약국 일을 도우면서 요리학원에 다니는 K와 태권도 사범으로 변신한 M이야말로 C프로젝트의 대의를 따르는 진정한 혁명가다.

1994. 10. 15. 이도학술원 해단식. N국장은 대통령의 메시지를 전하고 자중자애를 당부했다. 어느 역사책에서도 발견되지 않을 진실은 양피지의 양면 사이에서 전사前史이자 후사後史로 기록될

것이다. O와 M이 설전을 벌여 마지막 페이지는 투견장으로 변했다. 원문자C가 이 문서를 기록한 자에게 모순 없는 갑옷을 입혀줄 것이라고 의심치 않는다.

1994. 10. 13. 카페에서 만난 O는 내가 오래전부터 일기를 쓰고 있다는 사실을 알고 있었다. 그는 자신이 『우는 책』을 발견한 과정을 내 일기에 기록해주면 좋겠다고 말했다. 그의 구술을 간단히 옮기면 다음과 같다. 8월 13일 토요일 오후에 산책을 나갔다가 들른 농가의 시렁에서 그는 우연히 책 한 권을 발견하고 그 책의 가치를 간파했다. 그래서 돼지 한 마리와 그것을 바꾸었다. 숙소로 돌아와 잠자리와 술자리를 멀리하며 나흘 동안 매달린 끝에 책의 내용을 해독할 수 있었다. 언뜻 그림으로 보였으나 규칙적이고 반복적으로 사용되는 기호들은 틀림없이 표의문자였다. 그것이 발명된 지 반세기 만에 완벽하게 사라진 이유는 승자와 패자는커녕 그들을 구분할 생존자조차 남기지 않을 만큼 잔혹하게 이어진 내전 때문이었다. O는 그 책을 삼 주 만에 완벽히 한글로 번역할 수 있었으나 내용이 너무 위험해 적어도 대통령선거가 끝나기 전까진 공개하지 않기로 결심하고 금고에 숨겨놓았다. 하지만 누군가가 그걸 훔쳐갔고 몇 장의 복사본을 현지 유력 일간지 기자에게 넘겼다. O는 M을 범인으로 지목했지만 아직까지 증거는 발견하지 못했다고 말했다.

1994. 10. 12. 두번째 임기를 시작한 현직 대통령으로부터 국적

을 박탈당하고 불귀의 망명객 신세가 된 차뜰라 마리아 박사가 비공식 통로를 통해 A에게 편지 한 통을 보내왔다. 그는 세종과 한글에 대한 자신의 존경심을 표현하면서, 유전이 메마르지 않는 한 자신에게도 기회가 반드시 찾아올 것이고 어려울 때 도와준 친구의 우정을 금전적으로 보상하겠다고 약속했다. 이로써 C프로젝트는 석녀의 태몽쯤으로 끝나고 말았다. 초승달은 소슬바람에 날을 벼렸다. 귀촉도는 날 선 초승달을 삼켰다가 울대가 찢어졌다. 그 울음소리를 들은 이방인의 귓속에서 밤새 노란 진물이 흘러나왔다.

1994. 10. 8. 대통령선거 전날 오후 여섯시부터 다음날 투표 종료 시간까지 공공장소에서 술을 사고팔거나 마실 수 없도록 규정한 헌법 조항은 사자의 나라가 겪어온 반목의 역사를 충분히 설명해준다. 그곳에서 문맹자가 선거권을 행사할 수 있게 된 것도 겨우 5년 전부터다. 새로운 문자를 도입하겠다는 야당 대통령 후보의 공약은 자칫 상류층만을 위한 정부를 구성하겠다는 의도로 해석될 수도 있다. 하물며 선거 일주일 전에 해외로 도피한 그에게 어떻게 승리를 기대할 수 있겠는가. 3개월 동안의 기억들을 모조리 거세당할지도 모른다는 L의 푸념에서 시작된 술자리는 하마터면 이도학술원의 존재를 현지 언론에 노출시켜 애써 회복한 화해 분위기를 깨뜨릴 뻔했다. 이튿날 연구 자료들은 모두 폐기됐고 연구원들은 관광객들 사이에 숨어 개별적으로 귀국했다.

1994. 10. 4. 정부는 N국장을 사자의 나라에 급파하는 한편 긴박한 상황이 벌어질 경우 이웃나라의 미군 기지를 교민들의 임시 피난처로 사용할 수 있도록 비밀리에 미국과 양해각서를 체결했다.

1994. 10. 3. 성직자들과 지식인들, 심지어 군인들까지 현직 대통령을 지지하는 성명서를 발표했다. 시위대들은 미국 대사관으로 몰려가 자신들의 감옥에서 탈옥한 죄수를 돌려달라고 격렬하게 요구했다. 케네디공항에 도착하자마자 수행원의 양복으로 갈아입고 기자회견을 자청한 차뜰라 마리아 박사는 자신의 유죄가 확정되지 않는 한 중도에 대통령 후보를 사퇴하는 일은 결코 없을 것이라고 천명했다. 유엔에서 선거 감시단을 파견해야 한다는 망명객의 주장은, 중앙아프리카에 평화유지군을 파병하기로 의결하고 새벽에서야 귀가한 외교관들을 유엔 본부로 다시 불러모으지 못했다.

1994. 10. 2. 『우는 책』을 현지 언론에 유출시킨 당사자로 지목받아 이 주 동안이나 한국 대사관에 숨어 지내야 했던 O가 미국의 도움을 받아 가까스로 귀국했다. 사법 당국의 조사를 마치자마자 그는 지방의 모처로 내려가 일체의 연락을 끊었다. 자살을 시도했다는 소문이 나돌았으나 다행히 사실이 아닌 것으로 밝혀졌다. 계속해서 C프로젝트를 추진할 경우 외교를 단절하고 원유 거래를 금지하겠다는 현직 대통령의 경고 메시지가 현지 한국 대사에게 직접 전달됐다.

1994. 10. 1. 잠옷 차림의 차뜰라 마리아 박사가 자정에 호세 마리아 공항을 통해 미국행 비행기에 올랐다. 6개월 전 금의환향해 다섯 가지 언어로 유창하게 출사표를 낭독하던 청년은 사라지고 발밑의 그림자까지 주름이 흘러들어간 노인만이 악몽 위를 걸어가고 있었다. 앞으로 그는 사자의 나라에서 비밀리에 파견한 암살자들의 추적을 피해 숨어 지내면서 모국의 지지자들이 쿠데타에 성공했다는 소식을 기다릴 것이다. 슬픈 밤La Noche Triste.*

1994. 9. 29. 『우는 책』의 내용을 두고 나라 안팎이 술렁인다. 선거 패배 이후 정적들의 파상 공세를 걱정하고 있던 현직 대통령은 유세장으로 이동하는 버스 안에서 여론이 자신에게 우호적으로 돌아섰다는 이야기를 전해듣자마자 급히 대통령궁으로 돌아와 예전의 위엄을 갖추고 스페인어 알파벳abecedario이 사자의 나라 유일한 공식 문자라고 명토 박았다. 존스 박사로 알려진 차뜰라 마리아 박사의 자택 앞에 집결한 시위대는 한국 대사관으로 몰려가 출입문과 담장을 파괴하고 태극기를 불태웠다. 중무장한 경찰들이 조금만 늦게 도착했더라면 양국 사이에 전쟁이 일어났을

* '슬픈 밤'은 아메리카 대륙으로 건너간 약탈자 코르페스가 원주민들의 저항에 부딪혀 후퇴하던 밤을 일컫는다. 원재현은 스페인어의 의미 대신 음운에 따라 원문자C로 번역했는데 스페인어를 거의 모르는 이주용은 몇 가지 단서를 들어 '우뚝 멀리까지 웅크린 땅'으로 옮겼다. 이를 D대학 스페인어학과 정순옥 교수가 바로잡았다.

지도 모른다.

1994. 9. 28. 사자의 나라 유력 일간지에서 『우는 책』에 대한 기사를 최초로 발견한 A는 연구원들의 외출을 금지시키고 본국의 N국장과 연락해 대책을 마련했다. O는 친분이 두터운 이들에게 자신의 목적을 설명했으나 동료들은 그의 정의감에 동조하지 않았고 사태의 심각성조차 제대로 파악하지 못했다. K와 M은 이미 『우는 책』을 읽은 듯했다. 무명의 역사가가 자신의 나태함을 경계하기 위해 그 책의 표지에 그려놓은 사자 한 마리는 어두운 습기와 고운 먼지를 식량 삼아 한 세기를 올곧이 버텨낸 뒤 뼈와 살과 근육을 얻어 초원으로 나올 수 있었다. 밤새 그것의 울음소리를 듣지 못한 자는 오직 존스 박사뿐이었다.

1994. 9. 25. 오늘까지의 지지율을 유지한다면 존스 박사의 집권은 확실하다. 새로운 문자를 도입해 오욕의 역사를 멈춰 세우겠다는 공약이 대중들의 역사의식을 자극했다. C프로젝트의 성공 여부에 따라 새로운 대통령의 시호가 결정될 것이다. 새로운 문자가 가져다줄 명예에 신열이 오른 존스 박사는 빠듯한 유세 일정을 소화하느라 심신의 균형을 잃어가는 와중에도 틈틈이 연구실에 들러 우리의 인류애를 독려했다. 지구상의 소수 언어들 중 90퍼센트가 앞으로 20년 안에 사라질 것이라고 단언하면서도 굳이 한글과 같은 소수 문자를 수입하려는 그의 목적이 매번 이해받는 건 아니었다. 알파벳이나 한자는 소리와 정확히 일대일대응하지 않

고 아랍문자나 이디시문자는 지나치게 많은 종교적 제약 때문에 본래의 장점을 전혀 살리지 못하고 있다는 주장은 논리가 부족했다. 집권층의 정치적 목적을 위해 만들어진 한글이 그 형태와 효용을 조금도 잃지 않은 채 수백 년 동안 이어지고 있다는 사실에 존스 박사는 여전히 고무돼 있는 듯했다. 학자들의 신상을 기억하고 건강과 고민을 살피는 위정자는 『세종실록』에 자주 등장한다.

1994. 9. 22. 사자의 나라 독립선언서와 개정 헌법 제1장, 건국 신화, 민요, 소설책, 성서, 어린이용 검정 교과서, 신문, 음식점 메뉴판, 태권도 교본, 텔레비전 사용 설명서 등을 한글로 번역하는 작업이 거의 끝나간다. 그러나 연구원들 사이에서 여전히 불타고 있는 잉걸불은 언제라도 갈등을 부추길 태세다. 특히 O와 P는 하나의 콘센트에 뚫려 있는 두 개의 고압 전극 같다. 둘이 정면으로 맞설 경우 C프로젝트 자체가 중단될 수도 있다. 우리 정부는 해외 협력 단체의 명의를 빌려 존스 박사를 세종대왕상 후보로 추천하고 유네스코에 상금을 송금했다.

1994. 9. 13. 이번 대통령선거는 가히 문자의 전쟁이라고 부를 수 있다. 현재처럼 계속해서 스페인어를 공용어로 사용해야 한다는 현직 대통령의 주장은, 같은 언어를 사용하고 공해상에서 공동으로 유전을 개발하고 있는 이웃나라의 지도자들로부터 전폭적인 지지를 받고 있다. 미국계 아보카도 회사는 영어 공용화를 기치로 내세운 군소 후보들에게 후보 단일화를 조건으로 막대한 선거 자

금과 함께 선거 전문 컨설턴트들을 보내주겠다고 약속했다. 오랜 식민지의 역사가 제국주의자들의 차별적 언어정책에서 비롯됐다고 주장하는 후보가 등장하면서 에스페란토어 보급을 통해 약소민족의 연대와 독립을 도모했던 선조들의 역사가 재조명됐다. 하지만 이 모든 후보들이 같은 문자, 즉 알파벳을 사용한다는 점에서 합종연횡의 가능성은 언제나 열려 있다. 고립된 존스 박사의 무기라곤 타고난 언변술과 자원봉사자들의 헌신뿐이다.

1994. 9. 11. 텔레비전 선거 방송에 출연한 존스 박사가 마침내 C프로젝트에 대해 처음으로 공개했다. A는 사자의 나라 기자들을 모처로 초빙해 한글의 원리와 우수성에 대해 세 시간 남짓 특별 강의를 실시했다. 역사와 문화적 배경이 전혀 다른 나라에서 수입한 문자가 자신들의 과거와 미래를 가감 없이 담아낼 수 있다는 설명을 듣고 난 참석자들 대부분은 안타깝게도 회의적인 반응을 보였다. 스페인 사람들처럼 군대와 성서를 앞세워 강제한다면 또 모를까. 기자들에게 세종의 후예들은 검은 황금을 노리고 접근해온 새로운 약탈자들로 여겨질 수도 있겠다.

1994. 9. 4. 스물네 글자 이외에 새로 세 글자를 추가하자는 주장을 두고 연구원들이 격론을 벌였다. 전통적으로 노래와 춤을 즐기는 사자의 나라 국민들이 동음이의어를 많이 사용한다는 사실을 감안했다고는 하나, 모든 소리를 문자로 표현할 수 있다는 한글의 정체성을 스스로 부정하는 꼴이 된다는 반대 의견도 만만치

않았다. K는 새로운 글자를 추가하지는 않되 표기법만을 바꾸어 알파벳처럼 한 줄로 풀어쓰자고 제안했는데, 이는 조선어학회 주시경 선생의 혜안을 차용한 것이었다.

1994. 9. 2. 세계 여섯번째 규모의 유전 개발을 두고 각국에서 몰려든 로비스트들이 권력자들의 환심을 사기 위해 막대한 뇌물을 살포하고 있다는 소문은 사실에 가깝다. 하지만 존스 박사는 이미 한국 기업 한 곳에 10년 동안의 독점 채굴권을 구두로 승인했다. 물론 그가 우리의 도움을 받아 선거에서 승리한다는 조건이 먼저 충족돼야 한다. 한글을 연료로 자동차가 달리게 될 것이라고 누가 상상이나 할 수 있었을까. 건설 노동자들의 피와 땀으로 외화를 벌던 시대는 오래전에 이미 종말을 고했다. 세종의 얼굴이 그려진 지폐나 우표가 이역만리에서 통용되는 날도 멀지 않았다.

1994. 8. 20. 본격적인 선거운동이 시작되면서 두 명의 유력한 대통령 후보의 경쟁도 치열해졌다. 재선을 노리는 현직 대통령에게는 측근들의 부정 축재를 묵인했다는 의혹과 함께 살인적인 물가에 적절하게 대처하지 못하고 있다는 비난이 쏟아지고 있고, 존스 박사는 미국 체류 시절 이민법 개정을 주장하는 우익 단체의 법률 자문을 맡았던 경력이 드러나 곤욕을 치르고 있다. 고통만이 삶의 유일한 징후인 사자의 나라 유권자들에겐 현재보단 과거나 미래가 더 매력적일 수밖에 없어서 그들은 정권과 무관한 자들에게 훨씬 관대했다. 이 나라의 건국신화에 따르면, 번성하던 세상

이 가뭄과 전쟁으로 갑자기 파괴되고 오랫동안 폐허가 지속되던 때 새로운 세계를 세우기 위해 초인이 바다를 건너왔다고 한다.

1994. 8. 10. 나흘 동안 현지 주민들과 개별 접촉하면서 언어생활의 특성을 파악한 연구원들은 자연스레 두 무리로 나뉘어, 한쪽은 희망으로 고무됐고 다른 쪽은 불안으로 어두워졌다. 나중엔 의견이 같은 자들끼리만 따로 모여 식사할 정도로 분위기가 험악해졌는데, 전자는 끼니마다 김치와 고추장을 챙겼고 후자는 남국의 향신료에 열광했다. 참다못한 A가 한국 대사관의 조리실을 빌리고 순번을 정해 모두의 식사를 준비하자고 제안하면서 갈등은 가까스로 봉합됐다. 홀로 파견 나온 외교관들과 현지에서 채용한 공무원들까지 몰려들면서 연구원들은 식사 준비에 더 많은 시간과 열정을 쏟아야 했는데, 이 소식을 전해들은 N국장이 대사관에 직접 항의한 뒤부터 두 명의 요리사가 고용돼 두 종류의 음식을 각각 준비했다.

1994. 8. 5. 존스 박사 일행과 한국 대사가 참석한 가운데 C프로젝트에 대한 브리핑이 열렸다. 존스 박사에게 한글을 가르칠 가정교사로 영어와 스페인어에 능통한 L이 지목됐다. 태권도 유단자이기도 한 M은 한글 보급에 태권도 도장만큼 훌륭한 강습소도 없다는 의견을 내놓았다가 사자의 나라 최초의 태권도 사범이란 명예를 얻었다. 게염이 많은 P는 프로젝트를 끝내자마자 대통령궁 옆에 한국 식당을 개업하겠다는 포부를 밝혔는데 그의 말을 곧이

곧대로 믿는 자는 거의 없었다. 오후 네시경에 전기가 끊기더니 호텔측의 설명과는 달리 저녁 일곱시까지도 복구되지 않았으므로 우리 일행은 오토바이를 타고 십삼 킬로미터 떨어진 이웃 마을에 가서 식사를 해결해야 했다.

1994. 8. 3. 열여섯 시간의 비행 끝에 호세 마리아 공항에 도착했다. 안개 때문에 그곳의 영토는 아침마다 두 배로 불어난다고 했다. 시계를 여덟 시간 뒤로 돌렸다. 우리가 건너온 시간의 간극이 앞으로 우리가 범하게 될 시행착오를 줄여줄 수 있으면 좋으련만. 한국 대사관 직원들이 마련해준 버스를 타고 시내를 둘러봤다. 열대의 날씨는 자본주의 정신과 어울리지 않는다. 반면 모스크바의 혹한이야말로 공산혁명을 성공시킨 최고의 철학이었다. 두 달 동안 이도학술원 분소가 세워질 곳에서 존스 박사의 선거 사무실까지는 채 오백 미터도 떨어져 있지 않다. 저녁에 한국 대사가 마련한 만찬에 참석했다. 해발 삼천이백 미터에 위치한 도시에서의 첫날밤은 두통과 소화불량과 불면으로 채워졌다.

1994. 8. 2. 사자의 나라로 떠나기에 앞서 조촐한 환송회가 외교부 주최로 총리 공관에서 열렸다. 다국적기업의 경영인들과의 만찬을 끝내고 뒤늦게 나타난 총리는 조국이 직면해 있는 암울한 경제 현실과 베트남 참전의 개인사를 늘어놓으며 우리의 애국심을 자극했다. 현재가 과거보다 더 위태로운 상황에 처해 있다고 말하지 않은 정부가 단 한 차례라도 이곳에 수립된 적이 있었던

가. 신이 모든 생명체를 대칭으로 빚은 까닭은 잉여의 노동을 착취하기 위해서일 것이다. 우리의 맹목적 사명감을 사자의 나라 국민들의 시각으로 냉철히 분석해볼 필요가 있겠다.

1994. 7. 18. C프로젝트의 구체적 내용이 담긴 문서가 신원 미상의 내부고발자에 의해 언론에 공개됐으나 정보기관의 기민한 대응 덕분에 지방의 신흥 종교단체가 해외 선교 활동을 준비하면서 일어난 해프닝 정도로 무마됐다. 고발자를 찾아내기 위해 N국장은 프로젝트 참가자 전원의 알리바이를 조사하려 했으나 빠듯한 일정 때문에 하는 수 없이 뜻을 꺾어야 했다. 억측과 선동에 적극적인 황색 언론은 한글을 세계 최고의 문자라고 치켜세우면서 머지않아 한글이 세계 각국의 문화 수준을 측정하는 바로미터가 될 것이라고 공언했다. 그런데 왜 그들은 정작 바로미터라는 외국어를 대체할 우리말을 찾지 않는 것일까.

1994. 7. 10. 존스 박사의 특사가 고국으로 돌아간 지 이틀 만에 외교부는 비밀리에 이도학술원을 설립했다. 이도李祹는 세종의 잃어버린 이름이다. A가 학술원장 직함을 얻었지만 중요한 결정들은 모두 대외협력부 N국장을 거쳐 처리된다. 우리의 연구 보고서를 산업자원부의 차관에게까지 회람시켜야 하는 까닭은 사자의 나라에서 최근에 세계 여섯번째 규모의 유전이 발견됐기 때문이다.

1994. 7. 8. 비밀리에 입국한 사자의 나라 밀사가 외교부 장관을 만나 한글 수입 의사를 밝힌 것이 사흘 전이다. 보고를 받은 대

통령은 그 자리에서 총리에게 사업 추진을 지시했고 다음날 저녁까지 연구원들의 인선이 마무리됐다. 어제 외교부 장관에게서 연락을 받은 뒤부터 나는 서재에 세계지도를 걸어둔 채 하루종일 고민했다. 학자로서의 순수한 호기심이 발동한 건 사실이지만 가족들에게까지 비밀에 부쳐야 한다는 단서가 끝까지 마음에 걸렸다. 정치가들이 주도하는 사업에 참여했다가 누대에 걸쳐 씻을 수 없는 과오를 범하고 여생을 죄책감과 수치심 속에서 탕진한 선후배들을 여러 명 지켜봤기 때문이다. 생육신이든 사육신이든 어느 쪽도 완전한 승리자가 될 수 없다. 여태껏 정치적 언행을 삼가면서 살아왔건만 기민한 기회주의자라는 비난까지 피할 수 있는 건 아니었다. 신념이라는 것도 결국 정치적 견해일 수밖에 없다면 더이상 도망치지 말고 맞서자. 그래서 오늘 오전에 외교부로 전화를 걸어 참여 의사를 밝히고 학장에게 안식년을 신청했다. 그리고 이 일기를 시작했다. C프로젝트라는 이름은 차기 대통령으로 유력한 존스 박사가 직접 붙였다고 하나 그 뜻을 짐작할 수는 없다.

2. 이주용에게 보내는 M의 편지

O는 이미 죽은 자의 얼굴로 우리에게 분명하게 말했다. 자신이 허방다리에 빠진 게 틀림없다고. 그를 늘 위태롭게 만드는 건

원죄와도 같은 호기심이었다. 농가에 숨어 있던 책 한 권이 그를 발견하는 순간 그의 죽음은 이미 예견됐다. 스핑크스의 질문에 대답하지 못한 자들은 괴물의 허기 속으로 사라질 것이다. 숙소에 돌아오자마자 O는 어둠과 습기와 침묵을 질료 삼아 죽은 자들과의 대화를 시도했다. 영감이 온몸을 흔들 때마다 심연으로부터 아주 조금씩 비밀스런 소리들이 들려왔고 그는 두 달여가 지나서야 그 의미를 깨달을 수 있었다. 이집트의 민중문자*가 상형문자의 엄격함을 거부하면서 발전했듯이 차뜰라문자 역시 민중이 신성한 아스텍문자에서 소리만을 걸러내어 흘려 쓴 것이었다. 책의 마지막 페이지에 이르자 어둠과 습기와 침묵은 빛과 열기와 탄성으로 타올랐다. 그래서 그는 잠의 축복 따위는 잊고 눈먼 수탉처럼 K와 나의 잠을 부리로 쉴새없이 쪼아댔는데 소화액처럼 끈적거리는 피로 때문에 우리는 그의 이야기에 집중할 수 없었다. 다음날 아침 음식냄새를 맡고서야 겨우 호기심을 회복한 우리는 지난밤의 격정에 대해 다시 물었으나 이미 흑요석 조각처럼 어두워진 그는 신의 언어인 꿈에 주석을 다는 일은 때와 장소를 가

---

* 발명의 신 토트는 이집트인들에게 상형문자(hieroglyph)를 선물했다. 하지만 사제들은 신들의 이야기를 기록하기 위해 그걸 신관문자(hieratic)로 변형시켜 독점했고 민중은 경제적 이유에서 민중문자(demotic)를 발전시켰다. 세 문자의 뿌리는 모두 같았으나 이집트 말기에 이르러 대부분의 민중은 상형문자나 신관문자를 읽지 못하게 됐다.

려야 한다고 충고했다. 스핑크스의 목젖 같은 태양이 사막을 늘리는 동안 그는 여전히 침묵하며 자신이 발견한 황금 속에서 밤의 요소들을 걸러냈다. 그러나 그의 지나친 신중함은 악마가 역사에 개입할 수 있는 시간을 허락하고 말았으니, 그가 우리 앞에서 『우는 책』의 첫 문장을 읽기도 전에 A가 지역신문을 통해 그 책의 목적을 알게 된 것이었다. 신문에 인용된 내용은 모두 거짓이었으므로 O의 실수는 결코 아니었다. 그는 잠시나마 K와 나의 공명심을 의심했으나 이내 자신의 무례함에 용서를 구했다. 오히려 우리는 동료들에게 자신의 알리바이를 적극적으로 해명하지 않는 그를 이해할 수 없었다. 하긴 그 책의 실체가 드러난다고 한들 비범한 자의 개입 없이는 그 안의 진실을 곧바로 들여다볼 수 없었다. 순교자의 비장함으로 그의 침묵은 더욱 단단해질 뿐이었다. 존스 박사의 패배로부터 도망칠 마지막 기회마저 반납하고 그는 동료들이 무사히 이웃나라로 빠져나갈 때까지 호텔에 혼자 남아서 사냥꾼들의 식욕을 자극했다. 그는 면죄부를 얻는 조건으로 현직 대통령으로부터 그 책을 번역하도록 요구받았다. 하지만 한 권의 책이 수만 개의 폭탄보다도 더 큰 위력을 발휘할 수 있다고 믿는 그로선 선뜻 과거를 위해 미래를 매몰시킬 수 없었다. 그렇다고 청산가리처럼 유독한 신념을 지니고 있는 것도 아니어서 그는 지병을 이유로 차일피일 대답을 미루다가 낮의 감시를 피해 한국 대사관으로 피신할 수 있었다. 자신의 신변을 두고 두 나라 사이에 과격한 언행이 오가는 동안 그는 차분하게 유언을 써내려갔다. 그리하여 사자의 나라에는 네 가지의 문자, 즉 아스텍문자, 스페인문자, 차뜰라문자, 그리고 한글로 쓰인 역사책이 존재하게 됐다—그는 원재현이 원문자C로 쓰고 있던 역사책에 대해서는 전혀 알지 못했다—. '역사 속 모든 위정자들이 정복하기를 갈구하는 가장 넓은 영토란 민중의 무의식이며, 그것을 가능하게 하는 유일한 도구가 문자다'라는 문장으로 원고는 시작됐다. 초고를 거의 완성했을 무렵 영구 추방이 결정되자 그는 『우는 책』 원본과 번역 원고를 양복 안감 속에 숨긴 채 귀국 비행기에 올랐다. 그리고 비행기에서 내릴 때 일부러 양복을 벗어두었는데 나중에 승무원이 그 주머니 속에서 연락처를 발견하고 집으로 양복을 보내주었다. 그는 와이셔츠 차림으로 입국하자마자 모처로 끌려가 사법 당국의 조사를 받았고 간신히 자유를 회복하자마자 자취를 완전히 감췄다. 이도학술원 동료들의 부박한 처세를 지켜보면서 나와 K는 O의 소식을 기다렸다. 죽기 이틀 전 술자리에 불쑥 나타난 그는 아무 이야기도 하지 않고 술만 마시더니 헤어질 무렵에야 겨우, 『우는 책』은 눈물 위에 기록돼 있어서 단 한 번이라도 울음을 멈춘 자는 결코 그걸 읽거나 기억할 수 없다고 귀띔해주었다. 그리고 이틀 뒤 그는 법도와 염도厭覩의 경계를 가로질러갔다. 그의 몸뚱이 위에는 스핑크스의 이빨자국이 선명했다. 그의 호기심 때문에 고통받았던 사람들은 비로소 밤의 자비를 찬양하게 됐을 것이다. 나와 K는 술잔을 나누며 서로에게 유언 집행을 부탁했다. M은 다음 생을 물고기로 살고자 했고 나는 고슴도치의 완벽한 고독이 부러웠다. 문맹으로 태어나고 싶은 욕망만큼은 서로 같았다.

너무 늦은 건 아닐까. 나는 지식과 기억을 모두 버리고 지방 소도시에서 태권도 도장을 열어 책 대신 아이들과 씨름하느라 세상과 멀어져 있었다. 그러다 반년 전 서울의 대형 서점에 들렀다가 원재현의 일기와 더불어 『우는 책』이 출간된 사실을 알게 됐다. 나는 너무 놀란 나머지 내 몸 밖으로 무엇이 흘러나오는 줄도 모른 채 그 책들을 사서 황급히 서점을 나왔다. 미행하는 사람이 있을까 싶어 지하철을 다섯 번이나 갈아타야 했다. 도장 문을 안에서 걸어 잠그고 그 책을 읽으면서 나도 울었다. 책은 어리석은 자들을 더욱 오만하게 만들기 때문에 그것을 만들고 보급하는 일을 경계해야 한다는 옛말이 몹시도 느껴웠다. 죽은 자의 침묵은 산 자들 모두에게 호의적이라는 사실이 서럽다못해 아팠다. 이 추악한 음모는 잉크가 아닌 석유를 얻기 위한 게 아니겠는가. 단 한 방울의 석유도 소모하지 않고 살아갈 수 있는 자만이 협잡꾼들에게 돌을 던져라. 하지만 아침에 삼킨 음식들과 이 편지에서도 나는 어쩔 수 없이 석유 냄새를 맡고 있다. 일찍이 귀농해 땅을 부모처럼 섬기고 살지 못한 게 몹시 부끄럽다. 아내의 고통을 양식 삼아 겨우 살아가는 나야말로 잉여 인간이다. K라면 어떻게 행동했을까.

그는 자신의 신념을 지켜내기 위해 결코 머뭇거리지 않았을 것이다. 하지만 요리사가 된 그가 가족들과 에콰도르로 떠난 지도 벌써 두 달이 지났다. 그래도 적도 부근에서 김치찌개를 끓이며 연신 땀을 흘리고 있을 그를 상상하면 잠시나마 시름이 씻기는 듯하다. 그를 위선자라고 비아냥거릴 자는 더이상 내 주위에 남아 있지 않다. 적어도 그가 살아남은 자들에게 떠맡긴 사명감을 나는 분명하게 감지한다. 그리하여 오늘로써 침묵의 유효기간은 끝이 났다.

단언컨대 『우는 책』은 결코 차뜰라 장군과 그 아들 차뜰라 세군도 대통령의 악덕을 기록한 역사책이 아니다. 거기에는 농사에 필요한 지식들이 담겨 있을 뿐이다. 당시 사자의 나라는 건기와 우기 때문에 주기적으로 극심한 가뭄과 홍수의 피해를 경험해야 했는데, 그로 인해 굶주리는 민중을 구제하기 위해 차뜰라 장군은 구황작물의 재배법을 보급하려 했다. 책에는 농기구 제작법과 천문을 읽는 법도 적혀 있었다. 이는 그 책이 발견된 농가의 오래된 주인이 한때 작목반의 우두머리였다는 사실과도 연관이 있다. 나는 최근에 태권도 사범 신분으로 사자의 나라를 방문했다가, 비록 차뜰라문자를 읽고 쓰는 능력은 없지만 자신의 할아버지로부터 전해들은 이야기를 고스란히 기억하고 있는 노인을 만날 수 있었다. 눈이 멀지 않았더라면 노인은 여전히 진실의 해악부터 걱정했을 것이다. 노인의 개인사를 이해하기 위해선 사자의 나라 사람들의 전통부터 먼저 이해해야 했다. 그는 사자의 나라에서 자신의 죽음을 처음으로 예감한 사람은 후세에 자신이 몸을 빌릴 짐승—마야인들은 나구알nagual이라고 불렀다—을 열흘 안에 찾아야 한다고 했다. 대개는 소나 당나귀, 양과 같은 가축들이 선택되는데 부유하지 않은 자들은 닭이나 쥐에게 수고를 맡기기도 한다. 원숭이는 형벌을 받고 있는 인간이라는 믿음 때문에, 그리고 개나 고양이는 인간에게 고기나 노동을 제공하지 않는다는 이유로 금기시된다. 버둥거리는 업축業畜을 가족들이 붙들고 있는 동안 죽어가는 자는 자신의 삶을 그 짐승에게 들려준다. 그리고 자신의 넋을 싣고 다닐 생명체의 행동을 흉내내면서 식구들에게 헌신할 것임을 맹세한다. 곧이어 조촐한 파티가 이어지는데, 아무도 죽음을 두려워하지 않기 때문에 아무도 슬퍼하지 않는다. 그 과정을 통해 아이들은 세계와 조상에 대한 존경심을 배운다. 카메라나 필기구를 사용해 자신의 마지막을 욕보이지 않는다는 조건으로 노인은 나의 간곡한 부탁을 물리지 않았다. 그리하여 나는 당나귀의 따분한 울음소리와 함께 그의 이야기를 들을 수 있었다.

여섯번째 태양을 맞이한 조물주는 악마를 단죄하기 위해 수십여 일 동안 홍수와 가뭄을 번갈아 지상으로 내려보냈다. 하지만 악마보다 인간들이 더 큰 고통을 받고 있다는 사실을 알게 되자 조물주는 스스로 몸을 낮추며 악마에게 화해를 제안했다. 악마는 선한 조물주가 거짓말을 할 것이라고는 상상하지 못했다. 그래서 인간들은 한동안 조물주와 악마에게 동시에 제사를 올리고 제 이웃을 제물로 바쳐야 했다. 노동으로 굳은살이 덮인 손과 발은 조물주의 몫이었고 악마는 부드러운 뇌와 심장을 챙겼다. 조물주는 자신의 똥으로 빚은 아들이 선한 뜻을 펼칠 수 있는 나이가 될 때까지 기다렸다가 아들에게 신성한 문자를 가르쳤다. 머리와 혀만을 활용해 생존하는 자들은 결코 이해할 수 없는 신탁이 그 문자에 담겨 있었다. 조물주의 아들은 자신의 이름을 차뜰라라고 밝히며 신성한 문자를 통해 선한 사람들을 규합했다. 그리고 모든 준비를 마쳤을 때 마침내 조물주가 명령을 내렸다. 그러자 그의 아들은 부패한 왕과 귀족들에게서 혀와 눈과 귀를 도려냈다. 더이상 악마에게서 명령을 받을 수 없게 된 자들은 서로를 적으로 착각해 공격했고, 그들의 업축이었던 앵무새들은 인간들의 말을 따라하는 광대로 전락했다. 조물주의 아들은 제단 위에 올라가 영원한 승리를 선언했고 모든 인간들이 자유롭고 평등하게 살 수 있는 국가를 개창했다. 문자의 폐단에 대해 잘 알고 있던 그는 오직 선택받은 자들이 조물주의 공덕을 칭송할 때만 문자를 사용할 수 있도록 허락했다. 하지만 공명심에 눈이 먼 인간들은 조물주보다 그의 아들을 칭송하는 데 더 많은 열정을 쏟았고, 문자를 사용해 경전을 만들더니 그것을 해석하는 방법에 따라 무리를 나누고 자신들만이 신탁을 나르는 유일한 업축이라고 주장하면서 인간들에게 신성한 문자를 가르치기 시작했다. 그들은 민중이 조물주와 그의 아들에게 쉽게 건너갈 수 없도록 거대한 해자垓字를 만드는 한편 이익을 둘러싸고 서로 반목하면서 문자의 형상마저 제멋대로 변형하기에 이르렀다. 자신의 권력이 강화될수록 민중이 더욱 고통받는 현실을 안타까워한 조물주의 아들은 민중이 읽고 쓰기 쉬운 문자를 창조하는 데 골몰했다. 마침내 그는 차뜰라문자를 반포하고 곳곳으로 책과 교사들을 보내 문자와 더불어 인권과 기술을 가르쳤다. 그로 인해 민중은 스스로 살아갈 방편을 마련할 수 있게 되면서 조물주와 그의 아들에 대한 존경심도 회복했다. 자연히 성직자들은 위기감을 느끼고 새로운 문자를 반포한 조물주의 아들에게 신성모독을 이유로 거세게 대항했다. 조물주의 아들에겐 그들을 제압할 의욕이 없었기 때문에 그는 짐짓 움츠러들었고 이에 기고만장해진 신관들은 끝내 그를 강제로 하야시킨 뒤 그의 문맹인 아들을 즉위시켰다. 그러고는 연이은 가뭄과 홍수를 미리 막아내지 못했다는 이유로 그마저도 폐위한 뒤 공화국을 선언했다. 그들은 자본주의야말로 조물주의 섭리라는 믿음을 유포시키면서 석유와 바나나 사업을 독점했다. 조물주의 가족들이 국외로 추방되자마자 차뜰라문자는 폐기됐고 책과 교사들은 모두 불태워졌다. 대신 이웃나라에서 수입한 문자가 보급됐다. 그러자 악마의 질서들도 한꺼번에 동면에서 깨어났다. 탐욕이 준동하는 이상 인간들이 거래할 수 없는 물건이나 감정은 단 한 가지도 없었다. 그나마 업축과 함께 죽음을 맞이한 인간들은 행복했으나 대부분은 업축의 정체는커녕 제 운명조차 알지 못한 채 죽어갔다. 반년 동안 번갈아 이어진 가뭄과 홍수로 인구의 절반이 죽은 뒤에야 사람들은 비로소 여섯번째 태양이 졌다는 사실을 인정하지 않을 수 없었다. 일곱번째 태양이 뜨는 날 사람으로 몸을 바꾸고 나타난 가리온 한 마리가 자신의 신성한 가계도를 펼치고, 유황불로 위험한 경전과 오욕의 역사를 모두 태워 없앨 것이라는 믿음으로 사자의 나라 사람들은 오늘도 굴욕을 참고 있는 것이다.

역사는 아직 태어나지 않은 독자들을 위해 기록되기 때문에 몇 권의 책들과 몇 명의 사관들이 사라진다고 한들 아무런 영향도 받지 않고 쪽빛 물소리를 내며 흘러간다. 나는 사자의 나라에서 왕실부터 민중까지 거의 한 세기 동안 사용됐던 문자가 흔적도 없이 사라졌다는 사실보다, 그 문자를 기억할 수 있는 자를 단 한 명도 찾아낼 수 없다는 사실이 더욱 이해되지 않았다. 사자의 나라에서 지워진 역사라 하더라도 이웃나라의 역사책에는 어떻게든 반영됐을 텐데 아무리 뒤져봐도 단서를 찾아낼 수 없었다. 혹시 차뜰라 문자는 사자의 나라 공식 문자로 반포된 적 없이 그저 어느 몽상가의 일기 속에서 잠시 등장한 게 아니었을까. 오랫동안 미국 생활을 했던 존스 박사가 대통령 후보로 등장하자마자 자신을 차뜰라왕의 직계손으로 자처하며 외국에서 새로운 문자를 도입하려고 시도한 것이나, C프로젝트가 세상에 알려지자마자 500여 년 동안 사자의 나라에서 자취를 감추었던 차뜰라문자가 『우는 책』에 담겨 외국인 학자의 눈앞에 갑자기 등장했다는 사실도 너무 수상쩍었다. 심지어 유전 때문에 생활 터전을 잃고 밀림에서 도시로 쫓겨나온 원시 부족장이 들려준 이야기는 마치 우리를 오래전부터 기다려온 함정 같았다. 밀림을 헤매다가 기적적으로 마을에 들어선 백색 피부의 남자가 의식을 잃고 쓰러졌다. 마을 주민들은 정성껏 그를 돌봤고 일주일 만에 기력을 회복한 그는 감사의 표시로 집주인에게 나무상자를 건넸다. 그 안에 들어 있던 검붉은 물체—나중에 그것은 악마의 혀로 밝혀졌다—에 집주인의 손이 닿는 순간 그것이 크게 꿈틀거렸다. 그러자 갑자기 태양이 사라지고 나무들이 쓰러지기 시작했다. 어둠은 한 달 동안 계속됐다. 샤먼이 배은망덕한 이방인을 그 자리에서 죽이고 백색 피부와 붉은 살덩이를 밀림 곳곳에 뿌렸더니 비로소 태양이 돌아오고 나무들이 살아났다. 샤먼은 악마의 혀가 담긴 나무상자를 동굴 깊숙이 던져 넣고 그 입구에 보초를 세우면서, 그것이 이 동굴을 다시 빠져나오는 순간 세상은 절멸하게 될 것이라고 예언했다. 그뒤로 오랜 시간 평화가 지속되면서 사먼의 예언은 빗나가는가 싶었으나, 최근 밀림 곳곳에 구덩이가 생겨나고 검은 물이 솟구쳐올라와 주변의 나무들과 동물들을 몰살시키자 늙은 족장은 재앙을 피해 부족을 도시로 데리고 나왔다고 말했다. 혹시 백색 피부의 남자가 대통령 후보에서 사퇴한 존스 박사는 아니었을까? 미국 석유 업체의 지원을 약속받은 그가 동굴에서 악마의 혀를 꺼냈을지도 모른다. 아니면 존스 박사를 음해하기 위해 누군가 그런 소문을 만들어 밀림의 원시 부족에게 미리 퍼뜨린 것인지도 알 수 없다. 그의 추방과 이도학술원의 해체, O의 미스터리한 죽음, 당신이 출간한 『우는 책』까지, 이것들이 모두 추악한 먹이사슬로 얽혀 있을 것이라는 나의 추측이 정말 틀렸을까?

당신은 단지 운이 나쁠 뿐이지 용기가 없는 건 아니라고 나는 믿고 싶다. 만약 당신의 어린 자식들에게 『우는 책』을 건네고도 부끄럽지 않을 자신이 있다면 원재현과 O의 무덤을 찾아가 그 책을 놔두고 와라. 하지만 진실은 천설관음千舌觀音이어서 반드시 억압의 껍질을 깨고 밖으로 나와 사자후를 쏟아내는 법이다. 그때는 결코 아무것도 되돌릴 수 없다. 부주의한 실수 때문에 수만 명의 인간들이나 몇 개의 국가들이 통째로 사라질 수 있다고 수세기 동안 역사가들은 반복해서 가르쳤다. 그러니 당장이라도 서점으로 뛰어가 『우는 책』 전량을 자진해서 회수해달라는 나의 간청을 묵살하지 않길 바란다. 당신의 행동에 감명이라도 받게 된다면 굽은 쇠뿔을 바로잡는 데 도움이 될 만한 비밀 자료들을 건네줄 수도 있을 것이니. 그러나 속죄할 수 있는 시간은 그리 많이 남지 않은 듯하다.

3. 실패와 투쟁의 약사略史

1997. 12. 3. 구원자의 얼굴로 나타난 협잡꾼들은 자신들의 규칙을 설명하기 시작했다. 마치 신대륙을 발명해낸 뱃사람들이 약탈에 앞서 원주민들에게 성경을 읽어주었던 것처럼. 번역의 문제가 없었기를. 대외 자금 거래를 정상화할 것. 외환보유고를 늘릴 것. 환율 변동에 제한을 두지 말 것. 고금리 정책을 유지할 것. 긴축재정을 유지할 것. 강도 높은 구조조정을 통해 자기자본 비율을 높일 것. 투명한 경영을 실시할 것. 정부의 감독 기능을 강화할 것. 국제적 기준에 부합하는 기업문화를 창조할 것 등. 우선 그들은 신탁통치가 끝나는 대로 무역 관계에서 우리의 독점적인 지위를 인정하는 협정을 체결해주기로 약속했다. 그러기 위해선 자신들의 역사가 반영된 화폐를 사용하는 게 어떻겠느냐고 제안해왔다. 그러면 굳이 환율 때문에 애면글면하지 않아도 될 테고 외환보유고가 부족할 때마다 미합중국 연방 은행이 발 벗고 나서서 도와줄 것이라고 했다. 게다가 그들은 달러를 지닌 여행객들을 문전박대할 곳은 세상 어디에도 없다고 공언했다. 공과를 두고 여전히 논쟁에 휘말려 있는 몇몇 인물들을 화폐에서 미리 추방시켰던들 그들은 더욱 손쉽게 경제적 영토를 늘렸으리라. 반발 여론이 들끓자 협잡꾼들은 전술을 바꾸어, 자국에서조차 스페인어 사용자들 때문에 공용어의 자리를 위협받고 있는 영어를 세계화의 무기

로 삼아야 한다는 논리를 펼쳤다. 천원짜리 빵을 사기 위해 달러를 지불해야 하는 상황은 받아들이지 못하더라도 브랜드에 따라 빵과 브레드를 엄격하게 구분하는 세태에서 자신감을 얻은 게 분명했다. 겸손과 열등감의 혼돈 속에서 자신의 불행이 부족한 영어 구사 능력에서 비롯됐다고 생각한 자들은 이 나라 고유의 언어와 문자를 원망하기 시작했다. 이 땅에서 미래를 꿈꾸기 위해서 아이들과 청년들은 영어권 국가로 날아가 어학원에 등록하지 않으면 안 됐다. 영어 구사 능력이 계급과 권력을 결정하는 시대의 도래는 필연적이었다. 그러자 몇 년 전 조간신문을 통해 처음으로 영어 공용화를 주장했던 A가 새로운 교육부 장관 후보로 잠시 거론됐으나 본인이 기자회견을 자처해 거부 의사를 분명히 밝히는 바람에 소문은 곧 잠잠해졌다. 영어에 적대감을 표시하는 자들은 시류에 역행하는 국수주의자로 간주돼 조리돌림을 당했다.

1998. 3. 21. 제비뽑기로 퇴직자가 결정됐다. 실패한 가장들에겐 이혼 선고가 파산선고보다 먼저 내려졌다. 굴욕에 익숙해지지 않으면 미래를 얻을 수 없다. 모든 꿈은 유예됐다. 자살자들의 숫자를 줄이기 위해서 횡단보도의 신호가 길게 조정됐고 다리마다 경찰들이 배치됐다. 경찰의 지시에 불응하고 자살을 시도하려는 자들은 생명에 지장이 없는 부위에 권총 실탄을 맞을 위험을 각오해야 했다. 정신과 의사들부터 미쳐갔다. 태아가 핏덩이로 돌아갔다. 국방의 의무를 마친 청년들은 외인부대에 지원하기 위해 사막

으로 떠났다. 복수 국적자들은 대개 이 나라의 국적을 포기했지만 정작 외국 여권을 든 채 이 나라에서 돈벌이를 시작했다. 속이지 못하면 속았다. 시골의 느린 시간과 끈끈한 연대가 낙오자들의 유일한 희망이었다. 채식주의자들은 살인적 물가를 이겨내지 못하고 육식주의자로 귀환했다. 빚은 연좌제에 묶였다. 소비는 생산의 적이라는 풍문이 퍼졌다. 끼니 걱정을 하던 자들은 범죄자를 자칭하고 스스로 구치소에 들어갔다. 부모는 술꾼이 되거나 폭군이 됐다. 보호시설에 맡겨진 아이들은 부모의 사진을 태우고 빠르게 체념했다. 유목민들은 윤리를 발명해낸 적이 없었다. 시민단체들은 파산했다. 무정부주의자들의 국가에선 오직 술과 담배를 살 자유만이 무한했다. 계몽사상가들의 처방전엔 이념이 없었다. 정치인들은 자신들을 모두 야당 소속으로 소개하고 중산층은 자신들을 파산층이라고 소개했다. 그래도 부자는 여전히 권태로워서 파렴치한 범죄를 저지르고도 유행병을 핑계로 뻔뻔스럽게 선처를 호소했다.

1998. 6. 13. 세계화를 강요받은 기업들은 선진국형 영어 능력 평가 제도를 도입해 신입 사원을 선발하고 직원들의 고과를 평가할 것이며 모든 회의는 영어로 진행하겠다고 발표했다. 정부는 외국 유명 대학들의 분교를 유치하기 위해 국유지를 헐값에 불하했다. 국내 대학들도 외국 교수들을 초빙하기 위해 경쟁했다. 높은 영어 평가 점수를 얻기 위해 사설학원에 등록한 수강생들에게 엉

터리 학원 강사들은 시험문제의 패턴과 답만을 가르쳤다. 원어민과 비슷한 발음을 낼 수 있도록 혀를 자르는 수술이 유행했다. 주한 미군의 한국군 지원단에 복무하는 일이야말로 분단된 조국에 사는 젊은이들이 공짜로 영어를 배울 수 있는 행운이라고 간주됐다. 영어권 출신의 실업자들에겐 아시아야말로 골드러시의 전설을 재현할 수 있는 새로운 서부로 여겨졌다. 위조된 대학 졸업장을 지닌 채 입국해 유명 학원에서 영어를 강의하던 백인들이 간통죄나 향정신성 의약품 관리법 위반으로 구속됐다. 필리핀이나 인도 출신의 가정부들에게도 기회는 공평했다. 아이들은 방학마다 영어가 통용되는 일상을 찾아 세계 각지로 떠났다. 국내에 홀로 남아서 매달 생활비를 부쳐주고 궁핍한 생활을 살아야 하는 남편들이나 이국에서 자식을 뒷바라지하느라 외국인들과 매일 콩글리시로 사투를 벌여야 하는 아내들 모두 외롭고 고달프기는 마찬가지였다.

1998. 10. 8. 한글날을 앞두고 경찰 추산 이만 명으로 예상되는 시위대가 종묘 앞에 모여서 한글날을 다시 공휴일로 지정해달라는 탄원서를 작성하고 피로 서명했다. 그것은 새로운 문자가 일으킬 혼란을 걱정하던 유생들이 죽음을 무릅쓰고 세종에게 상소를 올렸던 역사를 반복하는 행동이었다. 최만리는 세종에게 올리는 상소에서 한글을 만드는 것은 스스로 오랑캐와 같아지려는 행동이라고 썼지만, 시위대는 한글을 포기하는 것이 스스로 양키가

되는 행동이라고 주장했다. 영어 공용화를 추진하기 위해 지폐 제작용 은판 속에서 세종의 용안을 긁어낼 계획까지 검토하고 있다는 소문에 저항하기 위해 시위대 중 일부는 화폐를 확대 복사한 뒤 깃발에 매달고 행진했다. 한글 단체 임원들과 대학 국문과 교수들과 작가들과 유학자들과 해외에서 날아온 소수민족 대표들이 시위대의 앞줄에 서서 칼날의 역할을 담당했다. 경찰들에 의해 길이 막히자 한글 단체 간부가 경찰 버스 위로 뛰어올라 주머니칼을 자신의 뒷목에 꽂아 넣으며 절명시를 내뱉었다. 이 광경 역시 경술국치 전후의 역사를 재현하는 것에 불과했다. 하지만 응급차의 사이렌소리 때문에 공분은 멀리까지 전달되지 않았다. 한글 단체 간부라면 혀를 깨무는 방법이 더 어울리지 않았을까. 그가 목숨을 건졌다는 소식이 전해지자 시위대는 심한 허탈감을 느끼며 전의를 잃기 시작했다. 경찰서에 연행됐다가 단순 가담자로 분류돼 훈방된 M은 지인들에게 처음으로 자신의 계획을 발설했다. 하지만 위정자들은 조금도 뜻을 굽히지 않았고, 먹고사는 일을 해결하는 것이야말로 전통과 문화를 지켜내는 일이라고 주장했다.

1998. 11. 19. 태권도의 날도 한참 지났는데 태권도 협회 소속 회원 만여 명이 도복 차림으로 서울광장에 모여 반정부 시위를 벌였다. 점점 더 열악해지는 서민들의 경제 사정 때문에 동네 체육관조차 운영하기 힘들어진 마당에 영어를 공용화로 사용하게 된다면 우리 민족 고유의 무예는 종주국의 자리에서 쫓겨나게 될 것

이라는 게 그들의 주장이었다. 그들은 처음엔 예의를 중요하게 여기는 무도인답게 질서를 지키면서 행진했다. 하지만 그들을 막아선 경찰들이 곤봉을 흔들어대며 위협하자 흥분하고 말았다. 그들은 걷지 않고 날아서 행진을 계속했고 경찰 쪽에서 부상자가 많이 나왔다. 태권도 협회장이나 경찰서장의 등장으로는 그들의 기세를 꺾을 수 없을 것 같았다. 대통령의 하야를 요구하는 구호까지 흘러나왔다. 그런데 광화문 사거리에 이르자 도복 차림의 시위대는 자신들을 막는 경찰이 없는데도 갑자기 흩어지고 말았다. 현장에서 겨우 서너 명의 용의자만을 붙잡는 데 성공한 경찰은 주동자들을 색출해 엄중 처벌하겠다고 발표했다. 지명수배자 명단에는 M의 이름이 들어 있지 않았지만 그를 잘 아는 자들은 M이 주도한 시위임을 의심하지 않았다.

1999. 2. 26. 영어 공용화 법안이 압도적인 찬성표로 국회를 통과하자 다음날 아침 대통령은 새로운 법안을 공표했다. 위대한 소리글자인 한글 덕분에 같은 소리글자인 영어를 쓰고 읽는 게 다른 나라 국민들보다 훨씬 쉬울 것이며 이 법안이 공표된 이후에도 일상은 크게 달라지지 않을 것이라고 그는 한국어와 영어로 말했다—그가 영어로 법령을 낭독할 때에는 텔레비전 화면에 한글 자막이 등장했으나, 그가 기자들을 상대로 인터뷰를 할 때에는 한글 자막이 전혀 등장하지 않았다—. 오늘로 나이 만 오십오 세가 넘은 국민들에겐 영어 활용과 관련해 아무런 의무도 부여하지 않는

다. 내년에 초등학교에 입학하는 아이들에게 맞춰 정책들이 결정되고 추진될 것이다. 현재 스무 살 이상의 성인들은 국가가 정한 교육기관에서 향후 2년 동안 의무적으로 영어 교육을 받아야 하며 우수한 성적으로 수료한 사람들만 공무원으로 특채할 것이다. 5년의 유예기간을 거친 뒤 모든 공문서는 영문으로 작성될 것이며 공공기관의 회의는 영어로만 가능하다. 변화를 적극적으로 수용하지 않은 자들은 학교에 입학하거나 취직할 수 없으며 문맹자가 누릴 수 있는 권리를 거의 박탈당할 것이다. 우리 아이들에게 안락한 미래를 물려주기 위해서 어른들은 고통을 애써 회피하지 말고 힘과 지혜를 모아 돌파하자. 역사는 우리를 승리자의 이름으로 불러줄 것이다. 정부가 보관하고 있는 공식 문서와 서적들을 영어로 번역하는 프로젝트는 이미 시작됐고 1년 뒤에 이 자리에서 놀라운 성과를 발표할 수 있을 것이다. 대통령이 연설을 마치자 세계은행의 총재가 뒤이어 등장하며 다국적기업들의 투자 계획을 발표했다. 그후 영어권 국가의 지도자들이 보내온 영상 메시지까지 방영됐다. 그러자 주가는 폭등하고 환율이 안정을 찾았다. 기업들은 2년 동안 중단했던 신입 사원 공채 모집을 시작했다.

1999. 6. 23. 영어 이름으로 개명한 사람들이 벌써 십만 명을 돌파했다. 영어권 국가에서 입국한 여행객들에게 국내 무비자 체류 기간을 2년 연장해주는 시행령이 효력을 발휘하면서 외국인 구직자들의 숫자가 급증했다. 세계은행에서 빌린 돈을 예정보다

2년이나 앞당겨서 갚을 수 있을 것이라는 장밋빛 전망이 연일 뉴스에서 쏟아졌다. 번역가가 턱없이 부족하다는 소식을 듣고 교포들과 그들의 후손들이 앞다투어 취업 비자를 신청했다. 십만 명의 영어 교사를 양성한다는 교육부의 모토 아래 전국 모든 대학들은 영어 관련 학과의 입학 정원을 서너 배씩 늘렸다. 해외 유명 대학들의 분교 기공식이 연쇄적으로 열렸다. 아파트 상가마다 영어 학원들이 생겨나면서 강사의 자질 관리를 두고 교육부의 집중 감독이 실시됐다. 영어의 초월적 지위를 거부하며 시골로 낙향하는 사람들의 숫자도 함께 늘어났다. 한글 단체 회원들은 단식투쟁으로 한글과 같은 운명을 선택했다. 노인들의 자살률이 증가했다. 대통령이 영어로 발표한 대국민 담화문 속의 오문들을 두고 호사가들의 설전이 이어졌다. 출판사들은 창고 속의 한글 서적들을 모조리 꺼내어 할인판매를 진행한 반면 헌책방 주인들은 훗날 한글 서적들의 가치가 치솟을 것을 예상해 매입 물량을 늘려갔다.

1999. 8. 14. 세종의 탄생일을 맞아 마침내 M이 1년 동안 준비한 계획이 만천하에 드러났다. M은 태권도 협회뿐만 아니라 한글 단체 소속의 회원들을 중심으로 한글 지지 세력을 규합하는 한편 이도학술원 출신의 K와 P, L과 주기적으로 만나 사자의 나라로의 집단 이주를 모의했다. 이것은 전 세계에 흩어져 있던 유태인들이 이스라엘에 국가를 세우던 역사의 시작과 일치한다. L은 반정부 무력 투쟁을 주장했으나 국제통화기금의 신탁통치를 받고 있

는 상황에서 무분별한 파괴와 암살 행위는 민중의 현실만 더욱 악화시킬 수 있다는 의견을 존중하기로 결정했다. 영국에서 숨어 지내던 P는 미국에 망명중인 존스 박사를 만나 자신들의 계획을 밝히고 지원을 요청했다. 존스 박사는 처음엔 부정적인 의견을 피력했다. 외세를 끌어들여 갈등과 반목을 조장했다는 국민들의 비난이 여전히 두려웠기 때문이었다. 자칫 팔레스타인의 과오를 반복할 위험이 다분했다. 하지만 P는 물러서지 않고 『우는 책』의 존재는 허구로 밝혀졌다며 존스 박사를 안심시키고 사자의 나라 현정부의 실책을 침이 튀도록 열거했다. 그리고 한글을 국어로 사용하는 나라가 지구상에서 완전히 사라졌으므로 한국에 있는 모든 한글 학자들을 동원해 차뜰라문자의 재현과 발전을 전폭적으로 지원할 것이고, 이를 위해 태권도 보급에도 앞장설 것이며, 고국의 괴뢰정부가 붕괴되는 즉시 이곳의 임시정부를 해체하고 되돌아가겠다고 약속했다. 이주용이 한글로 번역한 『우는 책』보다는 원재현이 원문자C로 작성한 일기가 존스 박사의 귀국 결심을 종용한 게 분명했다.

퍼플 케이크
—Walking Tree 2

네 명의 관광객을 싣고 사흘 동안 지구궤도를 돌게 될 스페이스X가 발사되는 날, 나는 가게문을 열지 않고 흑맥주 두 상자를 사서 천문대와도 같은 M의 옥탑방에 찾아갔다. 컴퓨터와 망원경과 접이식 의자 두 개를 옥탑방 밖으로 꺼내어 임시 통제실을 만들고 알람 시계를 오전 아홉시 이분에 맞췄다. 팔다리에 올리브 오일을 바른 까닭은 무신론자가 지상을 잠시나마 탈출하려면 최소한 그런 우주복이라도 갖춰 입어야 할 것 같았기 때문이다.* 모두가 서

* "히브리인들은, '올리브기름 부음을 받은 자', 즉 '도유의식을 받은 자'를 '마시악(Maschiak)'이라고 불렀습니다. 예언자를 뜻하는 '메시아'는 여기에서 나온 말입니다. '기름 부음을 받은 자(an anointed man)'를 그리스어에서는 '크리스토스(Khristos)'라고 하는데, 우리가 아는 '그리스도'는 바로 여기에서 온 말입니다."

둘러 출근하고 있는 아침 시간에 마치 열한 시간 뒤늦은 세계로 퇴근한 사람처럼 집안에서 흑맥주를 두 병째 비우고 있자니, 하나의 시간대에 갇혀 사는 한 인생을 낭비할 수밖에 없겠다는 생각이 들었다. 그러면서 우주선 발사 닷새 전부터 외부와 격리된 채 굴욕적인 식단을 참아내야 했던 우주 관광객들이 불쌍해졌다. 어쩌면 그들은 사흘간의 우주 관광을 마치고 지구에 귀환하자마자 가까운 술집으로 달려가 위스키나 보드카를 마시면서, 떠나온 곳으로 무사히 되돌아오기 위해 너무 많은 비용을 지불했다고 투덜댈지도 모르겠다. 망원경 속으로 쏟아져 들어온 것은 유성우가 아니라 건물 속에 갇혀 있는 인간들의 얼굴이었다. 다섯, 넷, 셋, 둘, 하나, 발사. 알람 소리와 함께 우주선이 날아오르자 우리는 각자 스페이스 케이크를 한입씩 베어 단숨에 삼켰다. 우리가 도달하고자 하는 우주는 지구 밖에 있지 않고 인간의 몸속에 있기 때문에 뜨거운 화물을 둘러메고 날아오르고 있다는 인식 대신 사지가 묶인 채 한 점으로 빨려들어가고 있다는 감각만이 강렬했다. 중력보다 아홉 배나 무거운 공허감 속에서 궤도에서 벗어나지 않기 위해 M이 먼저 유행가를 불렀고 나도 후렴구를 따라 불렀다. M에게서 화초의 씨앗이 쏟아져나오면 따로 모아두었다가 밸런타인데이나 크리스마스 시즌에 손님들에게 공짜로 나눠주는 것도 효과적인 마

이윤기, 『이윤기, 그리스에 길을 묻다』, 해냄, 2003, 145쪽.

케팅 전략이 될 것이라고 생각했다. 곧이어 나는 러시아 혁명가를 불렀고 크렘린광장의 노천카페에서 흑맥주를 마시고 있는 M의 정수리가 잠시 보이는가 싶더니, 나를 싣고 나르던 우주선이 갑자기 방향과 추진력을 모두 잃고 흑해의 검은 바닥에 처박히고 말았다.

1977년, 갖가지 인기척으로 반짝이는 우주를 향해 보이저 1호와 2호가 초속 이십 킬로미터의 속도로 지상을 출발했다. 그해 나는 일곱 살이었는데도 초등학교에 입학해 한글의 부속품들을 배웠다. 1990년 태양계의 마지막 출입문을 빠져나가던 보이저 1호는 국경을 넘는 보트피플처럼 애상에 사로잡혀 푸른 지구를 찍은 사진 한 장을 보내왔다. 1991년 나는 삼수 끝에 수도권 대학의 지리학과에 입학했는데 천문학과에 지원했다가 두 번이나 낙방한 이력이 역마살을 부추겼다. 여행 경비를 마련하기 위해 전국의 공사판을 돌아다니다가 결국 민중 해방과 조국 통일만이 대학 생활을 유익하게 만들어줄 수 있다는 사실을 깨닫고 학생운동에 투신했다. 하지만 공안 정국의 폭력보다도 한 여자의 변덕이 나의 신념을 크게 뒤흔들면서 1994년 나는 학생운동을 그만두고 군에 자원입대했다. 1996년에는 여자친구와 교정에서 데이트를 하고 있을 때 전투경찰들이 갑자기 교문을 봉쇄하는 바람에 이틀 동안 갇혀 있다가 중국집 배달부가 알려준 비밀 통로로 간신히 빠져나왔다. 그 즉시 우리는 이별했다. 외계 문명 탐사 계획을 주도한 칼

세이건 박사는 외계인들의 저주였을 백혈병으로 그해 말 타계했다. 1998년 보이저 2호의 자외선 관측기가 영원히 멈췄다. 한때 정의와 헌신을 외쳤다가 전향한 자의 허영심을 채워줄 수 있는 직업이라곤 공무원이 전부였다. 2002년 나의 승선을 기다렸다는 듯이 공무원 노조가 출범했다. 태양계에서 명왕성을 퇴출시키는 결정이 2006년 이전에 내려졌다면 보이저호의 업적은 지금보다 훨씬 높게 평가됐을 것이다. 나는 구청의 보건 관리 업무보다는 공원 관리 업무가 더 미래지향적이라고 생각했다. 보이저호가 예상 수명을 훨씬 넘겨 2025년까지 지구와 교신할 수 있을 것이라는 과학자들의 발표는 환영받았지만, 공무원 정년이 만 오십팔 세에서 만 육십 세로 늘어났다는 뉴스를 듣고 세금 인상을 걱정하지 않는 시민들은 거의 없었다. 그래서 나는 쉰 살까지 공원 관리소로 출근하다가 퇴직했는데, 더 늦기 전에 천문학과 관련된 일을 해보고 싶었고 여의치 않다면 돈이라도 많이 벌어서 민간 우주왕복선에 탑승할 작정이었다.

목요일 오후 공원 관리소로 찾아온 M은 자작나무처럼 핏기 없는 표정으로 내게 자연공원법에 대해서 물어왔다. 그래서 나는 그가 집 근처에 있는 공원 때문에 불편을 겪고 있거나 자신이 보유한 토지를 공원 용도로 변경하고 싶어한다고 짐작했다. 성하盛夏의 칡넝쿨처럼 오관구규五官九竅에서 스멀스멀 기어나오는 호기심을 애써 누르며 나는 그에게 달콤한 의자와 묵직한 원두커피를 건넸다. 그러고는 그가 흥분해서 욕지거리를 쏟아내기 전에, 그가 궁금해할 내용들을 미리 대답해주었다. 세계 유명 도시들의 명성이 어떻게 공원에서 시작될 수 있었는지, 축구장 크기의 공원 하나를 유지하기 위해 얼마나 많은 세금과 인력이 투입되는지, 공원 근처에 살고 있는 아이들이 그렇지 않은 아이들보다 얼마나 높은 학습 성취도를 보이는지, 범죄를 예방하기 위해 얼마나 많은 폐쇄회로 카메라와 비상벨이 설치돼 있는지, 개인 토지를 공원 용지로 기증했을 경우 자녀들이 어떤 혜택을 받을 수 있는지 등등, 상담은 두 시간을 훌쩍 넘겨서까지 계속됐다. 넉 잔의 원두커피를 마신 다음에야 비로소 M은 나무로 변신하고 있는 자신이 인근 공원에다 뿌리를 내리고 관리소 직원들의 보호를 받으려면 어디서 누구를 만나 어떤 절차를 거쳐야 하는지 물었고, 나는 하마터면 차갑게 식은 커피를 그의 얼굴에 끼얹을 뻔했다. 내 무의식까지 통제하고 있는 공무원 윤리 강령이 축복처럼 여겨졌다.

우수가 지날 무렵 M에게서 전화가 걸려왔다. 그의 어눌한 화법은 부아를 치밀어오르게 했으나 저녁식사 초대를 거절할 이유가 딱히 생각나는 것도 아니었다. 사흘째 계속되고 있는 이상고온현상 때문에 겨울은 권위를 잃고 낯선 자들이 쉽게 건너다닐 수 있는 투명 다리를 세상 곳곳에 걸쳐놓았다. M은 자신의 집을 백산동 천문대라고 불렀는데, 서울의 밤하늘은 별이 자라나기에 너무 황폐했으므로 기껏해야 고배율 망원경 한 대를 갖추어놓고 이웃들의 벌거벗은 위선 따위나 엿보는 곳 정도로 짐작했다. 그가 일러준 버스정류장에 내려 오르막길에 들어섰을 때 고샅 끝에서 코끼리 무덤 같은 흰 건물이 나타났다. 그런데 그가 머물고 있다는 장소는 신비로운 천문대라기보단 한 가족의 조촐한 끼니를 마련해서 항구로 돌아오고 있는 고깃배처럼 보였다. 비린내가 가까워지자 열대어의 지느러미 같은 손을 흔들고 있는 M이 보였다. 그 규칙적인 동작만이 고깃배를 움직이는 동력의 전부인 것 같았다. 처음 만났을 때보다 훨씬 투명해진 표정에서 나는 그가 그사이 어디선가 희망을 발견해냈음을 어림할 수 있었다. 샴페인을 준비하지 못한 게 미안해졌다. 갑판 위에 둘러앉아 삼겹살을 굽고 있던 뱃사람들이 거의 동시에 악수와 술잔과 젓가락과 상추쌈을 건네는 바람에 허기가 들통나고 말았다. 하지만 낯선 사람들끼리의 이야기는 마치 키로 모래를 까부는 소리처럼 흩날려서 거의 알아들을 수 없었다. 마지막 양주병까지 깨끗이 비우자 뱃사람들은 기다렸다는 듯이 하선을 준비했고 M은 세련된 작별인사 대신 검은 비닐봉투에 일당을 담아 하나씩 나누어주었다. 내리막길을 걷는 내내 자글자글한 소리가 신경을 거슬러 버스정류장으로 가는 도중에 택시를 잡아탔다.

2006년 식목일이 법정 공휴일에서 제외된 이후에도 여전히 공무원들은 매년 봄마다 나무들에게 임시 시민권을 부여하는 행사에 참여하고 있다. 나무가 인간의 미래를 유지하는 데 중요한 역할을 하겠지만 인간과 동일한 계급을 지녔다고 생각하는 공무원은 유감스럽게도 거의 없었다. 도시에 나무 한 그루가 늘어날 때마다 담당 공무원의 근무시간이 최소 십 분씩 늘어난다는 우스갯소리도 서슴지 않았다. 행사 전날 저녁 잠들기에 앞서 등산화를 챙기다가 나는 신발장 속에 한 달째 처박혀 있던 검은 봉투를 발견했다. 베갯속으로 사용하면 깊은 잠을 덮어줄 것이라던 씨앗들 중 일부는 이미 우화하고 있었다. 그것들로 채운 베개 위에 누우면 봄의 징후가 기어이 나의 두개골을 뚫고 천장에 닿을 것 같았다. 그러다가 내 자취방마저 마치 나무 위에 지은 오두막처럼 허공 위로 떠오를지도 모른다. 안전한 군락지를 마련하지 못한 그것들을 주머니에 넣고 내일 식목 행사장으로 가는 길에 조금씩 풀어주는 건 어떨까. 그러면 언젠가 낯선 어둠에 길을 잃은 우주인이나 철새들이 형광 나무의 가지런한 신호를 따라 지상에 무사히 내려앉을 수도 있다. 하지만 나는 나무들이 잘려나간 곳에서 문명이 시작되는 역사가 되풀이되는 걸 더이상 바라지 않는다. 씨앗들을 신문지 위에 펼쳐놓으니 흙냄새며 물소리, 명지바람이 한꺼번에 일어났다. 색깔과 모양에 따라 대충 나누어봐도 내가 알고 있는 나무의 이름들보다도 다양했다. M은 자신의 무지를 감추기 위해 그것들을 섞고 갈아서 차를 만들어버린 게 아니었을까. 그가 내온 차를 한 모금 마셔보았지만 혀의 안팎이 얼얼해져서 도저히 삼킬 수 없었다. 그래서 M이 잠시 한눈을 파는 사이 찻물을 화단에 쏟아버렸는데 M은 내 빈 찻잔에 감격해 검은 봉투가 불룩해지도록 씨앗들을 챙겨주었던 것이다. 수천 년 전의 유적지에서 발굴된 씨앗의 연대기를 건성으로 뒤적거리다가 갑자기 손끝을 깨무는 전율에 나도 모르게 받은 숨을 게워내고 말았다. 무명 속에서도 거울의 파편처럼 날을 벼리고 있다가 누군가의 접근을 감지한 순간 공중으로 급히 튀어오르면서 자신의 운명을 넓게 펼쳐 보이는 씨앗 몇 톨. 그것은 삼베틀의 규칙적인 리듬 속에서 유년기를 보낸 나에게는 무척 낯익은 것이었으니, 그것 때문에 아이들 중 일부는 도시로 나가 대학생이 됐고 또 일부는 마약 사범으로 처벌받았다.

스페이스 X가 발사 후 십오 분 십일 초 뒤에 지구궤도에 들어서자 나와 M도 인력과 척력 사이에서 균형을 잡고 주변을 살필 수 있게 됐다. 어쩌면 우리는 나무들 사이에 매어놓은 해먹 위에 누워 몸을 흔들고 있는지도 몰랐다. 태양이 회색 구름과 탁한 먼지 속에서 어렴풋이 빛났으므로 우리가 아주 먼 과거나 미래로 날아온 것 같은 착각마저 들었다. 우리가 도착한 우주는 텅 비어 있는 게 아니라 오히려 투명하고 물컹한 것들로 가득차 있어서 그 안에서 몸을 움직이는 게 결코 쉽지 않았다. M이 팔을 뻗어 캔맥주를 움켜쥐고 그걸 내게 건넬 때까지 걸린 시간은 스페이스 X가 지구 궤도를 한 바퀴 도는 시간보다 훨씬 더 길었다. 내가 캔맥주를 따서 한 모금 마시는 사이에 스페이스 X는 또다시 지구를 한 바퀴 더 돌았다. M이 스페이스 케이크에 불을 붙여 푸른 연기를 서너 모금 들이켠 뒤 내게 건네줄 때까지 우주는 어둠과 침묵으로 우리를 으깰 기세였다. 다행히 때맞춰 바람이 불어와 푸른 연기를 흩어놓자 간신히 정상 궤도로 돌아온 M은 중계방송을 끄고 인터넷을 뒤져 두 대의 보이저호에 실려 있다는 황금 레코드판을 찾아냈다. 익숙한 침묵 뒤에 낯선 소리들이 흘러나왔다. 좀더 들어보니 그것은 수십 가지의 언어로 반복되는 인사말이었는데 영어, 일본어, 한국어 이외에는 알아들을 수 없었다. 그다음엔 우레와 빗소리, 개구리와 늑대 울음소리, 기차 소리가 흘러나왔고 바흐의 교향곡과 안데스 음악, 중국 현악과 모차르트가 이어졌다.

"보이저호 안으로 들어온 외계 생명체들이 레코드를 재생해서 들을 수 있을까?"

무한한 우주에 우리와 같은 생명체가 전혀 존재하지 않는다고 상상할 순 없지만, 우리보다 뛰어난 능력을 지녔을 외계 생명체들이 레코드플레이어를 작동하지 못해서 쩔쩔매는 장면을 떠올리니 실소가 터졌다. 다양한 외계 생명체들로 빽빽하게 채워져 있을 우주에서 유한한 상상 속에 갇혀 있는 인간이 발견할 수 있는 생명체는 단 하나도 없을 것 같았다. 설령 외계 생명체가 황금 레코드

속에 녹음된 소리의 의미를 알아듣고 지구를 애써 찾아온다고 하더라도, 그 소리를 녹음했던 시기의 세계가 더이상 지구상에 남아 있지 않다는 사실을 깨닫고 크게 실망할지도 모르겠다. 한때 지구상에서 사용되던 칠천여 종의 고유 언어 중 90퍼센트가 2050년까지 사라질 것이고, 하루에 백여 종씩 멸종하고 있는 야생동물들 중에는 아직까지 생물 도감에 기록되지 않은 것들도 아주 많다. 바흐의 악보만 지켜낸다면 아마겟돈 이후에도 지구상의 모든 음악을 복원할 수 있다는 주장은 오선지 속에서 평균율을 찾는 율법학자들에게나 유효한 낙관일 뿐이다. 보들레르의 시는 더이상 외국어로 번역되지 않고, 케플러식 망원경은 신화 속 신들이나 종교 속 성인들의 권위를 거세했으며, 인간에게 우주는 누구든 정복할 수 있는 미개간지 정도로 전락했다. 그래서 부자들이 민간 기업이 주도하는 우주 관광에 열광하고 있는 것이다.

퍼플 케이크Purple Cake. 그것이 나와 M이 공동 투자한 씨앗 가게의 이름이다. 봄이 오는 속도가 빨라지면서 식목일을 3월로 앞당기려 했던 자들의 노력은 오히려 나무를 연중 생산 가능한 공산품으로 혼동하게 만들었으니 도시 사람들은 더이상 봄과 생명의 시작을 연관 지어 생각할 수 없게 됐다. 더군다나 예년보다 더 절망적인 이상고온현상과 가뭄이 지속되면서 묘목들은 아지랑이보다 먼저 말라죽었다. 시궁쥐 시체처럼 길거리 여기저기에 널브러져 있는 목련 잎들을 밟은 행인들은 인생의 무상함을 주기적으로 환기시키는 꽃의 해악에 대해 빈정댔다. 애당초 나와 M은 반려동물처럼 주기적으로 물과 햇빛과 거름과 관심을 쏟아야 하는 식물을 재배할 계획이 전혀 없었다. 그래서 가게 안은 화분들과 원예도구들과 비료 포대와 씨앗 봉투들로만 채워져 있었는데, 처음 찾아온 손님들은 자신이 철물점에 들어온 것으로 착각하고 돌아가기도 했다. 우리는 우리가 팔아야 하는 상품들이 하나같이 유통기한에 쫓기지 않아서 아무때나 가게문을 열고 닫을 수 있다는 사실에 너무 흡족했다—진공포장된 씨앗들에 유통기한이 있다면 아마 천년쯤 되지 않을까. 고려시대 유적지에서 발견된 연꽃 씨앗을 물속에 담가놓았더니 싹이 돋았다는 뉴스를 최근 들은 적이 있다—. 하지만 가게문이 열려 있을 때만큼은 손님들에게 최대한 집중하려고 노력했다. 그들은 화초보단 채소 씨앗들에 더 많은 관심을 보였는데, 가게 안에서 판매하고 있는 상품과는 전혀 어울리지 않는 상호의 유래를 궁금해하기도 했다. 그러면 우리는 아무 말 없이 한쪽 벽에 적혀 있는 문구를 손가락으로 가리켰다.

'그것은 아직 케이크가 아니다.'

가끔은 헌혈한 대가로 받은 씨앗 봉투를 되팔려는 고등학생들이나 귀농을 준비하는 샐러리맨들과 가게 안에서 술자리를 벌이기도 했다. 그럴 때면 나는 진공상태의 씨앗들을 프라이팬에 볶고 전기 포트로 물을 끓였다.

하지만 우리의 비밀 고객들만큼은 가게 이름이 지미 헨드릭스의 〈Purple Haze〉에서 유래됐다는 사실을 잘 알고 있다. 그리고 가게 벽에 적혀 있는 가사의 의미도 정확히 이해한다. I can't go on like this.

4월에 이미 납 화살촉처럼 뾰족해진 햇살은 멀고 낮은 곳까지 날아가 박혔고, 붉게 달아오른 피부 위로 땀이 흘러내릴 때마다 가시덤불이 자라났다. 나는 친척의 갑작스런 죽음 때문에 식목 행사에 참석하지 못한 동료의 몫까지 포함해서 서른 그루 남짓의 묘목을 위성안테나처럼 지상에 세워야 했다. 기상청이 지구온난화를 방지할 수 있는 식수植樹로 선정한 백합나무, 가죽나무, 소나무, 편백나무, 잣나무 중에서 유일하게 유실수인 잣나무 묘목의 인기가 가장 높았다. 잣나무를 심는 자들에겐 훗날 청설모떼 같은 가족들을 데리고 와서 잣을 수확할 수 있는 권리가 주어졌다. 하지만 쉰 살의 미혼인 나는 일부러 잣나무 묘목을 선택하지 않았다. 인간들이 탐낼 만한 열매를 맺거나 목재로 활용될 수 있는 나무는 결코 제 운명의 길이를 가늠할 수 없다. 문득 자신의 뼛가루를 전등사 소나무 아래 뿌려달라고 유언한 시인이 제자의 손바닥 위에 완성했다는 시구가 떠올랐다.

'한적한 오후다/불타는 오후다/더 잃을 것이 없는 오후다/나

는 나무 속에서 자본다.'*

가까운 미래에 수목장이 크게 유행한다면 식목 행사에 참여하는 민간인들의 숫자가 크게 늘어날 것이고 식목일이 3월로 옮겨져 법정 공휴일로 다시 지정될 수도 있겠다. 노인들의 사망률이 급격히 높아지는 한여름과 한겨울이면 수목원이나 근린공원의 직원들은 거의 모든 나무들 주변에서 늙은 시체를 발견하고 비명을 지르겠지. 나는 죽은 친척을 땅에 묻느라 잣 수확을 포기해야 했던 동료의 이름을 열 그루의 나무 위에 써붙여주고, 나머지 스무 그루에는 내가 아직 만나지 못한 자들의 이름을 걸어주었다. 나와 M의 이름은 남기지 않았는데, 나무로 천천히 변신하고 있는 M이야 자신의 비석에 어울릴 만한 유언을 스스로 몸안에 새길 것이고, 나는 언제 잘려나갈지 모를 나무를 묘지기로 삼을 생각이 전혀 없으니 나무의 몸을 선점해둘 이유가 없었다. 차라리 나무 씨앗 속에다 무덤을 만들고 큰바람에 실려 지구 반대편까지 날아갈 수 있다면 더할 나위 없으련만. 아직까지 발견되지 않은 알렉산더대왕과 칭기즈칸의 무덤을 찾아내기 위해 수많은 도굴꾼들이 이집트의 사막과 몽골의 초원을 파헤치고 있는 덕분에 머지않아 그 두 나라는 조만간 척박한 자연환경을 극복하고 산림 대국으로서의 명성

* 그는 나무에 대해 이렇게도 썼다. "나무 몇 그루가 묵묵히 가지 속에/자기 몸을 밀어넣고 있다". 오규원, 「절과 나무」, 『오규원 시전집 2』, 문학과지성사, 2017.

을 얻게 될지도 모르겠다.

식목 행사가 끝나자마자 나는 친구 L의 사무실로 달려가서 거울의 파편 같은 씨앗들을 감정받았다. 그는 지방대학의 의류학과를 중퇴한 뒤 10여 년 동안 세상의 곳곳을 떠돌다가 5년 전에 귀국해서 서울에 부동산 중개 사무소를 열었다. 그리고 은퇴한 선장에게나 어울릴 법한 여자와 결혼해 두 아이를 키우고 있었다. 그는 더이상 새장 밖의 구름을 연모하지 않지만 세이렌의 뇌쇄적인 노래가 들려올 때면 가끔씩 아파트 옥상에 올라가 스페이스 케이크를 즐긴다고 했다. 나에게 그것의 미덕과 제조법을 처음으로 알려준 이도 그였다—그는 대학에서 전통 복식을 연구하면서 내 어머니를 찾아왔고 삼베옷 만드는 기술을 배우면서 동년배인 나와 친구가 됐다—. 그는 1년 만에 갑자기 나타난 친구에게서 청첩장을 기대했던 것 같다. 하지만 내가 탁자 위에 조심스레 올려놓은 검은 봉투를 보자마자 급히 사무실 문을 걸어 잠그고 블라인드를 쳤는데 그의 민첩한 반응만으로도 감정 결과를 어느 정도 짐작할 수 있었다. 나는 식목 행사에 갔다가 우연히 만난 노인에게서 얻은 것이라고 둘러댔으나 영감 대신 추억만 남은 L에게 봄은 전혀 멜랑콜리하지 않았으므로 나의 거짓말은 목표에서 한참을 벗어났다.

마약류 관리법 위반으로 종신형을 선고받을 수 있다는 나의 위협에도 M은 심드렁한 표정을 바꾸지 않았다. 그러더니 갑자기 주머니에서 쇠꼬챙이를 꺼내어 자해하듯 난폭하게 양쪽 귀를 후벼대기 시작했고 침묵의 현이 칼날처럼 당겨지는 순간 쏴르르, 씨앗들이 바닥으로 쏟아졌다—하지만 씨앗을 수확하는 때는 봄이 아니라 가을이 아닌가—. 물비린내가 일제히 준동했다. 말로 전해 듣고서는 도저히 수긍할 수 없었던 진실을 두 눈으로 직접 확인한 이상 나는 M에게 들이닥친 부조리한 상황을 믿지 않을 수 없었다. 하지만 자신이 식물 인간으로 변신해가고 있다는 그의 고백에는 웃음이 터졌다. 대마초 연기를 들이마셨다고 모두 식물 인간이 된다면 마약 사범들로 우글거리는 병원이나 감옥은 이미 정글로 변했을 것이고 사형을 집행하기 위해서는 벌목꾼의 전기톱이 사용됐을 것이다. 게다가 식물 인간이라는 선고는 결코 환자 본인에게 내려지는 게 아니다. M은 자신도 처음에는 나처럼 반응했지만 이런 증상을 겪는 환자들의 사례가 꾸준히 학계에 보고되고 있다는 이야기를 항문외과 의사에게서 들었다고 말했다. 그때부터 나는 웃음과 상상을 멈추고 온몸을 거대한 고막으로 만들어서 그의 이야기에 맞춰 공명하기 시작했다. 그제야 비로소 1000년 전의 석관 속에서 나무 씨앗들이 발견되는 이유가 이해됐다. 나는 위로랍시고 인간은 너무 외롭고 위태로워서 언제든지 괴물로 변신할 수 있다고 말했다가, 괴물이란 단어를 식물로 정정했고 버섯은 식물에 포함되지 않는다고 덧붙였다. 그는 자신의 몸속에서 하루에 두

바가지씩 쏟아져나오는 씨앗들을 딱히 처리할 방법이 없어서 응달에 잘 말려두었다가 갈아서 차로 마시거나 베갯속으로 채워넣는다고 설명했다. 그러면서 씨앗의 모양과 색깔을 구분해서 채운 황갈색 맥주 페트병을 마흔 개쯤 보여주었다. 그중 무려 열다섯 개가 대마 씨앗으로 채워져 있다는 사실을 확인하고 나는 환호했다. 그 상품들은 인간의 몸속에서 수확된 것이기 때문에 부작용을 걱정할 필요가 없었다. 게다가 이웃과 경찰의 감시를 애써 피해다니지 않아도 됐다. 나는 M의 옥탑방 현관문을 걸어 잠그고 암막 커튼을 둘러친 뒤 대마 씨앗을 프라이팬에 살짝 볶고 커피 그라인더로 곱게 갈았다. 그리고 기름종이 위에서 담뱃가루와 섞어 궐련처럼 만 다음 한쪽 끝을 조금 접어 입에 물고 반대쪽 끝에 불을 붙였다.

"이것을 스페이스 케이크Space Cake라고 부른다네. 지금부터 우리는 우주선을 타고 화성과 목성 사이에 있는 소행성을 향해 날아갈 거야. 중력의 아홉 배가 되는 윤리의 악력에서 단숨에 벗어나기 위해서는 누구든 이걸 삼켜야 하는데, 비행을 마치고 제자리로 돌아올 수 있다는 보장은 해줄 수 없어 유감이군."

그러고는 내가 오디세우스의 직계 후손이라는 사실을 증명하기 위해서 과장된 동작과 표정으로 자줏빛 연기를 서너 차례 깊게 들이켠 다음 바닥에 누워서 우주선 조종사처럼 팔다리를 움직였다. 그것은 여태까지 조종해본 어느 우주선보다도 빠르고 안락해서 나는 십여 분이 채 지나기도 전에 태양계를 빠져나갈 수 있었다. 하지만 그 케이크를 처음으로 맛본 M은 우주선을 지상에서 발진시키지 못하고 공항의 관제탑처럼 물구나무를 선 채 나의 귀환을 기다렸다. 한 시간 만에 간신히 지상으로 돌아와 두서없이 모험담을 떠들어댄 나는 봄이 지나가기 전에 종로5가 부근에다가 씨앗가게를 열자고 제안했다. 사업의 성패는 M이 품질 좋은 상품을 안정적으로 생산할 수 있느냐에 달려 있었다. 전 재산이 걸린 사업을 시작하기 위해서는 그가 어떤 온도와 습도, 조도 속에서 어떤 음식과 소리, 냄새에 반응해 대마 씨앗을 잉태해내는지는 물론이고 꿈의 내용마저 파악하는 게 급선무였다. 그래서 나는 공원 관리소에 사표를 던졌고 천문대와도 같은 M의 옥탑방으로 거처를 옮겨와서 하루종일 그를 관찰하며 일상과 생산물들을 기록하기 시작했다.

최고기온이 매일 경신되는 4월의 옥탑방은 열섬으로 변하고 있었다. 어느 날 M은 재래시장의 생선가게에 들러 여태껏 본 적 없는 열대 생선 두 마리를 사고 하얀 스티로폼 상자 여섯 개를 공짜로 얻어서 귀가했다. 머지않아 우리는 생태해장국을 먹기 위해서 사할린이나 홋카이도로 떠나야 할 것이고 거기서 세계 최대의 빙산이 무너지는 소리를 듣게 될지도 모른다. M은 두 마리 생선을 각각 삼등분한 뒤 여섯 개의 스티로폼 상자에 하나씩 담고 마사토로 채웠다. 그러고는 나흘 동안 옥탑방 아랫목에서 바짝 말린 씨앗들을 종류별로 나누어 심었다. 천 페이지짜리 식물도감으로도 정체를 확인할 수 없는 씨앗들이 어떤 마술을 부릴지는 아무도 짐작할 수 없었다. M은 중남미의 밀림 속을 걸어다니는 나무들에 대해서 가끔씩 말했다. 만일 그것들이 저 스티로폼 상자에서도 어른 키 이상 자라난다면 차꼬를 찬 채 옥상의 난간을 향해 조금씩 걸어가서는 어느 날 밤 사층 건물 아래로 뛰어내릴 수도 있다. 그러면 이웃들과 행인들은 세기말적 징후에 놀라 밀교의 주문 속으로 급히 피신할 것이고, 경찰들은 걸어다니는 나무들을 제압하느라 진땀을 흘릴 것이다. 그들이 M의 옥탑방을 급습해 대마 모종을 찾아낸다면 우주를 유영중인 우리를 지상에 강제로 착륙시키려 할 것이다. 하지만 그때는 이미 걸어다니는 나무들이 사방으로 씨앗을 흩뿌린 뒤일 테니, 곳곳에서 은밀하게 자라난 그것들은 이 도시를 걸어다니면서, 마야의 위대한 문명을 파괴할 때처럼, 건물들을 무너뜨리고 시민들을 도시 밖으로 내쫓을 것이다.

공무원보다 더 명예로운 직업은 없다고 생각하는 동료들에게 나의 사직은 권태가 이성을 마비시킨 사건으로 해석됐다. 누구나 바라는 직업을 10년 더 지켜내면서 인생을 여유롭게 살 수 있는 기회를 어리석게도 제 발로 차버렸다는 조롱까지 이어졌다. 몽골 초원에 나무를 심는 프로젝트에 참여할 계획이라는 내 대답에도 그들은 전혀 동요하지 않았다. 그들은 배가 불러야 트림이나 하품도 할 수 있다고 생각했다. 매년 황사 때문에 눈이 붓고 입안이 깔끄러워도 그들은 원인을 찾아 개선하는 대신 외면하거나 불평하는 방법만을 선택할 것이고, 어떤 인과도 기꺼이 수긍할 것 같았다. 하지만 공무원으로 정년퇴직한 자들 대부분은 분노하거나 저항하거나 개선할 능력을 잃어버렸기 때문에 어디에서도 환영받지 못한다는 사실을 그들이라고 모를 리 없었다.

M은 마지못해 자신의 소출물을 내놓겠다고 약속했지만 회사를 그만두면서까지 사업에 참여하진 않았다. 그래서 나 혼자 가게 자리를 알아보고 은행에서 대출을 받고 사업자등록을 해야 했다—퇴직금은 내 예상에 비해 턱없이 적은 액수였고 대출이자는 터무니없이 높았다—. 한 자리에서 수십 년씩 같은 장사를 하고 있는 상인들은 새로운 경쟁자를 극도로 경계했다. 일흔이 넘은 건물주는 자신의 동의 없이 건물 안팎에 식물을 재배해서는 안 되며 계약 만료 이후라도 담쟁이넝쿨 같은 나무들이 자라날 경우 손해배상을 청구하겠다고 으름장을 놓았다. 노인은 계약서의 중요한 문구를 읽어주며 그 건물이 자신의 무덤임을 강조했다. 가게를 계약했다는 이야기에 M은 크게 놀라지 않았을 뿐만 아니라 옥탑방에 보관해둔 예순여덟 개의 페트병들을 가게로 옮길 때에도 나를 전혀 돕지 않았다. 하지만 M의 심기를 불편하게 만들면 생산량이 줄

고 품질마저 떨어질까봐 나는 아무런 불평도 하지 않았다. 대마 씨앗을 제외한 씨앗들은 종류별로 자루에 담고 엉터리 이름을 붙여 쇼윈도에 가지런히 진열했고, 구색을 맞추기 위해 이웃 가게에서 구입한 채소 씨앗들과 화분, 원예 도구들은 테이블이나 선반에 늘어놓았다. 개업식에도 M은 얼굴을 보이지 않았다. 그 대신 L이 전자저울을 사가지고 찾아와 우리 가게에서 스페이스 케이크를 구입한 첫번째 손님이 돼주었다. 그의 귀띔이 없었더라면 나는 암시장보다도 그램당 삼만원이나 싼 값에 최상품을 판매하는 실수를 저지를 뻔했다.

L의 열정적인 광고 덕분인지 5월 중순부터 스페이스 케이크를 사려고 찾아오는 비밀 고객들—나는 그들을 우주인astronaut이 아닌 우주비행 참가자spaceflight participant라고 불렀다*—이 하루에 다섯 명으로 늘어났다. 그들은 마약중독자가 아니라 불치병 환자이거나 그들의 가족이었고 임신중절과 안락사를 지지했으며 개인의 자유가 어떤 이념보다도 더 중요하다고 믿었다. M이 반년 동안

* 두 단어를 정확히 정의할 수는 없지만 일반적으로 우주인이라고 하면 선장과 파일럿, 비행 엔지니어 등을 지칭하는 반면, 우주비행 참가자는 단순히 상업적 목적의 우주 관광 프로그램에 참여한 사람을 일컫는다. 우주선 출항을 준비하고 관광객을 목적한 궤도까지 안내하는 M과 나는 당연히 우주인이고, 관광객을 모집하는 L은 우주비행 참가자이다.

모은 열다섯 병 분량의 대마 씨앗들은 개업 두 달 만에 동이 났다. 나는 그의 연봉보다도 세 배나 많은 배당금을 건네주면서 그의 퇴직을 재촉했다. 하지만 그는 대꾸도 하지 않은 채 이따금씩 통장 잔고만 확인할 뿐이었다. 식물에게 토양이 얼마나 중요한지 잠깐만이라도 생각해본다면, 나무로 변하고 있는 그가 월급봉투에 집착하는 이유를 어렵지 않게 이해할 수 있었다. M이 옥탑방에서 지상으로 내려와 나무로서 100여 년 동안 자신의 그늘을 마음껏 펼치고 지내려면 토질이 좋고 빗물이 잘 빠지는 마당과 성실한 정원 관리인이 꼭 필요하다. 내가 살아 있는 동안에야 큰 문제가 없겠으나 내가 죽은 뒤에도—M이 나무로 완전히 변신하기 전에 내가 먼저 죽는다면 상황은 훨씬 더 복잡해질 수도 있다—변함없이 M에게 거름과 물을 챙겨주고 각종 세금을 납부하려면 우리의 사업과 고민을 충분히 이해할 수 있는 자를 찾아야 한다. 현재까지 최적의 후보자로는 L밖에 떠오르지 않았는데, 실제로 L은 나에게 양질의 대마 씨앗을 공급하고 있는 브로커—그 역시 인간의 몸에서 대마 씨앗을 추출하는 광경을 직접 목격하기 전까진 어차피 내 말을 믿지 않을 것이다—를 몹시 만나고 싶어했지만 나는 사업이 안정적인 상태에 접어들 때까지는 M의 정체를 알리지 않을 작정이었다. 그들이 서로의 정체를 알게 되는 순간 나는 사업에 불필요한 잉여인간으로 취급될지도 모르기 때문이다. M의 몸속에선 매일 품질 높은 상품이 쏟아져나왔지만 수요를 충족시키지는 못했고, 나는 그가 불의의 사고를 당해 그마저도 얻어내지 못할까봐 불안했다. 그가 퇴근해서 다음날 아침 출근할 때까지 나는 그에게서 한시도 눈을 떼지 않은 채 그의 몸속에 숨겨져 있는 비밀을 찾아내기 위해 버둥거렸다. 그와 동거를 시작한 뒤로 나는 단 한 번도 그의 퇴근 시간보다 늦게 귀가한 적이 없었으며 그를 집에 홀로 놔둔 채 외출하지도 않았다. 사촌형의 부음을 듣고서도 다음날 정오쯤 장례식장에 찾아가서는 미처 곡소리를 끝마치지도 않은 채 되돌아와야 했고 그런 나를 두고 친척들의 험담이 이어졌다. 마지못해 M에게 이런저런 고충을 털어놓았지만 그는 고집을 꺾지 않았다. 어쩌면 그는 업무 시간에 사무실에서 쓰러져서 산업재해 판정을 받게 될 때까지 조용히 기다리고 있는지도 몰랐다. 그래서 나는 이따금 흥신소 직원들에게 M의 회사생활을 감시시켰는데, 그가 사무실에서 하루의 대부분을 어떻게 보내는지 자세히 확인할 수는 없었다—흥신소 직원들이 가끔씩 구두닦이나 정수기 관리인으로 위장하고 사무실에 출입했으나 라플라스의 악마를 위한 정보수집에는 한계가 있었다—. 그러다 5월 말 그는 오후 세시쯤 가게로 찾아와서는 항복문서와도 같은 사직서를 보여주었는데 그 전날 새벽 격렬한 육박전과도 같았던 전화통화가 그의 결정을 종용한 게 분명했다. 각자의 의무와 권리를 명시한 사업 계약서에 각각 서명하고 법무사의 공증까지 받고 나니 비로소 현실의 부피와 무게가 감지됐다.

나는 M이 보고 듣고 맡고 느끼고 먹고 말하는 것들을 온도와 습도, 고도와 강수 확률, 풍향과 불쾌지수, 시간과 함께 기록했다. 그리고 다음날 그의 몸에서 생산된 씨앗들의 종류와 색깔, 크기와 무게, 냄새, 촉감, 수분 함유량 등을 꼼꼼히 확인해 전날의 기록과 대조해보았으나 도무지 연관성을 찾을 수가 없었다. 기온 18도, 습도 48퍼센트, 해발 580미터, 강수 확률 23퍼센트, 남서풍, 불쾌지수 50, 오후 한시 이십삼분, 카페의 이층 창가에 홀로 앉아 빌 에반스의 피아노 연주를 듣고, 머스크향 화장품을 얼굴과 손에 발랐으며, 자바 커피에 머핀을 먹으면서 스페인 역사책을 읽고 있을 때에는 가문비나무나 상수리나무, 조팝나무, 느릅나무의 씨앗들이 나타나더니, 기온 13도, 습도 78퍼센트, 해발 420미터, 강수 확률 91퍼센트, 서풍, 불쾌지수 80, 오후 열두시 이십오분, 식초향과 곰팡이 냄새가 진동하는 중화요릿집에 홀로 앉아 라디오의 유행가를 들으면서 자장면과 소주와 생활정보지에 집중하고 있을 때에는 가문비나무와 느릅나무, 싸리나무, 아까시나무의 씨앗들을 쏟아냈다. 전날 오후 두시부터 다음날 새벽 다섯시까지 무려 열다섯 시간을 내리 자고 일어나 노란 우산과 베토벤 9번 교향곡 속에서 산책하던 날이나, 고등학교 친구들과 폭우 속 포장마차에서 신발이 젖을 때까지 꽁치구이와 소주 두 병을 처치하고 토사물을 쏟아낸 날에는 대마 씨앗들이 발견됐으므로 비가 소출에 영향을 미친다고 추정했으나, 감기 기운으로 하루종일 아랫목을 지킨 날에도 객혈하듯 네댓 홉의 대마 씨앗을 쏟아냈으므로 그 가설을 폐기하지 않을 수 없었다. 어쩌면 나와 흥신소 직원들의 관찰 행위마저 그에게 끊임없이 우연을 주입했을 수도 있다. 결국 나는 감시 또는 관찰을 멈추고, M이 자가 진단을 통해 생체리듬을 스스로 조절할 수 있도록 다양한 기회와 충분한 시간을 허락해야 했다. 그는 회사원 시절의 습관을 완전히 버리지 못하고 나름대로의 규칙적인 일과를 정해두고 따랐는데, 처음에는 채식과 육식을 반복하고, 인상파와 입체파를 구별하고, 클래식과 재즈와 록 음악을 듣는 순서를 정하고, 양념과 향수를 바꾸고, 점자책까지 읽었으나 기대했던 만큼의 소출을 얻지 못하자 나중엔 옥탑방에서 호텔로, 바닷가에서 산골짜기로 잠자리를 옮겨가면서 자가 진단을 계속했다. 프라하나 아를에 이르면 자신의 몸과 영혼을 완전히 장악할 수 있을 것이라고 그는 장담했지만 나는 그가 나와의 연락을 끊고 잠적할 경우를 상상한 뒤, 유럽 전역에 창궐한 전염병을 핑계로 그의 계획에 반대하고 계약서의 의무 조항을 상기시켜주었다. 그랬더니 M은 토라져서 한 달 남짓 남해의 외딴섬에 머물렀다. 그래도 사업은 걱정됐는지 일주일마다 택배를 보내왔는데 나와 함께 지낼 때보다 수확량이 조금 늘어나 있었다. 흡연 인구를 현재의 절반 수준까지 줄이겠다는 망상으로 정부가 담뱃값을 50퍼센트 인상한 것도 사업에 큰 도움이 됐다. 새롭게 우주비행에 참가

한 자들은 대마 씨앗 일 그램에서 담배 한 보루 분량의 환각을 기대하는 것 같았다. 어금니가 흔들릴 정도로 내가 손사래를 쳤는데도 그들은 막무가내로 자신들의 명함과 선금을 계산대 위에 올려두고 도망치듯 가게를 빠져나갔다.

나는 M의 친형이라고 속이고 그에게 식물 인간의 천형을 선고했던 항문외과 의사를 찾아갔다. M의 의료보험증만 확인해봤더라도 내 거짓말은 쉽게 들통났을 텐데 상담 내내 진지한 태도를 유지한 것으로 보아 그가 나의 신분을 완전히 믿었거나 아니면 정반대로 전혀 믿지 않은 게 분명했다. 그런데 의사는 M이 내게 결코 전해주지 않은 진단 결과를 들려주었다. M이 일부러 감춘 게 아니라면, 환자나 보호자에게 검사 결과를 정확히 고지해야 한다는 의무 조항을 그 의사가 고의로 위반한 것일 수도 있다.

"동생분은 식물 인간으로 변신하고 있는 것이 아니라 일종의 퇴행 심리인 므두셀라 증후군을 앓고 있는 겁니다. 장애 판정을 받을 만큼 심각한 병은 아니지만 그래도 살면서 적잖은 손해를 감내하셔야 할 겁니다. 어떤 이유로 발병했는지 제 나름대로 탐문해봤습니다만 동생분이 워낙 견고하게 마음을 닫고 계신데다가 아시다시피 제가 정신과 의사가 아니어서 끝내 실패했죠. 원하신다면 해당 분야 연구로 유명하신 의사를 소개해드릴 수도 있습니다."

정신이 아닌 육체적으로 M이 겪고 있는 고통의 실재를 증명해주고 싶었지만 설령 씨앗 한 말을 들쳐 메고 나타난다고 한들 의사들처럼 상상력이 부족한 족속을 이해시키는 건 거의 불가능할 것 같았다. 담배를 나누어 피우면서 담뱃값과 흡연율의 상관성에 대해 이야기하던 의사가 갑자기 대마초의 장점을 찬양하기 시작했다. 대마초는 독성이 없고 금단현상을 일으키지도 않아서 폐암 환자들의 치료제로 처방된다, 넓은 토지와 많은 노동력을 필요로 하는 담배 농사에 비해 대마초는 화분에서도 재배할 수 있어서 생산성이 월등히 높다, 종이의 원료로 사용하면 산림 파괴를 막을 수 있다, 게다가 마취제 과용으로 빈번하게 발생하는 의료사고를 크게 줄일 수도 있다는 등 그는 마치 자신이 한때 약물 문화를 탐닉했던 히피였던 것처럼 말했다. 하긴 격무에 시달리는 의사들이 피로와 졸음을 이기기 위해 향정신성 약물들을 불법적으로 남용한다는 뉴스를 들은 것 같기도 했다. 두번째 케이크 가게는 대형 병원 주변에 오픈하는 것도 나쁘지 않겠다는 생각이 들었다.

유인 우주 정거장의 화장실 두 개가 모두 고장나는 바람에 며칠 동안 기저귀를 차고 있어야 했던 우주인들을 가엾게 여긴 미국 항공우주국은 화물선에 새로운 화장실을 실어 우주로 급히 발사했다. 이로써 인간에게 중요한 것은 중력보다 배설이라는 사실이 입증됐도다.

M의 일상에서 가장 먼 궤도를 따라 맴돌고 있던 P라는 여자를 발견하기까지는 반년 남짓의 시간이 걸렸다. 그렇다고 그녀의 공전주기를 반년으로 단정할 수는 없었으므로, 그녀는 혜성 중에서 주기가 가장 짧다는 엥케 혜성Encke's Comet처럼 3.3년 만에 나타났거나, 76년 공전주기의 핼리 혜성Halley's Comet처럼 M의 인생에 단 한 번 나타난 것일 수도 있으며, 헤일밥 혜성Hale-Bopp Comet처럼 1997년을 제외하고는 전후 3000년 동안 결코 만날 수 없는 것인지도 몰랐다. 혜성이 아니라 행성이라면 그녀는 어둡고 조용한 명왕성에 비유될 수 있었고, 설령 궤도를 슬그머니 이탈하더라도 M의 일상에 아무런 영향도 미치지 않을 것 같았다. 그러니 도저히 그녀를 M의 애인이라고 생각할 순 없었다. 그 정도의 인력引力으로는 사랑의 속성 중 단 한 가지도 제대로 유지될 수 없을 것이라고 나는 확신했다. 그래서 엄격한 윤리 의식에 구애받지 않는 일회용 애인이라고 추측했다. 하지만 오랜 관찰 끝에 나는 P가 M의 일상에 질서와 평화를 주기적으로 주입하고 있는 존재임을 인정하지 않을 수 없었다—그것은 천문학자들이 새로운 행성들을 발견했던 방법과 같다. 그들은 실제로 존재하는 별이 아니라 반드시 존재해야 하는 별들만을 찾아낸다—. 식물의 씨앗 또한 사랑의 목적이 될 수 있지 않을까. 그래서 M의 휴대전화 연락처를 뒤져 여자 이름들 중에서 최근 자주 그리고 오래 통화한 두 명을 골라 추적해보았다. 하지만 한때 직장 동료였던 두 여자에게선 특이

점을 찾을 수 없었고, M 역시 그녀들과의 추억을 거의 기억해내지 못하고도 전혀 미안해하지 않았다. 선천적 결핍으로 인해, 또는 치명적인 사고 때문에 사랑할 능력을 완전히 상실한 사람들이 전 세계 인구의 10퍼센트 이상을 차지한다고 M이 주장했을 때, 나는 준치 가시가 목에 걸린 것 같은 질투심을 느꼈다. 그의 목소리가 낮아지고 표정이 단단해질수록, 그리고 그의 일상을 검역원처럼 뒤적거리는 일이 지루해질수록, 나는 더욱 집요하게 M의 소출량과 P의 상관관계를 추적했다. 흥신소 직원들과의 협업 끝에 마침내 나는 그녀의 이름과 주소와 전화번호를 알아낼 수 있었으니, M의 옷장 속에 보관돼 있던 겨울옷들의 공통된 상표가 결정적 단서였다. P는 명왕성을 뜻하는 플루토의 이니셜이자 명계의 폭군 플루토가 사랑한 페르세포네—로마 이름으로는 프로세르피나—의 이니셜이기도 했다. 그리고 다들 알다시피 페르세포네는 1년 중 6개월은 플루토와 함께 지하 궁전에서 머물다가 6개월은 지상의 어머니와 지낸다. 나를 처음 만나기 한 달 전에 M과 P가 연애를 중지했다는 사실은 한참 뒤에야 알게 됐다.

P를 관측하기 시작한 뒤로 M은 그녀를 단 한 차례도 만나지 않았다. 그래도 가끔씩 서로의 안부를 확인하는 것 같았는데 허공에 난 새의 발자국처럼 M은 휴대전화에 통화 기록을 남기지 않았다. 그들이 이별한 이유보다 이별한 뒤에도 연락하는 이유가 더 궁금

했다. 어쩌면 M은 자신을 돌봐줄 정원 관리인으로 옛 애인을 염두에 두고 있는지도 몰랐다. 항문외과 의사의 진단대로 M이 므두셀라 증후군까지 앓고 있다면 그는 이별의 이유는 말끔히 잊고 연애의 황홀한 추억만 한 세기 동안 윤색하면서 무위의 시간을 버텨내려는 것일 수도 있었다. M의 생산성에 긍정적 영향을 미치기만 한다면 나는 P를 가게로 초대해 M의 진심을 대신 전해줄 것이다. 지구상에 존재하는 언어들보다도 더 많은 숫자의 식물들을 세상에 퍼뜨린 것은 바람이나 빗물도, 천재지변이나 만유인력의 법칙도 아니라 단 한순간도 완전히 채워지지 않은 허기였음을, 모든 씨앗들은 발아하기 직전까지 어떤 운명도 부여받지 않는다는 사실과 함께 알려주고 싶었다.

내가 씨앗 가게의 카운터에 앉아 라면과 담배로 망종의 가뭄을 버티면서 어눌한 농부들이나 무례한 잡상인들, 수줍은 동냥아치들이나 수상한 우주비행 희망자들, 그리고 난폭한 사채업자들을 상대하는 동안, M은 최루 영화의 세트장 같은 숙소에서 이탈리아 음식과 스칸디나비아 음악과 인도네시아 커피와 노자老子의 낮잠을 즐겼다. 그렇다고 그를 미워하거나 부러워한 건 아니었다. 몸과 마음이 나무로 채워지고 있는 그에게 하루의 찬란한 징후들은 기껏해야 탄탈로스의 형벌에 앞서 누릴 수 있는 찰나의 호사에 불과할 것이기 때문이었다. 그가 한자리에 완전히 멈춰 서서 뿌리와 가지를 동시에 뺀기 시작한다면 나는 유언을 집행하는 법적 대리인으로서, L의 조언대로, 최근에 몰락한 유명 가문의 고택을 사들여 울타리를 새로 두르고 수도 시설을 수리할 것이다. 그곳의 마당으로 옮겨온 M이 정상적으로 광합성 작용을 할 수 있을 때까지 기다렸다가 그 가문의 종부에게 관리를 맡기겠다. 씨앗 가게를 정리하는 대로 1년 정도 크루즈를 타고 세계를 여행한 뒤 몽골의 초원에 나무를 심는 프로젝트에 잠시 참여할 것이다. 그러니 지금의 인내가 결코 목적 없는 희생만은 아닌 것이다. 그래도 호화로운 휴식을 혼자서 즐긴 게 미안했던지 M은 평소보다도 많은 씨앗 자루들—대마 씨앗을 제외하고—을 들쳐 메고 귀가했는데, 나는 단번에 그것들의 원산지가 중국이고, 재래시장에서 구입한 것을 자신의 소출물로 위장하기 위해 욕조의 수돗물 속에 한나절 담가두었다가 헤어드라이어로 말렸다는 사실까지 간파했다. 하지만 전혀 내색하지 않고 오히려 그의 외로움과 공포심을 위로했으며 성실하게 작성한 금전출납부를 건넸다. 그의 기념품은 검은 봉투 몇 개에 나누어 담아두었다가 비밀 고객들이 찾아오면 베갯속으로 채워넣으라며 공짜로 나누어주었다.

호주의 한 연구소는 국내외 분쟁 횟수와 그에 따른 사상자 수, 무기 수출입 금액, 범죄율, 민주화, 부패 정도 등의 스물세 개 항목으로 매년 각 나라를 평가해 세계 평화 지수Global Peace Index,

즉 GPI를 발표하는데, 최근 몇 년 동안 낙원은 스칸디나비아반도에 머물러 있고 연옥은 아라비아반도를 떠나지 않았다. 하지만 각 나라의 평화 정도를 가늠하는 데 굳이 스물세 개 항목을 모두 조사할 필요까진 없을 것 같다. 열여덟 살 이상 여성의 1인당 평균 소득액과 그녀들이 매년 구입하는 하이힐의 평균 개수—무슬림의 경우엔 하이힐 대신 히잡의 개수로 바꾸면 된다—를 비교하는 것만으로 각국의 안전과 평등 수준을 충분히 가늠할 수 있다는 연구 자료를 읽었다. 여성이 자신의 욕망을 자유롭게 충족시킬 수 있는 나라일수록 모두의 생존에 필요한 평화가 잘 유지되고 있다고 단언할 수 있으니까. 반지하방에서 홀로 살아가고 있는 P는 수백만원짜리 명품을 구입할 수는 없지만 싸구려 하이힐이나마 여느 부자보다 더 많이 가지고 있었으니, 그녀에게 하이힐은 단순한 신발이 아니라 훗날 지상에 오롯이 마련할 방 한 칸을 의미했다. 그러나 옥탑방에 사는 M으로선 그녀의 집착을 완전히 이해할 수 없었다. 지하의 습기와 어둠 속에 너무 오래 살아서 욕망이 묽어진 여자와, 지상의 열기와 햇빛 아래 너무 오래 살아서 감각이 둔해진 남자는 어떤 희망도 함께 키워낼 수 없을 만큼 너무 멀리 떨어져 있는 세계에 고립됐다. 그래서 내가 그들 사이에 끼어들어 벽을 쌓든 다리를 놓든 분명한 조치를 취하려 하는 것이다.

한 달여 전에 연락처와 함께 선금을 맡기고도 여전히 스페이스 케이크를 받지 못한 우주비행 희망자들의 무거운 체념을 어깨에 짊어진 채 매일 가게문을 여닫는 나는 형벌을 받는 아틀라스와 다름없었다. 금일 휴업이라는 변명조차도 이미 거덜난 지 오래였다. M은 날마다 줄어들고 있는 소출을 채우기 위해 일주일에 두 번씩 재래시장에 들러 중국산 씨앗들을 구입해야 했다. 다급한 마음에 나는 고향에서 삼대째 대마 농사를 짓고 있는 재당숙을 찾아가보았으나 차마 용건도 꺼내지 못한 채, 올해 공무원 시험에 합격한 팔촌 동생의 이야기만 듣다가 돌아왔다. 중국 유학생들이 귀국길에 숨겨 들여오는 상품들로는 가게 임대료를 충당할 수 없었다. 게다가 풍미가 너무 저급해 비밀 고객들의 원성이 높았다. 베트남 밀림에서 대마 농장을 운영하고 있는 한국인의 연락처를 L의 도움으로 어렵사리 얻었으나 그와 통화를 마치자마자 마약 단속반이 가게로 들이닥칠 것 같아 두려웠다. 차라리 M을 베트남으로 데리고 가면 어떨까. 성패는 그가 공항 출입국 관리 사무소의 엑스레이 검색대를 무사히 통과할 수 있느냐에 달려 있었다. 그래서 나는 정기 건강검진을 이유로 M을 항문외과의 엑스레이 기계 아래 눕혔다. 그런데 놀랍게도 M의 몸속에 가득차 있을 씨앗들이 엑스레이의 도발적인 자극에도 전혀 반응하지 않고 감쪽같이 숨는 게 아닌가. 병원을 바꾸어가면서 세 번이나 똑같은 테스트를 해보았으나 결과는 한결같았다. 이로써 나는 이곳의 우주비행 희망자들을 베트남으로 데리고 가서 열락의 우주를 경험시켜주는 사업을 새롭게 시작할 수도 있었다. 나의 장대한 계획을 끝까지 들은 M은 자신의 강박증에 대해 고백했다. 세상에는 식물들이 살아갈 수 있는 조건들을 규정해놓은 한계선들이 여럿 있다. 고도한계, 교목한계, 곡물한계, 기후한계, 건조한계, 재배한계. 그중 어느 것 하나라도 잘못 넘어서는 순간 식물들은 교수형에 처해진다. 공항 검색대를 무사히 통과하더라도 비행고도에서의 높은 압력과 빠른 속도, 건조한 공기, 잦은 진동에 오랫동안 노출되면 자신의 몸속에 채워진 씨앗들이 불타거나 발아할지도 모른다. 간질 발작이나 호흡곤란 증세 정도라면 그나마 다행이겠으나 자신의 몸뚱이가 풍선처럼 부풀어올랐다가 비행기와 함께 공중폭발할 위험도 다분했다.

"목적지까지 배를 타고 가는 건 어떨까? 시간이 많이 걸리긴 하겠지만 몸과 마음이 새로운 환경에 적응하는 데에는 큰 도움이 되지 않을까?"

결국 나는 간판을 교체하지 않고 가게를 유지하기 위해 제과 학원에 등록했다. 그리고 주말에는 선배 부부가 운영하는 카페에 들러 커피를 볶고 내리는 법을 배웠다. 커피의 소비량 또한 세계 평화 지수와 무관하진 않겠지만, 열강들이 커피 농장을 건설하기 위해 인류의 역사에 식민지와 노예를 등장시켰다는 사실과, 두 차례의 세계대전에 참여한 국가들이 자국 군인들의 전투력을 높이기 위해 양질의 커피를 제공하면서 전 세계 커피 산업이 크게 발전했다는 사실을 확인한 이상 커피가 하이힐보다 평화에 더 기여할 수 있다는 편견을 버려야 했다.

씨앗이 사랑의 결실이라면 P와의 이별이 고스란히 M의 생산량을 줄일 것이라는 추측은 어렵지 않았다. 그렇다고 다른 여자와 쉽게 사랑에 빠질 만큼 M이 사교적이거나 탐욕적인 것도 아니어서, 나는 결혼 알선 업체를 통해 그에게 무지개 색깔만큼 다양한 매력의 여자들을 소개시켜주었지만 그의 생산량은 거의 늘어나지 않았다. 마치 거북이처럼 웅크리고 앉아서 창밖의 시간만 내다보던 그의 불성실한 태도에 대해 여자들은 하나같이 고시랑거렸다. 눈치 빠른 자들은 그가 상사병을 앓고 있는 것 같다고 내게 귀띔해줬는데, 그런 병 때문에 나무로 변신한 인간들이 그리스신화에 수없이 등장한다는 사실이 떠올랐다. 사업의 번창을 위해서라면 나는 기꺼이 P를 납치해올 수도 있었으나, 그녀는 이미 M을 대체할 남자들을 여럿 만나고 있었기 때문에—그녀는 식물을 좋아하지 않았고 세상의 모든 한계선들을 자유롭게 넘나들 수 있는 남자가 절실했다—아직 화상에서 회복하지 못한 M에게 시행착오를 반복시킬 순 없었다. 그래도 사업의 위기를 극복하려면 P의 도움이 절실했다.

그리하여 나는 어느 날 P가 퇴근하기를 기다렸다가 그녀의 집

앞으로 찾아갔다. 중남미 대륙에서 건너온 그녀는 M의 형이라고 소개하는 나를 극도로 경계했다. 나 또한 그녀가 외국인일 것이라고는 미처 상상하지 못했기 때문에 긴장하긴 마찬가지였는데 다행히 P가 열 살 남짓의 아이 정도로 한국어를 구사할 수 있다는 사실을 확인하고 안도했다. M이 불치의 병에 걸려서 도움이 필요하다는 말에 P도 경계심을 풀었다. 우리는 가까운 카페로 가서 이야기를 나눴다. 나는 P에게 둘의 재결합을 원하는 게 아니라 오히려 영원한 이별을 원하고 있으니 가혹한 말을 해서라도 M이 지난 사랑에 대한 미련을 버리고 현실에 집중할 수 있도록 도와달라고 부탁했다.

"제가 왜 그래야 하죠?"

사랑에 대해 거의 알지 못하는 나는 불쑥, 그가 더이상 사랑을 감지할 수 없는 나무로 변신하고 있기 때문이라고 대답했다.

"죽어가고 있나요?"

"아니요, 그 반대로 너무 오래 살게 됐어요."

P는 힘없이 웃었다.

"그럼 저부터 도와주세요."

그녀는 난데없이 놀이공원에 자신을 데려다달라고 부탁했다. 그래서 나는 제과 학원 수업에 빠진 채 그녀와 놀이공원에 갔다. 그리고 거기서 놀랍게도 M을 발견했다. P가 놀이기구 대신 철창 속의 동물에게만 관심을 쏟는 동안 나는 인파 속에 숨어서 M을 감시했다. 그는 유령처럼 창백한 표정으로 롤러코스터 앞에서 자신의 탑승 순서를 기다리고 있었다. 죽음과도 같은 공포를 견디며 아찔한 유영을 마치고 지상에 내리자마자 그는 검은 비닐봉투를 꺼내어 그 속에다 구역질을 해댔다. 그러고는 다시 탑승 대기자들의 줄에 섰는데 낯빛은 자작나무보다도 더 창백했다. 네 번 연속해서 허공을 질주한 끝에 세 개의 비닐봉투를 씨앗들로 채운 그는 기진맥진한 걸음걸이로 화장실로 들어갔다가 반시간 만에 겨우 기력을 회복한 채 나타났다. 하지만 철창에 갇힌 동물들의 비극에도 흥미를 잃은 P를 집에다 데려다줘야 했으므로 나는 더이상 M을 관찰할 수 없었다. M과 동거한 이후 처음으로 그보다 늦게 귀가했더니 그는 1인용 우주선을 타고 목성 부근을 나른하게 유영하고 있다가 나를 발견하고 손을 흔들었다. 어쩌면 P는 자신과의 이별 뒤에도 M이 혼자서 비닐봉투를 들고 놀이공원에 자주 찾아간다는 사실을 내게 알려주기 위해 난데없는 부탁을 했는지도 모른다.

묘목들의 무덤으로 전락한 스티로폼 상자들을 치우다가 우연히 나는 옥상 한 곳에서 음습한 비밀 공간을 발견했다. 잡동사니를 치우고 나니 대마 씨앗으로 채워진 쉰일곱 개의 플라스틱 페트병들이 드러났다. 열다섯 명 남짓의 우주비행 참가자들이 1년 동안 자유롭게 지구의 안팎을 여행할 수 있을 만큼의 분량이었다. M의 하루 생산량으로 가늠해보건대 그는 적어도 반년 이상 내게 그것들을 숨겨왔으며 내가 사업을 제안하기 이전에 이미 그것들의 상품성을 정확히 알고 있었던 게 분명했다. 베개 속을 채울 씨앗들을 나눠주면서 내가 그것들 속에서 보석을 찾아내리라고는 미처 예상하지 못했을 것이다. 협박과 다름없는 제안을 받고 난 뒤 그는 자신의 실수를 몹시 후회했겠지만 더이상의 실수를 용납하고 싶지 않았을 것이므로 나를 동업자로 받아들였는지도 모르겠다. 씨앗 가게가 간신히 운영될 수 있을 분량을 제외하고 그는 나 몰래 배신의 씨앗들을 저축하고 있었던 것이다. 그렇다고 그가 대마 씨앗의 생산량을 늘리는 방법을 처음부터 알고 있었던 것 같지는 않았고 부단한 시행착오와 우연한 사건을 통해 최근에 발견했을 것으로 추정됐다—일상에 습관적으로 흡입되는 죽음이야말로 가장 완벽한 자극이라는 사실을 미처 생각하지 못한 나의 우둔함이여! 생존 환경이 열악해질수록 식물들은 더 많은 꽃과 씨앗을 만들어내지 않던가—. 네 번의 가사 상태를 통해 세 개의 비닐봉투를 가득채울 수 있다면, 한 달에 스무 번씩 놀이공원을 찾아가서 매번 롤러코스터를 스무 번씩 타고 죽살이의 경계를 넘을 때 삼백여 개의 비닐봉투를 넉넉히 채울 수 있다는 계산이 나오는데, 현재 고작 쉰일곱 개의 페트병만 남아 있는 것으로 보아 나 몰래 우주비행 희망자들과 직접 접촉해서 자신의 소출물을 높은 가격에 판매했다는 결론에 이를 수밖에 없다. 옥상에 숨겨둔 것들 중에는 자신의 생산력이 완전히 소멸된 이후를 대비해 파종할 종자로 사용하려 했던 것도 섞여 있지 않을까. 뜬금없이 이솝우화 하나가 떠올랐다. 황금알을 낳는 거위와 어리석은 주인 이야기.

일주일 넘게 이어지는 불면과 소화불량이 나를 항문외과 의사에게로 다시 이끌었다. 나는 동생의 몸에서 더이상 씨앗들이 맺혀 나오지 않는 것으로 보아 완치의 희망이 생겨난 게 아니냐고 물었다. 하지만 희망을 말하는 나의 표정이 너무 어둡다는 걸 간파한 의사는 커피 대신 유자차를 건네며, 인간은 단 몇 초간 지속된 소외감만으로도 괴물로 변신할 수 있을 만큼 위태로운 존재라는 사실을 내게 이해시키려고 노력했다. 그래서 나는 그동안 뻔뻔스럽게 거짓말을 늘어놓은 것에 대해 정중하게 사과하며 도움을 간청했다—그와 L은 모두 대마 사용을 지지했지만, 괴물로 변신할 위험이 높은 쪽은 후자였으므로 나는 전자에게 손을 내밀어야 했던 것이다—. 경탄해 마지않는 현대 의학 기술을 활용해 M의 유전자나 병원균을 내게 이식할 수만 있다면 더이상 타인의 진심을 의심하거나 배신을 걱정하는 일 없이 오로지 나의 의지만으로 희망을 발아시킬 수 있을 것 같다고 고백했다. 비릿한 미소를 짓고 있던 의사는 만약 몸속에 씨앗을 만드는 기관이 있다면 그것은 폐나 신장일 것이라고 말했다. 서로 마주보고 있어야 설렘과 증오심이 주기적으로 발동할 것이고, 서로에게 입힌 상처들 속에서 씨앗과 같은 종양이 나타날 테니 쌍으로 존재하는 그 두 장기가 비밀 공장으로 의심된다는 것이다. 그러면서 그는 서랍 깊숙이 넣어둔 외국어 논문 몇 편을 꺼내어 보여주었는데 그리스어로 쓰여 있어서 내용을 전혀 이해할 수 없었지만 몇 장의 참고 사진들을 확인하는 것만으로도 그것이 내가 그동안 간절하게 찾아 헤매던 보물 지도라는 걸 확신할 수 있었다. 그는 재빨리 논문을 거두어 책상 서랍 속에 숨기고 문을 잠갔다. 그러고는 며칠 전 한 여자가 찾아와 M과 똑같은 증세를 호소했다고 귀띔해주었다. 새로운 생산자의 신상을 알아내기 위해서라도 나는 M과의 계약을 파기하고 그 의사를 새로운 동업자로 받아들이지 않을 수 없었다.

* 노파심이 발동해서 주절거릴 수밖에 없는데, 이 글은 2014년 1월 월간 『현대문학』에 발표한 「변신—Walking Tree #1」의 연작이다. 그러므로 2019년 12월 JTBC에서 방영된 드라마 〈루왁인간〉과는 무관하며 그 드라마의 작가와 제작자 어느 누구와도 일면식이 없음을 밝힌다.

보이지 않는
왕관을 쓴 독재자

보이지 않는 왕관을 쓴 독재자가 등장하면서 P국은 독립 후 반세기 만에 민주주의국가로 변모했다. 각자의 권리를 제약하거나 공동의 이익을 강제할 수 없는 상태가 민주주의국가의 고유한 특징이라면 말이다. 새로운 독재자는 인종과 연령, 성별과 신분, 종교와 직업을 구별하지 않고 자신의 의지에 반대하는 국민들을 짧은 고통과 긴 죽음으로 다스렸다. 자비나 변덕은 없었고 궤변을 늘어놓거나 타협을 시도하지도 않았다. 이전까지 P국을 반세기 동안 다스리던 독재자에게도 자비나 타협은 거의 없었으나, 그는 변덕과 궤변으로 국민들을 고통스럽게 만들었다. 새로운 독재자는 이전의 독재자마저도 짧은 고통과 긴 죽음으로 단숨에 제압했다.

이전의 독재자는 장군 출신이었고 늘 군복에 칼을 차고 국민들

앞에 나섰으므로, 앞으로 그를 칼을 찬 독재자라고 부르겠다. 흥미로운 사실은 그가 입고 있는 군복이 비단과 양모로 만들어져서 전장의 폭우와 추위, 그리고 진흙과 오물에 쉽게 손상된다는 것과, 그가 차고 있는 칼 역시 실수로라도 주인에게 상처를 입히지 못하도록 날이 전혀 벼려져 있지 않아서 바나나조차 잘라낼 수 없다는 것이다. 그의 군복과 칼은 차라리, 그가 주체할 수 없을 정도로 많이 소유하고 있던 금붙이와 보석들을 과시하기 위해 특별히 고안된 액세서리에 가까웠고, 그걸 착용하고 십 분 정도 서 있으면 너무 무거워서 온몸이 땀으로 젖었다. 그래서 칼을 찬 독재자는 늘 근엄하게 서서 국민들을 향해 잠시 손을 흔든 뒤 곧 모습을 감췄다.

칼을 찬 독재자가 등장하기 전까지 P국은 선인장조차 자라지 않는 산악지대의 작은 국가에 불과했다. 돈벌이에 활용할 수 있는 지하자원이나 농산물이 거의 나지 않았고 뜨거운 햇살과 혹한의 밤, 그리고 메마른 흙만 충만했다. 강이나 호수도 없었다. 집을 만들 재료마저 부족해서 국민들은 단단한 암석에 굴을 파고 살았다. 그들은 밤낮의 큰 기온 차 덕분에 돌 틈에 고이는 이슬을 모아서 식수를 해결하고, 야생동물들의 털이나 똥을 태워 불을 피웠으며 그것으로 벌레나 풀뿌리를 구워먹었다. 해가 지면 사람들은 토굴 입구를 돌로 완전히 틀어막아 야생동물의 습격이나 권태의 발작을 막았다. 토굴은 대개 한 사람만 겨우 지낼 수 있을 만큼 좁았기 때문에 밤사이 아이가 잉태되는 일도 거의 일어나지 않았다. 칼을 찬 독재자가 등장하지 않았다면 국민들은 이전의 고독과 궁핍이야말로 무한한 자유와 평화의 산출물이었다는 사실을 결코 깨닫지 못했을 것이다.

P국에서 희귀 광물이 발견된 뒤 칼을 찬 독재자가 서른 명의 무장 군인을 이끌고 M국에서 건너와 국가 수립을 천명하면서 P국은 비로소 세계지도에 표시되기 시작했다. P국과 이웃하고 있는 M국이나 S국은 P국을 자신들의 영토로 표기한 세계지도를 증거로 들이대며 소유권을 강력하게 주장했으나, 정작 P국이 어떻게 탄생했으며 어디서부터 어디까지 이어지는지 그때까지도 알지 못했다. 뒤늦게나마 P국의 경제적 가치를 깨달은 뒤에도 M국과 S국은 P국의 소유권을 차지하기 위해 전쟁을 벌이는 바람에 정작 P국이 T국의 도움을 받아 국제적 지위를 확고하게 다지는 걸 막지 못했다.

칼을 찬 독재자는 틈만 나면 P금속이 출토되는 곳은 모두 P국의 영토라고 말했다. 이 말은 결코 우스갯소리가 아니었다. 현재까지 알려진 과학 지식과 기술로서 P금속을 채굴할 수 있는 곳은 전 세계에서 오로지 P국의 영토뿐이다. 그래서 P금속의 이름을 따서 P국이 건국됐던 것이다. P국은 P금속의 영광 위에 떠 있는 보물선과 다름없다. 이런 현실이 어떻게 가능했는지는 아무도 설명할 수 없다. M국이나 S국에서는 단 일 밀리그램의 P금속도 발견되지 않는다. 하지만 P국 쪽으로 일 밀리미터라도 국경을 넘는 순간 금속탐지기는 요란한 소리를 지른다. 그 소리를 십 초 이상 듣고 있을 수 있는 사람은 거의 없다. 왜냐하면 그 소리가 울리자마자 P국의 국경 수비대 초소 쪽에서 일 분 안에 수천 발의 총알들이 날아오기 때문이다.

희토류 중에서도 지극히 희귀한 P금속은 인류가 개발한 모든 전자제품에 활용될 수 있다. P금속을 대체할 금속이 전혀 없는 건 아니지만 P금속만큼이나 전도성이 뛰어나고 전기신호에 예민하게 반응하는 물질은 아직 발견되지 않았다. 더욱 매력적인 장점은 고온 고압의 환경에서도 성질이 그대로 유지되기 때문에 무한한 방법으로 가공할 수 있다는 것과, 그저 주변의 흙을 손으로 긁어 양동이 하나를 채우는 것으로 만여 개의 전자 부품을 생산할 수 있는 만큼 채굴 비용이 거의 들지 않는다는 것이다. P금속의 매장량은 알려지지 않았으나 P국의 영토 크기와 전 세계 전자제품의 생산량을 감안했을 때, 적어도 반세기 동안 P금속은 최상의 재료로서 각광받을 게 확실했다. P금속을 사용하지 않으면 생산원가가 두 배 이상 높아졌으므로, P국으로부터 안정적으로 원료를 수입할 수 없는 국가나 제조업체는 시장에서 결코 살아남을 수 없었다. 칼을 찬 독재자는 P국뿐만 아니라 전 세계 경제 분야에서까지도 변덕과 궤변으로 군림했다.

전 세계 과학자들은 P금속을 대체할 재료를 백방으로 찾아 나섰지만 만족스런 결과를 얻지 못했다. 전 세계 사람들이 반세기 동안 사용할 수 있는 분량이 이미 지천에 널려 있는 마당에 굳이 밤잠을 설쳐가면서까지 그걸 대체할 물질을 찾아내야 하는 임무가 달가울 리 없었다. 이는 전 세계 곳곳에 충분히 매장돼 있는 원유 때문에 대체 에너지원 개발에 소홀했던 역사와 정확히 일치한다. 과학자들은 대체 에너지를 개발하는 대신 더 많은 원유를 더 값싸게 채굴하는 방법을 찾아냈고, 이전의 기술로는 도저히 채굴할 수 없었던 원유마저 활용할 수 있게 되면서 원유 고갈에 대한 위기감은 완전히 사라졌다. 결국 전 세계 과학자들은 P국에서 더 많은 분량의 P금속을 더욱 값싸게 채굴할 수 있는 방법을 개발해 낼 것이고, 칼을 찬 독재자는 그들의 노력과 헌신 덕분에 더 막강한 권력을 얻게 될 것이 분명했다.

물론 칼을 찬 독재자의 권력을 빼앗기 위한 시도가 전혀 없었던 것은 아니다. 특히 칼을 찬 독재자가 P국의 독립을 선포한 뒤 10년여 동안 거의 매년 서너 차례의 암살 미수 사건이 일어났다. 절체절명의 위기를 능수능란하게 해결할 때마다 칼을 찬 독재자는 사건의 배후로 T국을 지목하고 T국과 관련된 기업이나 연구 기관에 P금속을 수출하는 걸 금지시켰다. T국은 매번 혐의를 부인하면서도 기회가 있을 때마다 칼을 찬 독재자를 신랄하게 비난했다. 하지만 자국의 전자 산업이 경쟁력을 잃어가자 결국 일체의 도발을 멈추고 P국과의 화친을 시도했다. 심지어 국제회의에서 P국의 정치체제를 옹호하고 칼을 찬 독재자의 능력을 찬탄하기까지 했다.

전 세계에서 가장 막강한 군사력을 보유한 T국이 후원자를 자처하고 나선 뒤로 다른 국가들은 더이상 P국의 권리를 침해할 수 없었다.

T국과 P국은 얼마든지 사이좋게 지낼 수 있는 관계였다. P국의 영토에서 P금속을 최초로 발견한 자는 T국의 과학자였다. 그는 여름휴가 때마다 전 세계의 사막을 돌아다니면서 샌드 서핑을 즐겼는데 M국의 관광 가이드가 길을 잘못 드는 바람에 현재의 P국의 영토로 들어갔고, 그곳에서 시간 가는 줄도 모르고 샌드 서핑을 즐긴 뒤 숙소로 복귀했다가 자신의 바지 주머니 속에 가득차 있는 모래에서 푸른빛을 발산하는 알갱이들을 발견했다. 엄청난 행운을 직감한 그는 곧장 연구실로 복귀했고 두 달 뒤 국제 학술지에 논문을 발표하면서 자신이 세계 최초로 발견한 금속에 자신의 이름 첫 글자를 붙였다. 하지만 큰 반향이 일어나지 않자 크게 낙담해 추가 연구를 포기했다.

T국의 일개 사병에 불과했던 청년이 그 과학자의 논문을 접하게 된 건 우연한 사건 때문이었다. 그 청년 또한 그 논문이 훗날 자신의 운명에 끼칠 엄청난 영향에 대해 전혀 깨닫지 못했다. 청년은 내전을 중단시키기 위해 M국에 파견됐다가 파렴치한 성범죄에 가담했다. 본국으로 송환돼 종신형을 선고받게 될까 두려워 그는 범죄에 관여한 서른 명의 군인을 이끌고 무장탈영했다. 그리고 현재의 P국 영토에 숨어 죽음의 사신을 기다리고 있을 때, 대학에

서 화학을 전공한 전우가 킬링 타임용으로 예의 논문을 그에게 건넸던 것이다. 그걸 읽고 난 청년은 가브리엘 천사의 목소리를 들었다고 확신하고 스스로를 구원자이자 장군으로 참칭한 뒤 서른 명의 군인에게 충성 맹세를 받아냈다. 하지만 훗날 그토록 엄청난 규모의 권력과 재력을 갖게 될 것이라고는 그 또한 결코 예상하지 못했다.

훗날 칼을 찬 독재자로 불릴 청년이 어떻게 P금속이 매장돼 있는 지역만을 정확히 골라내어 P국의 영토로 삼았는지는 전혀 알려지지 않았다. 그는 가브리엘 천사의 목소리를 따라 걸어간 흔적이 고스란히 국경선이 됐다고 회상했으나, P금속의 위력을 최초로 알려준 화학 전공의 군인이 금속탐지기를 들고 다니면서 직접 조사한 결과가 아닐까 추측한다. 화학 전공의 군인은 P국가의 2인자—그의 별명은 칼을 든 그림자였다—가 돼 명예와 풍요를 누리다가 보이지 않는 왕관을 쓴 독재자에게 살해당했다.

T국은 P국과의 평화협정을 체결하기에 앞서 칼을 찬 독재자에 대한 공소를 철회하겠다고 제안했다가, 그가 인간의 몸이 아니라 신성한 언어에서 직접 태어난 신으로 추앙받고 있다는 사실을 알아차리고, 그의 신상과 관련된 모든 공식 자료를 T국에서 완전히 삭제해주겠다고 다시 제안했다. 칼을 찬 독재자는 T국의 후원과 간섭 사이에서 고민하다가 절충안을 만들어 T국에 회신했다. 즉 T국이 자신의 권력과 영토를 보호해주는 조건으로 매년 일정량의 P금

속을 T국에 무상으로 제공하겠지만 T국이 합의된 역할을 충실히 수행하지 않는 즉시 P금속의 수출을 중단하고 T국의 적국을 지원하겠다는 내용이었다. 비밀 합의문에 서명한 다음날 T국의 대통령은 P국의 스무번째 독립기념일을 축하하는 전보를 보내왔다.

칼을 찬 독재자는 1년에 딱 한 번 P국의 독립 기념행사에서만 모습을 잠시 드러냈는데 반세기 동안 그의 모습은 조금도 변하지 않았다. 이를 두고 호사가들은 칼을 찬 독재자가 자신의 젊은 시절 모습과 비슷한 청년들을 매년 전국에서 찾아내어 훈련시킨 뒤 독립 기념행사에 참여시키고 있다고 수군댔다. 칼을 찬 독재자는 적어도 서른 명의 대역 속에 숨어서 생활하기 때문에 적국의 암살자들은 결코 자신들의 임무를 성공적으로 완수할 수 없으며, 심지어 P국을 건국한 진짜 인물이 건국 후 3년 만에 M국의 암살자들에게 살해당했지만 이미 서른 명의 대역이 그의 운명을 완벽하게 복제한 덕분에 P국의 권력구조는 변함없이 유지되고 있다는 소문까지 나돌았다.

칼을 찬 독재자가 P국을 세운 직후 가장 먼저 진행한 역사役事는, P국이 세계지도에 등장하기 수천 년 전부터 그곳의 토굴에서 살고 있던 원주민들—칼을 찬 독재자는 그들을 혈거인이라고 불렀다—을 제외한 거주자들을 P국 밖으로 추방하는 일이었다. 그때까지도 P국의 존재에 대해 알지 못했던 M국과 S국의 관광객들은 칼을 찬 독재자의 명령을 무시한 채 P국의 모래언덕에서 샌드 서핑을 하다가 비참한 죽음을 맞이했다. 나중엔 P금속의 불법 유출을 막는다는 명분으로 모든 외국인들의 입국마저 전면 금지됐다. P국의 국민들은 건강이나 날씨와 상관없이 매일 서른 개의 양동이에 흙을 채워야 했다. 그 임무 덕분에 매일 기름진 음식과 깨끗한 식수를 넉넉하게 공급받았으니 불평하는 자는 거의 없었다.

칼을 찬 독재자는 원칙이나 계획 없이 충동만으로 P국을 다스렸다. 그는 일주일에 단 한 번 P금속의 수출과 관련된 서류에 서명했는데, 그 서류가 여러 관청—관청의 공무원들은 주로 서명의 진위를 감정하는 업무를 담당했다—을 거쳐 혈거인들에게 전달되기까지 일주일 남짓 소요됐다. 정작 혈거인들이 양동이 서른 개에 이십 킬로그램의 흙을 채우는 데엔 세 시간도 채 걸리지 않았다. 그런데도 수천 개의 양동이들을 밀랍으로 봉인하고 국경까지 수송하는 데 한 달의 시간마저도 부족한 까닭은, 서류가 여러 사람의 손을 거치는 동안 독재자의 서명이 지워지는 바람에 관청의 공무원들이 많은 시간을 쏟아 서류의 진위를 확인해야 했기 때문이었다. P금속을 수입하려는 외국인들은 M국이나 S국의 호텔에 장기 체류하면서 수화물이 국경을 넘어오길 하염없이 기다려야 했다. 예상치 못한 관광 수익을 얻게 된 M국과 S국은 P국의 독재정치나 폐쇄 정책에 반대할 이유가 전혀 없었다.

P국의 고위 지도자들 중에는 국경을 열어서 M국과 S국에 빼앗기고 있는 관광 수익을 되찾아오자고 칼을 찬 독재자에게 건의를

했다가 반역자로 몰려 참수된 자들도 있었다. 그때 칼을 찬 독재자는 동물우화 한 편을 인용했는데, 닭을 훔쳐가던 여우를 단죄하기 위해 그것의 꼬리에 밀짚을 묶고 불을 붙였다가 자신의 밀밭까지 태우게 된 농부의 어리석음을 조롱하면서, 발밑의 금화 하나와 마당의 금광을 바꿀 수 없다고 선언했다. 그 사건이 발생한 뒤로 한동안 외국인들은 P국의 수화물을 M국이나 S국이 아닌 제3지대에서 수령해야 했다. M국과 S국은 진기한 야생동물들을 P국으로 보내어 칼을 찬 독재자의 무료함을 해결해줌으로써 P금속을 수입하려는 외국인들을 상대로 또다시 막대한 관광 수익을 얻을 수 있었다.

칼을 찬 독재자가 친자식처럼 애정을 쏟았던 동물은 한 쌍의 공작이었다. 그는 평소 자신의 주변에 사람을 가까이 두지 않았으나, 공작을 돌보는 신하만큼은 자신과 공작새 주위에 항상 머물러 있으라고 명령했다. 그리고 왕궁 곳곳에 공작 그림을 그려넣었다. 공작의 깃털마다 박힌 둥근 무늬가 마치 주인을 보호하기 위해 단 한순간도 감지 않고 세상을 응시하고 있는 눈동자들 같아서 애정이 간다는 독재자의 설명에도 불구하고 호사가들은 탐욕스런 그의 눈에 그 무늬가 금화처럼 보이기 때문에 좋아하는 것이라고 비아냥거렸다.

칼을 찬 독재자는 P금속을 팔아서 벌어들인 막대한 수익을 모두 황금으로 바꿔 왕궁 지하실 금고에 보관했다. 그는 황금이 인간의 생명을 연장해줄 뿐만 아니라 죽은 뒤에도 황금을 두르고 있으면 언제든 부활할 수 있다고 믿었다. 나중엔 황금을 채울 금고가 부족해 지하실 하나를 더 만들고 벽과 바닥을 수천 톤의 황금으로 뒤덮은 다음 출입문을 달았다. 이 문은 일단 닫히면 밖에서는 결코 열 수 없는 구조로 만들어졌다. 그는 죽기 직전에 그곳으로 숨어들어가 P국의 영원한 주인으로서 머물 작정이었다. 만약 그가 살아 있는 동안 쿠데타나 전쟁이 일어나서 권좌를 빼앗기게 된다면 황금처럼 무거운 재산을 챙겨서 급히 P국을 빠져나가는 일은 거의 불가능하다는 사실을 알면서도 그는 계속해서 지하실을 황금으로 채웠다. 대신 쿠데타와 전쟁이 일어날 확률을 낮추는 데 열정을 쏟았다. P국 안에서 자신의 신상을 해칠 수 있는 적이라곤 미끄러운 바닥과 부패한 음식, 그리고 말벌뿐이라고 자신한 뒤, 그런 것들이 발견될 때마다 관리 부실의 책임을 물어 수십 명의 신하들을 잔혹하게 참수했다.

칼을 찬 독재자는 P국을 실질적으로 관리하고 있는 2인자가 언제 자신을 배신할지 모른다고 걱정했다. 그래서 서른 번씩이나 그의 충성심을 시험했지만 참수할 만한 증거를 찾아내지 못했다. 2인자는 마치 누군가를 위한 부속품으로 태어난 것 같았다. 혼자서는 자신의 쓸모를 증명하지 못하지만 자신의 쓸모를 믿어주는 자를 위해선 초인적 능력을 발휘하는 부류의 인간 말이다. 서른 번의 시험 끝에 칼을 찬 독재자는 2인자의 충성심이나 P국의 운영에 대한 흥미를 완전히 잃어버린 반면, 2인자의 열정과 활력은 시험이 거듭될수록 더욱 뜨겁게 불타올랐다.

그런 2인자가 어느 봄날 아침 두통과 발진을 호소하더니, 저녁엔 기침과 구토를 반복하다가 다음날 새벽에 고열과 오한 속에서 죽었다. 그는 보이지 않는 왕관을 쓴 독재자에게 사지가 묶인 채 황혼녘의 그림자처럼 질질 끌려가면서도 칼을 찬 독재자에게 충언을 했다. "새로 찾아온 독재자는 왕관을 쓰고 있지만 살아 있는 자는 결코 그에게서 왕관을 빼앗을 수 없습니다. 그러니 그가 P국에 대한 흥미를 잃고 스스로 물러날 때까지 묵묵히 수모를 참고 기다리셔야 합니다."

하지만 칼을 찬 독재자는 2인자의 유언을 끝내 따르지 않았고, 반년 뒤 2인자처럼 두통과 발진, 기침과 구토, 고열과 오한 속에서 의식을 잃어가는 동안에도 반역자의 정체를 밝혀낼 방법을 궁리했다. 보이지 않는 왕관을 쓴 독재자에게 사지가 묶인 채 끌려가기 직전에 그는 자신이 미리 준비해놓은 황금의 방 속에 들어가 안에서 문을 걸어 잠글 수 있었지만, 그의 믿음대로 황금 덕분에 생명을 연장했다거나 부활에 성공했는지는 한동안 아무에게도 알려지지 않았다.

반년 사이에 2인자와 칼을 찬 독재자가 모두 사라지자 P국에서는 민주주의적 방식으로 선거가 진행됐고, 자유경제주의자로 알려진 고위 지도자—서른 명의 건국 영웅 중 한 명—가 대통령으로 선출됐다. 새로운 대통령은 자신의 취임식에 참석한 외국 귀빈들 앞에서 국경의 모든 철책과 검문소를 폐쇄하고 외국인들이 비자 없이 자유롭게 체류할 수 있도록 허락하겠다고 약속했다. 그와 동시에 이전 역사와 완전히 절연하려는 자신의 의지를 만천하에 증명하기 위해 칼을 찬 독재자를 황금의 방에서 끌어내라고 명령했다. 그 명령에 따라야 하는 자들의 입장은 정확히 절반으로 나뉘어, 칼을 찬 독재자는 이미 질식하거나 굶어죽었을 것이라고 단언하거나, 젊은이의 모습으로 나타나 P국의 역사를 반세기 뒤로 되돌려놓을 것이라고 걱정했다. 왕궁까지 통째로 파괴할 정도의 폭탄이 연쇄적으로 터지고 마침내 황금의 방의 문이 열렸을 때, 칼을 찬 독재자는 찾을 수 없었고 살점 한 조각 붙어 있지 않은 백골만이 널브러져 있었다. 임시 숙소에서 이 소식을 보고받은 대통령은 안심했다. 하지만 황금의 방의 진공 속에서 생몰이 중지돼 있던 두번째 독재자, 즉 보이지 않는 왕관을 쓴 독재자가 부활함으로써 P국은 다시 고통 속으로 빠져들었다. 새로운 대통령은 취임한 지 반년 만에 이웃나라로 급히 도망치면서도 자신의 미래를 보장해줄 옥새만큼은 잊지 않고 챙겼다.

나중에 밝혀진 바에 따르면, 황금의 방에서 부활한 자는 보이지 않는 왕관을 쓴 독재자가 아니라 그의 친척으로서, 기질이나 행동 방식은 비슷했지만 엄연히 다른 인물이었다. 그걸 두고 이웃나라의 생물학자들은 돌연변이가 등장한 것 같다고 추정했다. 사전의 정의를 인용하면 이렇다. '변이變異: 같은 종에서 성별, 나이와 관계없이 모양과 성질이 다른 개체가 존재하는 현상. 외부 요인의 작용에 의한 환경 변이, 유전자의 변화에 의한 돌연변이가 있다.'

보이지 않는 왕관을 쓴 독재자의 출생과 관련된 소문 중 그가 혈거인들의 토굴에서 태어났다는 것은 제법 신빙성이 있었다. 그의 아버지는 다른 이웃과 마찬가지로 하루에 서른 개의 양동이 속에다 흙을 채운 대가로 음식과 식수를 얻었는데, 많이 먹으면 먹을수록 더욱 허기지는 질병에 걸렸다—사실 그건 육체적 질병이 아니라 정신적 혼란이었다—. 그래서 한밤중에 치통과도 같은 허기를 느끼고 자주 잠에서 깼다. 그때 비상식량이 돼준 것이 박쥐였다. 그것은 수천 년 전부터 그곳의 혈거인들이 즐겨 사냥하던 수렵물이었으나 칼을 찬 독재자가 등장해 음식과 식수를 제공한 뒤부터 야생동물을 사냥해서 먹는 행위는 엄격히 금지됐다. 이는 칼을 찬 독재자가 국민들에게 자신의 권위를 각인시키기 위한 조치였다. 칼을 찬 독재자는 척박한 P국에서 기적적으로 살고 있는 야생동물과 식물들을 제거하는 사업을 대대적으로 벌였으나 야행성동물들까지 절멸시킬 수는 없었다. 보이지 않는 왕관을 쓴 독재자의 아버지는 자신의 토굴 속으로 숨어들어온 박쥐를 우연히 발견하고 환호했다. 그뒤로 밤마다 과일을 토굴의 천장에 매달고 출입문을 절반쯤 열어둔 채 잠이 들었다. 그리고 사냥에 성공하면 자신의 범법 행위를 감추기 위해 박쥐를 산 채로 씹어 삼켰다. 허기는 해결됐으나 곧 고열과 오한이 찾아왔고 더이상 숨을 쉴 수 없었다. 보이지 않는 왕관을 쓴 독재자는 제 아버지의 죽은 몸뚱이를 뚫고 태어나자마자 고향을 천천히 둘러본 뒤 박쥐를 타고 수도를 향해 떠났다.

칼을 찬 독재자가 보이지 않는 왕관을 쓴 독재자의 탄생에 개입했다는 소문도 호사가들의 호기심을 꾸준히 자극했다. 칼을 찬 독재자는 쿠데타와 전쟁에 대한 불안감을 완전히 벗어던지고 평화롭게 여생을 보내고 싶었다. 그러려면 이웃나라의 정치인들뿐만 아니라 P국 내부의 경쟁자들과 국민들까지 완벽하고도 영구히 제압할 방법이 필요했다. P국에서 가장 뛰어난 과학자이기도 한 2인자는 칼을 찬 독재자의 비밀 명령을 받들어 2년 남짓 생체 실험을 거듭한 끝에 최종 해결책Endlösung der Judenfrage*을 거의 찾아내는 듯했으나, 신의 장난 또는 인간의 실수로 보이지 않는 왕관을 쓴 독재자를 출산하는 바람에 미완의 상태로 실험을 중단해야 했다. 보이지 않는 왕관을 쓴 독재자와 2인자 사이의 유전적 친근성은 끝내 발견되지 않았으니, 굳이 오이디푸스 집안의 비극을 떠올릴 필요는 없을 것 같다.

두 소문을 절반씩만 믿는 자들에겐, 보이지 않는 왕관을 쓴 독

* "그는 '최종 해결책'이라는 표현을 자신의 신분을 확신시키기 위한 일종의 암호처럼 사용했다." 한나 아렌트, 『예루살렘의 아이히만』, 김선욱 옮김, 한길사, 2006, 150쪽.

재자가 편부모에게서 무성생식의 방법으로 태어났기 때문에 나이와 성별, 인종과 직업에 구애받지 않고 P국의 모든 국민들을 공평한 적의로 다스릴 수 있었다는 추정이 가능해진다. 하지만 부모의 부재가 그 자식에게 적의를 주입시킨다는 궤변에는 결코 동의할 수 없다. 적의는 환경에 따라 얼마든지 발현하고 강화될 수 있기 때문이다.

보이지 않는 왕관을 쓴 독재자를 직접 본 자는 단 한 명도 없었다. 고열과 오한 속에서 그를 직접 보았다고 주장한 자들은 거의 모두 죽었고 간신히 살아남은 자들은 더이상 실재와 환상을 구별할 수 없게 됐다. 다만 죽거나 산 자들의 몸에서 공통적으로 발견되는 왕관 모양의 상처로써 독재자의 존재를 짐작할 따름이다. 어쩌면 그는 자신이 쓰고 있는 왕관을 칼처럼 휘두르면서 시체를 늘려가고 있는지도 모른다.

아무튼 보이지 않는 왕관을 쓴 독재자의 공격을 가장 먼저 받은 건 혈거인들이었으나 토굴 문이 돌로 굳게 닫혀 있었기 때문에 이 사실은 한참 동안 세상에 알려지지 않았다. 평소보다 P금속의 생산량이 줄어든 반면 쓰레기통에 버려지는 음식량은 늘어나고 있다는 사실을 간파한 P국의 2인자가 몇 개의 토굴 문을 직접 열어본 뒤에야 비로소 비극의 전조를 알아차렸다. 부패한 시체들은 서로 엉겨붙기까지 해서 신원을 확인할 수 없었고, 주민 전체가 몰살당한 마을도 있었다. 죽은 자를 땅에 묻어줄 사람이나 임시 묘지로 활용할 땅마저 턱없이 부족해서 시체를 토굴에 던져 넣고 돌로 입구를 막기도 했다. 칼을 찬 독재자는 처음엔 전염병의 창궐을 의심했으나, 국경이 모두 닫혀 있고 야생동물과 식물은 거의 사라졌으며 국민들조차 자유롭게 이동할 수 없는 상황에서 전염병이 창궐하는 건 거의 불가능하다는 결론에 이르자 의혹의 눈초리를 이웃나라로 돌렸다. 그는 국경을 건너는 이웃나라 군인들이 혈거인들을 무참하게 학살하고 P금속을 강탈한 뒤 마치 자연의 준엄한 섭리가 작동하고 있는 것처럼 위장하고 있다고 주장했다. 피해자들의 몸에 하나같이 찍혀 있는 왕관 표시 때문에, 현재까지 왕정을 유지하고 있는 M국과 W국이 선전포고의 대상이 됐다. 칼을 찬 독재자는 2인자에게 또다시 최종 해결책을 요구했다.

2인자는 비록 보이지 않는 왕관을 쓴 독재자의 정체에 대해서 정확히 알지 못했지만, 그의 군대가 생화학무기를 사용하고 있다는 사실과 그의 광기를 막아낼 방법이 적어도 P국에 없다는 사실만큼은 인정했다. 하지만 일말의 저항 없이 순순히 굴복하고 싶진 않았다. 초원에서 굶주린 맹수를 만났을 때 목숨을 구하는 가장 확실한 방법은 자신보다 더 먹음직스럽고 굼뜬 먹잇감 뒤에 숨는 것이다. 탐욕스럽고 인내심 없는 침입자가 P국에 별다른 흥미를 느끼지 못하고 이웃나라로 건너갈 때까지 버티는 방법이 최선이었다. 그래서 2인자는 P금속의 수출을 멈추고 혈거인들이 토굴 밖으로 나오지 못하도록 조치하려 했으나 칼을 찬 독재자의 반대에 부딪혔다. 2인자의 충성심에 대한 서른한번째 시험은 침입자의 방해로 진행되지 못했다. 칼을 찬 독재자는 2인자의 죽음 앞에서 슬픔이나 기쁨 대신 분노를 느꼈다. 2인자는 죽기 직전까지도 칼을 찬 독재자와 P국민을 걱정했다. 그래서 침입자를 P국 밖으로 내쫓을 수 있는 과학적 방법을 유언장에 남겼다. 하지만 칼을 찬 독재자는 2인자의 충고를 따르지 않았다. 그래도 2인자의 공헌을 생각해서 황금 손잡이에 보석들이 박힌—물론 자신의 칼보다는 덜 화려한—칼을 그의 관 속에 넣어준 뒤 콘크리트로 무덤을 완전히 뒤덮었다. 그래서 호사가들은 2인자에게 '칼을 든 그림자' 대신 '칼과 나란히 누운 시체'라는 별명을 붙여주었다.

살아남은 혈거인들은 모두 동굴에서 끌려나와 왕궁 앞 광장의 공동 천막 안에 모여 지내야 했다. 중무장한 군인들이 그들을 하루종일 감시했고 저항한 자들은 감옥에 갇히거나 교수형에 처해졌다. 풍족한 음식과 식수가 권태와 저항 의식을 주입시키고 있다는 판단 아래 하루 배급량이 절반으로 줄어들었다. 하루 세 번의 식사를 마칠 때마다 혈거인들은 칼을 찬 독재자를 찬양하는 의식을 올려야 했다. 배가 고픈 자들은 옆 사람이 죽기만을 조용히 기다렸다가 죽은 자의 음식과 식수를 차지했는데, 그것만으로 만족할 수 없는 자들은 시체의 살점까지 발라먹었다. P금속을 채굴해야 할 때만 혈거인들은 군용 트럭을 타고 잠시 자신이 살던 마을에 다녀올 수 있었다. 이런 일련의 조치는 침입자의 공격을 막아내는 데 확실한 효과를 발휘하는 것 같았다. 자신감을 회복한 칼을 찬 독재자는 신의를 저버린 이웃나라들에 대한 보복 조치로서 P금속의 가격을 두 배로 올리고 생산량을 절반으로 줄였으나 전 세계에서 몰려드는 주문량이 오히려 늘어나는 바람에 머쓱해졌다. 칼을 찬 독재자는 하루에도 수십 번씩 2인자의 빈자리를 확인하고 가슴을 쳤지만 그를 대신할 자를 찾을 수 없었기 때문에 자신이 직접 모든 일을 챙기지 않으면 안 됐다.

부족한 일손을 채우기 위해 칼을 찬 독재자가 선택한 방법은, 중노동을 마치고 돌아온 혈거인들을 남녀로 분리시킨 뒤 강제로 성교하게 하는 것이었다. 생식력이 그리 뛰어나지 않은 혈거인들의 임신과 출산 성공률을 높이기 위해서라도 성교 의식은 매일 밤낮을 가리지 않고 진행됐다. 중노동은 견뎌낼 수 있어도 강제된 성교만큼은 도저히 참을 수 없었던 자들은 P금속을 양동이에 긁어모으는 작업을 하다가, 미리 봐두었던 토굴 속으로 숨어들었다. 그러고는 토굴 안의 박쥐나 벌레를 잡아먹으면서 죽을힘을 다해 국경 쪽으로 터널을 팠다. 미처 도망치지 못한 자들이 이미 도망친 자들의 양동이까지 가득 채워주었기 때문에 칼을 찬 독재자는 도망자들의 규모를 오랫동안 알아차리지 못했다. 그사이 보이지 않는 왕관을 쓴 독재자는 적의를 회복해 중노동과 성교로 기진맥진해진 혈거인들을 다시 공격하기 시작했고 임산부나 신생아조차 죽음을 피할 수 없었다. 칼을 찬 독재자마저 왕궁 앞 광장을 가득 채운 시체를 보고 길게 탄식하다가 침입자의 일격을 받고 쓰러졌다. 황금의 방으로 간신히 숨은 뒤에도 칼을 찬 독재자는 보이지 않는 왕관을 쓴 독재자가 그곳까지 자신을 따라 들어왔다는 사실을 전혀 깨닫지 못한 채, 그곳의 황금으로는 부활과 영생이 어려울지도 모른다는 두려움에 사로잡혔다.

하지만 두 명의 독재자가 황금의 방에 숨어든 지 두어 달도 채 지나지 않아서, 전 세계 사람들이 적어도 반세기 동안 사용할 수 있을 만큼 매장돼 있다던 P금속이 모조리 고갈되고 말았다. 칼을 찬 독재자의 갑작스런 퇴장에 대해서 전혀 알아차리지 못하고 있던 세계는 P국으로부터 P금속을 전혀 공급받지 못하자 초조해지기 시작했다. T국은 비선을 통해 칼을 찬 독재자에게 수차례 연락했으나 번번이 실패하자 비로소 새로운 역사의 여명을 감지했다. P금속을 독점할 기회를 놓치고 싶지 않았기 때문에 T국은 국경에 터널을 뚫어 무장 군인들을 P국으로 잠입시켰다. 하지만 잠입한 자들은 왕궁에 이르기도 전에 보이지 않는 왕관을 쓴 독재자에게 모두 붙들려 처형됐으므로 T국은 아무런 보고도 받지 못한 채 반년을 기다려야 했다. 그사이 M국과 S국의 용감한 상인들도 터널을 통해 P국을 드나들며 P금속을 채굴하려고 시도했다가 대부분 고열과 오한 속에서 비참한 죽음을 맞이했다. 용케 살아서 돌아온 상인들은 자신의 장물에 비싼 가격을 붙여 판매했는데, 유감스럽게도 그 흙 속에는 P금속이 단 일 밀리그램도 들어 있지 않아서 주변 사람들로부터 위로를 받았을 따름이었다. 그때까지도 전 세계는 P금속을 대체할 재료가 시급히 필요해졌다는 사실을 깨닫지 못했다. 칼을 찬 독재자가 사라지고 자유경제주의자로 알려진 대통령마저 권력을 잃은 뒤에야 비로소 T국의 과학자들은 P금속에 대한 중요한 비밀을 알아냈다.

P금속이 오로지 P국에서만 발견되는 이유는 오로지 P국에서만 1000년 이상 살고 있는 혈거인들의 오줌이 흙의 일부 성분과 화학반응을 일으켰기 때문이었다. 혈거인들이 토굴에서 끌려나와 궁전 앞 광장에서 공동생활을 시작한 뒤로 더이상 P금속은 합성되지 않았고, 새로운 대통령이 P국을 세계적인 관광지로 만들겠다는 포부 아래 P국 곳곳에 식물을 심고 물을 뿌리면서—그 물은 이웃나라에서 수입해왔는데 산성을 띠었다—그 이전에 만들어졌던 P금속마저도 급격히 산화되고 말았던 것이다. 각국의 과학자들은 P국에 생존해 있는 혈거인을 찾아내어 P금속을 인공적으로 생산하려 했으나 큰 성과를 거두지 못했다. M국이나 S국에 살면서 자신을 혈거인이라고 주장한 자들의 대부분은 사기꾼들이었고 소수만이 진실을 말했으나 터널을 통해 M국이나 S국으로 건너온 이후로 식생활이 완전히 바뀌면서 그들의 오줌은 더이상 기적의 화학반응을 일으킬 수 없게 됐다.

전 세계는 P금속의 부족으로 큰 혼란을 겪었다. 전 세계 과학자들은 P금속을 대체할 재료를 선점하기 위해 치열하게 경쟁했으나 목표 달성이 불가능하다는 결론에 이르렀다. 그러자 T국이 앞장서서 전 세계적으로 P금속의 사용을 금지하는 법안을 통과시켰다. 전자제품의 가격이 일제히 올랐지만 감당할 수 있는 수준이었다. 그뒤로 P국은 세계지도에 존재하지 않는 것과 다름없는 국가로 전락했고, 전 세계 거의 모든 국가들은 자국민들이 P국가에 출입하는 걸 금지시켰다. 하지만 M국과 S국의 관광 가이드들은 이따금 외국 관광객들을 데리고 P국으로 숨어들어가 국경 주변에 널려 있는 터널을 구경시켜주거나 샌드 서핑을 도와주면서 돈을 챙겼다. 관광 가이드들은 P국에선 절대 마스크와 장갑을 벗지 않았다.

아무튼 칼을 찬 독재자를 대신해 권력을 잡은 대통령마저 도망친 뒤 보이지 않는 왕관을 쓴 독재자가 모습을 감춘 채 군림하던 2년 동안 P국은 국가로서의 역할을 거의 할 수 없었는데, 국가로 규정할 수 있는 삼대 요소 중에서 영토와 주권은 존재했으나 국민이 거의 존재하지 않았기 때문이다. 만약 국민을 인간에 한정하지 않고 모든 생명체에 적용할 수 있다면 이상의 언급은 수정돼야 마땅하다. 왜냐하면 인간들이 P국에서 사라진 뒤로 희귀 야생동물들과 식물들이 급격히 늘어났기 때문이다. 심지어 한 세기 전에 멸종한 것으로 알려진 동물 네 종의 대규모 서식지가 발견되기까지 했다. 그래서 보이지 않는 왕관을 쓴 독재자는 과격한 환경보호주의자들에게서 동식물의 수호성인이라는 칭송을 받았다. 의도한 것인지 아니면 우연한 결과에 불과한 것인지 알 수는 없으나,

보이지 않는 왕관을 쓴 독재자의 무자비한 살의가 동물들에게 전혀 위협이 되지 않는 것만큼은 분명했다. 그런데도 이웃나라의 위정자들은 국경을 넘어오는 인간뿐만 아니라 동물까지도 가차없이 살해하고 시체를 즉시 P국 쪽으로 던졌다.

P국에서 인간들이 거의 모두 사라지자, P국은 자연스럽게 민주주의국가가 됐다. 역사가들은 칼을 든 그림자로 불렸던 2인자가 보이지 않는 왕관을 쓴 독재자에 의해 살해당한 사건에서부터 P국의 민주주의가 시작됐다는 데 동의했다. 그러니까 적어도 P국에서의 민주주의란 통치자와 국민들을 완전히 분리시킬 수 있는 제도나 상태를 의미했던 것이다. P국에 대한 국제사회의 고립정책은 오히려 P국의 영토와 주권을 강조해주는 부작용을 낳았다.

보이지 않는 왕관을 쓴 독재자의 압제 속에서 간신히 살아남은 인간이라곤 아이들뿐이었다—정확한 이유는 알려지지 않았으나 대부분의 동물들이 무사했다는 사실로부터, 어른과 아이 중에서 동물의 특성을 더 많이 지닌 아이들이 생존에 유리했을 것이라고 짐작할 수는 있다. 이성을 작동시키는 호르몬과 연관된 결과일 수도 있다—. 그들은 자신들의 대표자를 스스로 선택할 수 있는 P국 최초의 유권자들로 자라났다. 하지만 선거 방법은커녕 민주주의의 개념조차 배운 적이 없었으니 자신들이 어떤 역사적 사명을 지녔는지 알지 못했다. 그들은 그저 타인보다 더 오래 살아남기 위해 비열하게 투쟁하면서도 부끄러움을 전혀 느끼지 못했다.

보이지 않는 왕관을 쓴 독재자는 결코 추방당한 게 아니다. 자신의 권력에 싫증을 느끼자 그걸 자신만이 알고 있는 비밀 장소에 던져놓은 채 권좌를 비웠을 뿐이다. 그는 세상만사와 절연된 곳에서 혼자 지내다가 이따금 기억이 발작하면 P국의 저잣거리에 나타나서 자신의 건재함을 과시한 뒤 홀연히 사라졌다. 그러므로 기이한 민주주의적 절차를 통해 두번째 대통령이 선출된 뒤에도 P국이 두 명의 통치자에 의해 운영되고 있었다는 말은 전혀 틀리지 않다. 더 정확히 말하자면, 보이지 않는 왕관을 쓴 독재자가 권태와 무기력 속에 숨어 있는 동안에만 새로운 대통령이 P국을 통치했다. 그리고 P국민 모두에게 절대 권위를 인정받는 쪽은 언제나 전자였다.

선거를 통해 P국의 역사에 등장한 두번째 대통령은 건국 영웅의 자식으로서 칼을 찬 독재자가 집권하던 시절에 P금속의 수출입을 담당하던 공무원이었다. 보이지 않는 왕관을 쓴 독재자가 P국에 등장하기 직전에 그는 기적적으로 P국을 빠져나갈 수 있었는데, 외국 기업으로부터 막대한 뇌물을 받고 P금속을 밀수출하다가 발각되자 교수형을 피해 M국으로 밀입국했던 것이다. 칼을 찬 독재자가 사라진 뒤에도 그는 P국으로 돌아갈 엄두를 내지 못했다. 하지만 사기 혐의로 또다시 신상이 위태로워지자 국경 아래에 터널을 뚫고 P국으로 돌아올 수밖에 없었다. 그때 이미 P국에는 민주주의를 전혀 배우지 못한 유권자들만 남아 있었기 때문에 그는 손쉽게 대통령으로 등극했다. 그는 이웃나라들의 기대에 부응하는 취임사를 낭독했지만 실제로는 칼을 찬 독재자의 정책을 답습했다. 보이지 않는 왕관을 쓴 독재자 가문의 재림을 막는다는 명분으로 그는 모든 국민들의 목덜미에 자신의 이름을 새겨넣고 독성이 있는 풀뿌리를 매일 먹게 했다—정작 대통령 자신은 T국에서 구입한 의약품을 매일 한 시간 간격으로 바르거나 삼켰다—. 보이지 않는 왕관을 쓴 독재자가 동물이나 어린이들에게 군림할 수 없었다는 사실에 착안해 P국민들의 지능을 아이 수준으로 낮추려는 게 그것의 진짜 목적이었다. 그 조치에는 P금속을 재생하려는 의도도 반영돼 있었다. 혈거인의 후손들은 선조들처럼 토굴에 갇혀서 음식과 식수를 공급받지 못한 채 벌레와 풀뿌리를 먹으면서 지내야 했다. 대신 그들은 정해진 곳에서만 오줌을 눴고, 정체 모를 사람들이 한 달에 한 번씩 방문해 그들이 오줌을 눈 곳의 흙을 양동이에 담아서 돌아갔다.

보이지 않는 왕관을 쓴 독재자가 완전히 물러갔다는 소문이 퍼지자, 칼을 찬 독재자가 P국 곳곳에 숨겨두었다는 황금을 찾아내기 위해 M국과 S국의 국민들이 국경을 넘어왔다. 하지만 유감스럽게도 보이지 않는 왕관을 쓴 독재자의 친척들 역시 황금과 함께 P국 전역에 숨어 있었기 때문에 P국을 방황하던 이방인들은 이틀 정도 고열과 오한에 시달리다가 목숨을 잃었다. 황금의 방이 폭발하면서 사방으로 흩어졌던 황금의 파편을 우연히 발견한 자들은 자신의 행운을 빼앗기고 싶지 않아서 병원 치료를 거부했다가 황망한 죽음을 맞이했다. 결국 M국과 S국은 자국민들이 P국으로 출입하는 걸 금지했고 이 조치를 어길 경우 예외 없이 사살했다. 그리고 세계지도에서 P국을 완전히 삭제했으며 그곳의 이름을 발설하는 자 역시 중형으로 다스렸다. P국의 대통령은 이웃나라들의 걱정을 덜어줄 작정으로 반년에 걸쳐 P국 전체를 살균했는데, 독성 물질 때문에 희귀 동식물들이 전멸하고 말았고 야생동물의 시체를 먹던 혈거인의 후손들도 죽음 앞에 속수무책이었다. 과격한 환경보호주의자들은 칼을 찬 독재자가 부활했다며 새로운 대통령을 맹렬히 비난했다.

하지만 얼마 지나지 않아 P국은 전 세계에서 가장 민주적인 국가로 알려지기 시작했다. 아무도 상대의 권리를 제약하거나 공동의 이익을 강제할 수 없는 게 민주주의라면 말이다. 갖가지 일탈을 즐기려는 자들과 이미 갖가지 범죄를 저지른 자들이 P국으로 숨어들었다. P국은 그들에게 아무런 편의를 제공하지 않았으나 그런 대응이 오히려 비밀 방문객들을 열광시켰다. P국에 머무는 동안 모든 인간은 윤리와 질서로부터 무한히 자유로웠고 살인과 같은 중범죄도 처벌받지 않았다. 그들은 천지창조 이전의 혼란을 만끽하다가 고국으로 돌아갔고, 또다시 찾아왔다. P국의 대통령은 P금속 대신 자유를 판매하기 시작했다. 인간의 욕망이 인간의 범주를 벗어나려고 발버둥치는 한 그 상품은 무한히 거래될 수 있을 것 같았다. P국에 입국한 자들은 대통령궁에 들러 체류 비용을 지불하고 비자를 발급받아야 했다. 무장한 군인들의 불심검문에 응하지 않는 자들은 사살됐으나 비자를 제시한 자들은 무장 군인들마저 사살할 수도 있었다. P국은 전 세계 인간들의 추악한 욕망을 처리하는 하치장 같은 기능을 했다.

하지만 평화와 번영은 오래 지속되지 못했다. P국에 모여든 범죄자들이 자신들의 이권을 지키기 위해 조직과 규율을 만들고 방문객들을 통제했기 때문이다. 이전의 삶과 완전히 절연한 채 새로운 삶을 살고 싶은 자들이 P국에서 거대한 조직을 만들면서 민주주의를 크게 훼손했다. 그들은 P국의 대통령이 공인한 서류마저 부정한 채 방문객들을 P국 밖으로 쫓아냈다.

전 세계 지도자들의 비난에 맞서 끝까지 P국을 지지했던 T국은 끝내 민주주의를 수호한다는 명분을 앞세워 P국을 공습하기로 결정했다. 어느 날 새벽에 대통령궁은 흔적도 없이 사라지고 깊은 구덩이만 남았다. P국의 대통령은 공습 삼십 분 전에 T국 대사의 연락을 받고 몸을 간신히 피할 수 있었으나 대통령궁의 지하에 보관중이던 황금을 옮기진 못했다. 멀리서 쌍안경으로 폭격 과정을 끝까지 지켜보던 대통령의 눈에는 붉게 타오르는 화염이 황금처럼 보일 수밖에 없었다.

하지만 실제로 그것은 보이지 않는 왕관을 쓴 독재자의 얼굴이었다. P국에서 모든 인간들이 사라지지 않는 한 죽음은 영원했고 죽음 뒤에도 화해나 용서는 없었으며, 유일하게 망각만 자유로웠을 뿐이었다.

노래를 들을 때

1. 1995년 7월 14일, 스레브레니차, "나는 세이렌이 아니에요"

거부해도 소용없어요. 차라리 빨리 받아들이는 편이 도움이 될 거예요. 여자의 운명은 단 한순간에 결정되기도 하니까. 한때 누군가의 어머니이고 아내이고 딸이던 우리가 지금 이곳에서 두더지처럼 모여 있는 까닭도 공습 사이렌 때문이죠. 우린 겨우 목숨을 부지했지만 행운에 영원한 주인은 없어요. 이곳은 엄연히 UN이 설정한 안전 지역인데도 우린 매일 강간당한 뒤 살해되고 있으니까요. 평화유지군들 역시 위험하긴 마찬가지예요. 언제든 이곳을 떠나면 누군가의 아버지이고 남편이고 아들로 돌아갈 수 있다는 사실이 그들을 우리의 비극으로부터 격리시키고 있지요. 전쟁에서 살아남은 자들조차 가해자들과의 화해를 위해 다시 한번 능멸당할 게 분명해요.

저기서 암표범처럼 날뛰고 있는 여자가 보이나요? 한때 고향 마을에서 생선가게를 하면서 인심 좋기로 소문난 여자였어요. 하지만 야간 공습으로 남편과 아들을 모두 잃고 잠옷 차림에 맨발로 걸어서 이곳까지 왔지요. 미치지 않은 게 기적이에요. 분노가 그녀를 살려두고 있지요. 그래서 그녀는 고작 열두어 살 나이의 소년들을 모아놓고 이렇게 속닥였죠.

"저년은 마녀야. 마녀를 죽이는 방법은 오직 화형뿐이지. 하지만 그전에 저년에게 교훈을 줄 필요가 있겠어. 누가 먼저 지퍼를 내릴 거니? 가장 나중에 나서는 남자는 피를 묻혀야 한단다. 그렇지 않으면 이곳의 여자들이 그렇게 될 테니까."

그러고는 『코란』의 한 구절을 암송했지요.

"그때 그들은 심판을 위하여 깨어나 있지 않느뇨."*

당신은 우리의 생존 방식을 이해해야 해요. 당신의 몸속에서 흘러나오는 노래 때문에 우리의 은신처가 발각되는 걸 당신도 원하지는 않겠죠? 그리고 우리가 당신을 살리기 위해 얼마나 노력했는지도 기억해주세요. 당신이 의식을 잃고 쓰러져 있을 동안, 우리는 당신의 노래를 멈추게 하려고, 아니 적어도 은신처 밖으로 새

---

* 『코란』 79장 14절.

어나가지 않도록 하려고, 당신의 몸을 우리가 가진 모든 모포와 옷가지들로 싸매놓느라 이틀 밤 동안 추위에 떨어야 했지요. 끝내 헛수고가 되고 말았지만 누군가를 도와줄 수 있어서 잠시나마 행복했어요. 어쩌면 당신의 퇴폐적인 노래 때문일 수도 있겠네요. 그걸 듣고 있자니 생의 기쁨은 오직 죽은 자들만의 특권처럼 여겨지더라고요. 저 암표범 같은 여자가 우리들 귀에 일일이 화장지를 쑤셔넣어주지 않았더라면 우린 이곳 밖으로 뛰쳐나가 군인들 앞에서 가랑이를 벌렸을지도 몰라요—그녀는 매일 새벽 어선을 몰고 바다로 나가던 남편에게 귀마개를 챙겨주었었지요—. 우주의 처음과 끝인 알라가 허투루 집행하는 사건이란 결코 있을 수가 없지요. 우리에게 당신을 보내신 이유나 당신의 시험을 통과하게 하신 목적도 있겠지요. 그리고 지금 우리가 당신에게 베풀려는 자비 역시 알라의 뜻이라고 생각해주세요. 당신의 운명에 고슴도치의 가시처럼 박혀 있는 노래를 제거해줄게요. 어쩌면 그 뿌리까지 뽑아내기 위해서는 수천 번의 윤회가 필요할지도 몰라요. 하지만 우리의 노력으로 당신의 몸속에 볼륨 조절기 정도는 생겨나길 바라요. 그러면 누구든 당신의 노래로부터 안전해지겠죠. 저 아이를 보세요. 겨우 열 살인데도 제 어머니를 지켜내겠다고 지퍼를 내리고 성기를 세웠네요. 지금이야 어렵겠지만 자비로운 시간이 흐르고 나면 우릴 모두 이해하게 될 거예요. 망각은 인간의 존엄성을 지켜내는 메두사의 방패죠. 저 구석에서 눈을 감고 당신의 마지막 노래를 들어줄게요.

2. 2005년 1월 12일, 뉘른베르크, "릴리 마를렌에게도 책임이 있어요"

물론이오. 어떤 인간도 시대의 논리로부터 자유로울 순 없소.

릴리는 젊은이들의 혈관에 전쟁의 광기를 주입한 잔 다르크이자 죄책감을 관장灌腸해준 마리아였으니까.

어쩌면 그녀가 유일한 전범일지도 모르오. 나중엔 히틀러나 루스벨트, 스탈린도 사라지고 우리는 그저 참호 밖에서 기다리고 있던 그녀의 명령에 따라 서로에게 총알을 퍼부어댔으니까.

그녀의 정체는 거대한 야만의 무덤에서 흘러나오는 습한 어둠이기도 했소.

나는 태양과 백사장과 젊음으로 충만한 캘리포니아 출신이오.

그것도 엄연히 사랑 때문이었소.

그때 나는 겨우 열아홉 살의 이등병이었고 전후 독일은 유령들로 득실거렸소.

유령들을 승자와 패자로 나누는 게 무슨 의미겠소?

물론 나는 아메리카합중국의 시민이고 나치 지지자나 인종차별주의자는 결코 아니오.

내가 남부 출신이라는 게 어쨌다는 거요? 흑인 노예제도를 옹호했던 건 그 시절의 값싼 목화를 원했던 사람들이었지 내가 아니잖소? 그리고 나의 할아버지의 아버지는 뉴올리언스에서 흑인들과 이웃해 살 만큼 가난했었소.

나는 연합군의 일원으로 노르망디에 상륙했고 나의 아들은 베트남전 영웅이오.

당신도 그때 그곳에선 나처럼 행동했을 것이오.

단 한 차례의 총소리만으로도 두 덩어리의 세계가 득달같이 몰려와 엉겨붙을 만큼 불안한 시간들이 계속되고 있었소.

난 모나를 이곳의 노천카페에서 처음 만나자마자 사랑에 빠졌지.

유감스럽게도 그녀에 대해선 이름 이외엔 아는 게 거의 없소. 물론 지금 생각하니 그 이름조차 거짓이었을 수 있겠소.

사랑과 용서 이외에 전쟁의 상흔을 치료할 수 있는 처방이 있다고 생각하시오?

물론, 지금은 후회하오. 오욕의 역사가 거론될 때마다 당신은 내 이름을 듣게 될 테니까.

하지만 나처럼 평범한 사람이 현재를 살면서 역사의 인과관계를 정확히 간파한다는 건 거의 불가능한 일이오.

하지만 첫사랑이란 그런 게 아니겠소?

그렇소. 내가 59년 전 뉘른베르크 교도소에 갇힌 사형수*에게 독약 캡슐이 숨겨진 만년필을 건넸소. 그래서 그는 그곳에서 유일하게 자신의 죽음을 스스로 선택할 수 있었다오.

그는 지하 벙커에서 총통과 함께 자살하지 못한 걸 후회했소.

하지만 정의를 집행해야 하는 우리는 그의 시체를 감방의 침대에다 눕히고 교수형을 당한 동료들과 같은 구도로 사진을 찍어야 했소.

그의 아내가 마지막 키스를 통해 독약을 그 입속에 밀어넣어줬다는 소문은 에드바르 뭉크의 그림에 열광한 자들이 만들어낸 거짓에 불과하오.

그의 명예로운 죽음과 함께 모나가 연기처럼 사라졌소.

어쩌면 그녀가 그의 딸이었거나 불륜의 상대였을지도 모르오.

내가 이제야 죄를 자백하는 것도 나의 사랑스러운 딸의 권유 때문이라오.

혹은 꿈을 꾼 게 아니겠소?

그땐 꿈이 현실보다 더 끔찍했으니까.

나는 군사재판에 회부돼 종신형을 선고받고 캘리포니아로 영영 돌아오지 못할까봐 너무 두려웠소. 내가 전쟁에 참여한 건 내 가족 때문이지 유대인 때문은 아니었으니까.

그리고 지금은 죽음의 판사가 내 이름을 빠뜨릴까봐 두렵소.

나는 지옥 속에서 그녀를 찾아다녔소. 상실감이나 죄책감이나

---

* 헤르만 괴링(1893. 1. 12.~1946. 10. 15.).

사명감 때문은 아니었고, 그 또한 사랑 때문이라고 말하고 싶소.

나처럼 어리석은 자에게도 사랑만큼은 진지하고 벅찬 주제니까.

하지만 내가 찾아낸 것이라곤 역사의 농담에 면역력이 전혀 없는 인간들뿐이었소.

모나와 비슷하게 생긴 여자들을 몇 명 발견하기는 했소만, 그 누구도 실패한 첫사랑을 기억해내려고 하지 않았소. 딱 한 명만이 내 질문을 받고 머뭇거리기에 그녀를 강간했지.

가족과 재산을 잃은 승전국의 시민들이라면 유럽 어디에든 절멸 수용소를 세우고 부역자들을 사적으로 처벌할 수 있는 시절이었소.

그것도 역사를 두려워하지 않았던 열아홉 살 이등병의 커다란 실수였소.

당신의 노래는 오늘 처음 들었소만 여러 번 듣다보니 모나가 저절로 기억났소. 그녀도 가끔 내게 노래를 불러주었지. 〈릴리 마를렌〉이란 노래도 그녀에게 배웠소.

하지만 당신을 강간하기엔 나는 너무 늙었고 첫사랑의 신화는 이미 오래전에 파괴됐다오. 그리고 나는 내일 이곳에서 뉴욕 타임스 기자와 인터뷰할 예정이오. 일종의 고해성사라고 할 수 있겠는데, 이 나이가 될 때까지 나를 살려준 신에게 불평하는 내용도 포함될 것이오.

내가 역사학자들에게 건네는 템페라 수정액 같은 것으로 여겨주면 더 바랄 게 없겠소.

당신 이야기는 기자에게 하지 않겠소. 난 이미 여러 차례 거짓말을 한 전력이 있기 때문에, 몸속에서 노래가 흘러나오는 여자 이야기 같은 건 믿어주지 않을 것이오.

그보다는 역사적 진실과 개인의 죽음이 모두 왜곡될까봐 더 두렵소.

이제 그만 여기서 나가주시오.

당신의 노래 때문에 도저히 내가 저지른 죄악에 집중할 수가 없소.

이러다가 또 내게 무죄 선고가 내려진다면 나 대신 당신이 속죄해야 할 텐데, 내 죄를 제대로 알지 못하는 당신이 정말 그럴 수 있겠소?

3. 1982년 1월 4일, 서울, "저도 피리 부는 사나이를 본 적이 있어요"

(새벽 네시 사이렌이 울릴 때까지 야간 통행금지 해제 발표를 믿어서는 결코 안 된다.)

하지만 당신은 매일 밤 스트립 클럽에서 춤을 춘다고 말하지 않았나?

내가 맥주 두 병에 취했나보군. 아니면 당신이 거짓말을 하고 있거나.

하긴 거짓말을 하지 못하면 위험해지는 시절이 계속되고 있긴 하지.

(1940년 드골 장군은 BBC 라디오 방송국에서 역사적인 연설을 시작했다. "여러분께 프랑스는 아무것도 잃지 않았다고 말하는 저를 믿으십시오!")

역사책에서 비릿한 피의 냄새가 완전히 휘발하고 나면 나도 스트립 클럽으로 달려가 음란한 권태를 실컷 만끽하고 싶어.

아가씨의 몸속에서 흘러나오는 노래도 결국 자유의 산물 아닌가?

아니. 여기선 대부분의 사랑 노래가 금지돼 있어서 당신의 노래는 낯설기만 해.

하지만 곧 당신의 노래를 이해하게 되겠지. 야만스럽기 그지없는 야간 통행금지령이 해제되고 나면 우린 비로소 밤의 위안이든 고독이든 느긋하게 즐길 수 있을 테니까. 그리고 자유로운 밤은 결국 혁명을 잉태할 수밖에 없어.

(들라크루아: "자유의 여신이 젖가슴을 드러낸 채 앞장서지 않았다면 누가 혁명의 대의를 믿을 수 있겠나?")

나도 피리 부는 사나이를 만난 적이 있지. 그는 사악했지만 감미로운 음악 때문에 전혀 의심받지 않았어.

마을을 쥐떼의 공포로부터 구해낸 영웅은 현상금을 받아내기 위해 아이들을 산으로 납치해갈 만큼 파렴치했지만 극적인 스토리 때문에 크게 비난받지 않았다네.

해피 엔딩으로 마무리된 건 안데르센의 원본을 누군가 수정했기 때문이지.

그리고 재작년에 벌거벗은 채 무등산으로 끌려간 사람들이 아직까지 집에 돌아오지 않았다는 사실도 거의 알려지지 않았어.

(아우슈비츠 수용소에서 인류애를 지켜낸 자들은 히틀러의 서명이 담긴 문서를 불법적으로 수정한 하급공무원들이었다.)

시절이 수상하니 누구도 진실을 자랑할 수 없는 것이지.

괴물이 됐다고 자책할 필요도 없어. 살아 있는 한 우리는 언제든 사랑의 위대한 능력을 증명해 보일 수 있을 테니까.

벌거벗은 채 사라진 사람들이 당신의 몸을 통해 노래를 들려주는 것이라면 좋겠어.

(1933년 3월 15일, 라디오 대표자들을 향한 괴벨스의 연설: "우리는 라디오를 지루하게 만들거나 또는 라디오의 근대적인 템포를 빼앗으려는 의도가 전혀 없다. 반대로 우리는 오히려 라디오에 근대적인 템포를 부여하고자 한다.")

나는 오욕을 견뎌내기 위해 고향을 떠나 이곳으로 왔지. 택시를 운전하게 되면서 술과 담배를 끊고 친구들과 왕래도 하지 않았어. 그 덕분에 단 한 번도 야간 통행금지 단속에 걸린 적이 없었지. 한 번은 시외로 나가는 손님을 너무 늦게 태웠다가 집으로 돌아가지 못하고 여인숙에 묵어야 했는데, 내 아내가 산송장이 돼 그 밤에 그 먼 곳까지 날 찾아온 게 아니겠어? 그런 기적이 어떻게 가능했는지 모르겠지만 아무튼 그뒤로 어제까지 나의 밤은 매일 열한시 이전에 집에서 마무리되었지.

친오빠가 피리 부는 사나이를 따라갔다가 사라진 뒤로 아내에게 매일 밤은 공포가 정상적으로 작동하고 있다는 증거일 따름이니, 설령 오늘부터 야간 통행이 허락되더라도 그녀의 일상은 별반 달라지지 않을 거야. 오빠가 살아 돌아온다면 또 모를까.

하지만 오늘은 내 순정한 삶이 너무 부끄러워 견딜 수가 없었어. 이렇게 허무하게 끝나게 될 줄 미처 몰랐거든. 소중한 걸 너무 쉽게 빼앗기고도 전혀 불편해하지 않았던 거야. 게다가 이웃들의 비명이 끊이지 않는데도 난 수없이 많은 변명들로 그걸 외면할 수 있었지.

이 나이가 되면 목적보단 습관이 우릴 살리고 있다는 걸 깨닫게 돼. 당신의 노래가 새삼 그 사실을 확인시켜주는군.

(밤은 벌거벗겨진 채 물러나고 도시는 거대한 패총처럼 불룩해졌다. 야반도주한 자들은 꼭대기로 모여들어 서로의 지붕 위에 구들을 깔았다.)

계엄과 유신의 시대엔 세이렌이 필요해. 그래야 그녀의 유혹을 외면하지 못한 젊은이들이 거리로 뛰쳐나와 오줌발 길이로 자신들의 역사적 사명감을 가늠해볼 테니까. 그녀의 노래가 사라지면 그들은 나처럼 후손들에게 패배감이나 실어나르는 낙타로 전락하고 말 거야.

다시 피리 부는 사나이를 만나거든 피리든 목숨이든 빼앗지 않으면 안 돼. 우리의 비겁과 위선 때문에 그는 너무 쉽게 역사를 한 세기 뒤로 밀어놓을 수 있을 테니까.

하지만 야간 통행금지가 해제돼도 난 결코 광주로 돌아가지는 못할 거야.

산山사람들이, 아니 산[生] 사람들이 군인들의 감시를 피해 밤마다 가족들에게 돌아와 언 몸과 마음을 녹이다 돌아갈 수 있게 돼서 그나마 다행이야.

삶이란 지금 불행하지 않으면 곧 불행해지고 마는 것이지.

(전두환은 훗날 심야에 경찰서를 방문해 이런 말을 남겼다. "운전기사들이 준법정신을 갖도록 라디오 등을 통해 교육시키는 것이 바람직하다.")

4. I love you for what I am not, I do not want what I have got*

무겁고 끈적이는 피로감 때문에 바닥으로 흘러내리는 육체를

* 너바나, 〈Radio friendly unit shifter〉(4:50), 1993.

반복해서 일으켜세우는 동작이 춤의 전부였건만 손님들 사이에서 그 여자는 가장 관능적인 댄서로 인기가 높았다. 잦은 실수에도 전혀 당황하지 않는 뻔뻔함이 사내들의 욕망을 더욱 자극했다. 한 남자가 다가와 양복 재킷을 건넸다.

"네 몸속에서 흘러나오는 노래 때문에 구역질이 나서 더이상은 못 앉아 있겠어."

재킷은 망망대해를 표류하던 여자가 만난 나무토막과 같았다. 그리고 그것은 여자가 아침을 맞이할 수 있는 최초의 영토이기도 했다. 여자는 잔뜩 웅크리며 자신의 모든 생을 그 속에다 욱여넣었다.

"네게 적막이 치명적이라면 내가 널 편안한 곳으로 데려다줄 수도 있어."

그래서 그들은 야곱의 사다리 같은 엘리베이터를 타고 스트립 클럽에서 내려와 가까운 지하 클럽에 지뢰처럼 묻혔다. 그곳의 저항적 분위기 속에서 그들은 레지스탕스로 거듭날 것이었다.

"적어도 이곳에선 애써 자신을 증명할 필요가 없으니까 안심해. 그저 마실 만큼 마시고 남는 건 쏟아버리면 되는 거야. 그러고는 각자 자신의 현재로 도망치면 그뿐."

잠수함의 조타실 같은 실내가 격렬하게 파열하는 음악과 담배 연기와 맥주 거품으로 가득 채워지자 여자는 비로소 남자의 목소리를 분명하게 들을 수 있었다. 몸속에 노래가 주입된 이후로 자신의 이야기를 들려주고 상대방의 이야기를 들을 수 있는 능력이 자신에게서 완전히 거세됐다고 그녀는 믿었다. 잠을 자거나 꿈을 기억할 수도 없었다.

"어쩌면 외과의사가 네 몸속에서 맹장을 잘라내는 대신 워크맨을 쑤셔넣고 봉합했을 수도 있어. 의사들은 하나같이 잠이 부족하니까."

여자는 잠시 수면 상태와도 같은 혼곤함에 빠져들었다. 하지만 남자가 어깨를 흔드는 바람에 정신을 되찾았다.

"소니가 독일 발명가*의 책상 서랍 속에서 발견한 신종 인류, 일명 호모 무지쿠스에게 음악은 맥박이나 숨소리처럼 또하나의 바이털사인이겠지."

그 남자야말로 외과의사일지도 몰랐다. 자신이 살려낸 인간들이 어떻게 목숨을 낭비하고 있는지 확인하기 위해 매일 지상과 지하를 오르내리면서 자신의 희망을 덜어내고 있는 건 아닐까. 그래서 여자는 어떻게 9년 동안 배터리 한 번 바꾸지 않고 워크맨이 작동할 수 있는지 남자에게 물었다.

"이 시계는 그저 손목에 차고 흔들어주면 저절로 충전이 되거든."

그는 자신의 손목에서 빛나는 아날로그시계로부터 하루 분량의

---

* 2004년 5월 29일 일본 전자업체 소니가 휴대용 녹음기 '워크맨'과 관련해 독일 발명가와 수십 년간 끌어온 특허 분쟁을 거액을 주고 타결키로 합의했다고 독일 시사주간지 슈피겔이 보도했다.

운명과 욕망을 공급받는 것 같았다. 하지만 그것이 어떤 자에겐 반세기 분량의 광기와 슬픔을 주입할 수도 있었다.

"어쩌면 디제이까지 산 채로 네 몸속에 봉인됐을 수도 있겠다. 그것도 한 명이 아니라 여러 명이 한꺼번에."

"제발 노래를 멈춰주세요."

"노래가 멈추는 순간 너의 모든 생명현상도 함께 중단될 수도 있어."

여자는 양복 재킷을 벗었다. 남자는 움찔했다. 그 밤 그곳에선 벌거벗은 여자의 육체가 어떤 노래보다도 더 혁명에 가까웠기 때문이었다. 다행히 지상의 적들은 아직 완성되지 않았고 그들 중 일부는 여전히 우리의 동료였다.

"차라리 노래의 목적을 찾는 게 더 의미 있지 않을까?"

둔중한 회한들이 그들의 정수리 위를 느리게 지나갔는데도 뇌관은 작동하지 않았다. 남자는 다시 원죄와도 같은 양복 재킷을 여자에게 입혀주었다.

"살아 있는 동안에 우린 모든 상황을 선택할 수 있지. 하지만 지금 선택하지 않은 것들을 나중에 선택할 수는 없는 법이지."

여자는 핸드백 속에서 쪽지를 꺼내어 남자에게 보여주었다.

'저는 실어증*을 앓고 있습니다. 집까지 돌아갈 수 있도록 도

* 가령 란다우-클레프너 증후군(Landau-Kleffner Syndrome)은 언어 기능이 급

와주세요. Motel Lawrence, 402E. Sunnyside Street, Manvill 31233.'

"좋은 습관이야. 사람들은 자신보다 더 불행한 사람들을 돕는 것으로 잃었던 기운을 되찾곤 하니까. 내 차로 데려다줄게. 괜한 오해는 하지 않았으면 좋겠어. 나도 슬슬 네 기괴한 노래에 넌더리가 나고 있는데다가 지금은 자살이나 사랑을 떠올릴 수 없을 만큼 너무 피곤하거든."

여자는 자신의 몸 전체를 뒤졌으나 양복 재킷의 마지막 단추를 끼워넣을 구멍을 끝내 찾지 못했다. 남자는 레지스탕스의 해체를 알리는 비밀 지령문과도 같은 계산서를 건네받고 일어섰다.

"노래를 듣거나 부르지 않는다면, 우리가 사는 동안 할 수 있는 게 뭐가 있을까?"

아침이 시작된 지상에는 이미 건물의 숫자만큼 국경들이 생겨나 있었고, 밤의 물컹한 시체들을 피하느라 자동차는 제 속도를 내지 못했다.

격히 퇴행하는 증상이다.

5. 1973년 9월 15일, 산티아고, "제발 생명에게서 자유를 빼앗지 마세요"

우리에게 적극적으로 협조한다면 너는 살아서 이곳을 나갈 수 있다.

단, 우리는 결코 타협하지 않는다는 사실을 명심해라.

그리고 우리는 너희들의 희망 따윈 전혀 두려워하지 않는다.

너의 노래는 구시대의 송가일 뿐이다.

우리는 너의 노래를 작곡한 남자에 대해 잘 알고 있다.

저기 웅크리고 있는 군중들도 모두 그 남자와의 친분 때문에 이곳으로 왔다.

그리고 그 남자가 저들 속에 있다.

그 남자의 이름을 말하는 자는 석방될 것이다.

그러지 않는 자들도 결국 석방될 것이다.

그리고 저 남자 역시 석방될 것이다.

단, 살과 뼈는 이곳에 놔두고 비명과 상처만 챙겨가야 할 자들을 저들 가운데서 골라낼 것이다.

물론 너의 자백은 우리의 역사적 사명에 아무런 영향을 끼치지 못한다.

하지만 시행착오는 우리가 선호하는 방식이 아니다.

그러니 너는 저 남자의 이름을 반드시 기억해야 한다.

그러려면 너는 한 인간이 진실과 교환할 수 있는 고통의 무게에 한계가 있다는 사실부터 인정해야 할 것이다.

아직은 자신만만해하고 있지만, 저 사람들 대부분은 욕조에 물을 채우는 소리만 들어도 기함하면서 세상의 모든 이름을 말하게 될 것이다.

하지만 저들이 마지막까지 말하려 하지 않을 이름을 우리는 너에게서 듣고 싶다.

우리는 너희들이 알고 있는 이름에 비해 더 많은 이름을 알고 있다.

그래서 그 이름들에 군번을 붙이고 계급을 달아 구별하고 있다.

너희들의 가장 큰 실수라면 혁명의 순간에도 서로의 이름에 존칭을 붙여 불렀다는 것이다.

노래 없이는 혁명이 없다고 말한 자*의 추종자들에겐 패배와 죽음만이 기다리고 있을 뿐이다.

라디오방송을 통해 결사 항전을 장담하더니 정작 우리가 도착하기도 전에 이미 자살했을 만큼 너희들의 지도자는 위선적이고 유약했다.

민주주의는 무정부주의자들의 프로파간다에 불과하므로 오늘 이후로 금지한다.

---

* 살바도르 아옌데(1908. 6. 26.~1973. 9. 11.).

정치가와 예술가에겐 최하급의 칠레 와인조차 허락하지 않겠다.

우리가 두려워해야 하는 것은 과거나 미래가 아니라 현재뿐이다.

우리의 현재를 망치는 자들과 우리의 과거나 미래를 나누어 쓸 수는 없다.

이곳에서 우리는 월드컵을 성공적으로 치러냈다.

우리의 자랑스러운 축구 대표팀이 준결승전에서 브라질과 대등한 경기를 펼치는 걸 지켜보면서 너희들도 애국심에 전율했을 것이다.

그땐 하나의 칠레만이 존재했다.

하지만 더이상 칠레는 없고 불순한 사람들과 그들을 미화하는 노래들만 득실거린다.

너를 라디오로 만든 게 그들이라는 걸 아직도 모르겠나?

그들은 목적을 위해서라면 언제든 인간성을 훼손할 수 있는 자들이다.

너를 돕기 위해 우리가 여기에 있다.

우리는 네가 그 남자의 이름을 뱉어내고 나서, 우리의 자랑스러운 축구 대표팀이 서독 월드컵에서 사용할 응원가를 불러주길 바란다.

한 달 뒤 이곳에서 칠레는 소비에트 공산주의자들을 처절하게 박살 낼 것이다.

안타까운 건, 칠레의 공산주의자들은 조만간 자신에게 들이닥칠 비극을 국제축구연맹이나 전 세계의 축구광들이 막아줄 것이라고 낙관하고 있다는 사실이다.

하지만 우리는 오만과 방종의 책임을 그들에게 분명히 요구할 것이다.

자신의 기타는 총이고 자신의 노래는 총알이라는 저 남자*, 수많은 사슬을 끊고 승리하리라고 군중들을 현혹하는 저자의 최후만큼 좋은 본보기도 없을 것이다.

저 테러리스트가 더이상 기타로 민중을 현혹할 수 없도록 열 손가락과 두 손목부터 부러뜨릴 것이다.

이제 시간이 됐다. 저 남자의 이름을 말하라. 분노를 모아 총을 쏘듯 한꺼번에 그 이름을 뱉어내어라.

그만, 그만. 이제 됐다. 우린 이미 네 노래 속에서 그 이름을 들었다.

너는 방금 자유의 몸이 됐고 그 밖의 경범죄 기록은 곧 지워질 것이다.

그리고 우리도 곧 오디세우스처럼 금의환향하며 선량한 시민으로 평화롭게 살아갈 것이다.

우리에겐 이름이 없다. 아니, 우리의 이름은 너무도 많다. 그래서 너는 결코 우릴 기억하지 못할 것이다.

---

* 빅토르 하라(1932. 9. 23.~1973. 9. 16.).

6. Yes, they're sharing a drink they call loneliness*

3등급의 허리케인이 캘리포니아를 향해 다가오고 있다는 일기 예보에 따라 모텔 주인은 투숙객들에게 당장 방값을 계산한 뒤 떠나라고 요구했다. 그도 개 한 마리와 함께 뉴멕시코로 피신할 계획이었다. 하지만 여자를 재앙에서 보호해줄 낙원은 어디에도 존재하지 않았다. 불안과 우울한 정서가 노랫소리를 더욱 날카롭게 만들어서 몸이 어디든 살짝 닿기만 해도 비명이 팝콘처럼 터졌다. 여자는 모텔방에 처박혀 비스킷 몇 개와 수돗물로 사흘을 버텼으나, 점점 자신의 몸뚱이보다 커져가는 양털 코트가 기어코 자신을 통째로 삼키는 순간이 다가오는 것 같아 두려웠다. 그래서 여자는 옷을 모두 벗어던지고 침대에 누워 사지를 최대한으로 늘인 채 레퀴엠의 마지막 악장이 시작되기를 기다렸다. 크레셴도, 포르티시모. 바람의 칼날이 목숨을 잘라내기 직전에 노래의 뿌리부터 잘라내준다면 찰나일지언정 고요하게 죽음을 맞이할 수 있으련만. 운이 좋다면 여자는 산 채로 허리케인에 실려 국경 너머 어느 호화로운 저택의 부엌에 도착할 수도 있을 것이다. 모국어의 화석과도 같은 혀를 움직여 입안에 남아 있을지도 모를 음식 찌꺼기를 찾고 있을 때, 무례한 모텔 주인이 허리케인의 전조라도 되는 듯 노크

* 빌리 조엘, 〈Piano Man〉(5:40), 1973.

도 없이 문을 열고 들어왔다. 하긴 노크를 했더라도 여자는 듣거나 대답하지 못했으리라. 모텔 주인은 자신의 모텔이 누군가의 무덤이 되는 것을 바라지 않았고 미친 바람보다 먼저 도착한 허기가 자신의 호의를 훼손하지 못하게 하고 싶었기 때문에, 자신의 피난 기간 동안 모텔 주변에서 일어나는 사건들을 기억하고 증언해주는 조건으로 여자에게 공짜 체류를 승낙했을 뿐만 아니라 유통기한이 얼마 남지 않은 냉동식품과 빵까지 나누어주었다. 그러면서도 자신의 모텔에서 매춘을 한다면 함무라비법전에 의거해 직접 단죄하겠노라는 경고도 빠뜨리지 않았다—모텔 주인은 매춘부와 스트리퍼를 혼동하는 게 분명했다—. 빵 조각이 식도 끝을 빠져나와 위장 바닥에 처박힐 때마다 여자는 온몸을 격하게 떨었다. 그리고 의식의 안팎을 구별할 수 없는 상태에 이르러 노래가 들려왔는데, 가사는커녕 박자나 리듬조차 감지할 수 없을 만큼 희미했다. 대신 허공의 파동을 따라 자신의 육신이 실타래처럼 천천히 풀리는 듯한 나른함을 느꼈다.

얼마나 지났을까. 누군가 자신을 흔들고 있었다. 그러자 여자의 워크맨도 함께 충전됐다. 처음에 여자는 그것이 허리케인이라고 짐작했다. 하지만 살인 말고는 모든 것이 허락되는 캘리포니아를 공포 속에 쑤셔넣을 만큼 포악스러운 손길은 아니어서 빵 냄새를 맡고 몰려든 들개들의 혀일 거라고 생각을 고쳤다. 공포의 실체를 확인하기 위해 눈을 떠야 하는지 아니면 계속 감고 있어야 하는지 여자는 결정하지 못했다.

"살아 있는 한 우린 뭐든 선택할 수 있어요. 단지 매번 실패를 인정해야 하는 과정이 번거로울 따름이죠."

들개가 아니라 사람이라서 여자는 안심했다. 하지만 곧 적잖이 놀랐는데 노래는 없고 낯익은 남자의 목소리만 분명하게 들려왔기 때문이었다. 결국 여자는 허리케인의 변덕으로 퇴로가 막힌 모텔 주인이 모텔로 되돌아왔다고 판단했다. 들개보다 사람이 더 위험할 수 있다는 불안감도 엄습했다.

"하지만 지금 선택하지 않은 것들을 나중에는 결코 선택할 수 없답니다."

여자는 눈을 뜨려 했으나 아무리 힘을 주어도 사위가 밝아지지 않았다. 그래서 자신은 이미 오래전부터 눈을 뜨고 있었고 다만 밤이 지속되고 있는 것이라고 생각했다. 노랫소리가 들리지 않는 까닭은 모텔을 통째로 삼킨 바람 때문일 수도 있었다. 매춘부와 스트리퍼를 혼동한 모텔 주인은 동정심과 성욕마저 혼동한 게 아닐까. 모텔 주인의 목소리가 이전보다 훨씬 맑고 경쾌하게 들리는 까닭도, 돌고 있는 선풍기 날개 앞에서 부르는 노래가 항상 절창으로 들리는 것과 같은 이치로 설명 가능하지 않을까. 여자는 어느새 자신이 낙천적인 결정론자로 퇴화했다는 사실에 놀랐다.

"원한다면 당신은 언제든지 노래를 멈출 수가 있었어요. 그러면 우리는 이곳에서 행복하게 추방돼 과거나 미래에 안착할 수도 있었죠. 하지만 우린 아직도 여기 이렇게 머물고 있고 당신은 여전히 아무것도 선택하지 않는군요. 어쩌면 오늘로써 우리의 인연은 끝날 것 같아요. 이젠 제가 선택할 차례가 됐으니까. 전 가족에게 돌아가서 조용히 늙어갈 거예요. 그래도 당신과 함께 떠돌면서 공연하던 기억을 모두 버리지는 않겠다고 약속할게요."

여자는 머리채가 뽑혀나가는 듯한 충격을 느꼈다. 원한다면 언제든지 노래를 멈출 수 있었다고? 자신이 그걸 원하지 않았던 적이 있던가? 하지만 이렇게 살아 있는 것 말고 자신이 그동안 선택할 수 있는 게 뭐가 있었을까? 호모 무지쿠스에게서 노래가 사라지는 순간 모든 바이털사인도 함께 멈추게 될 것이라던 남자의 경고가 너바나의 노래와 겹쳐서 들려왔다. 남자는 모텔 주인이 아닌 게 분명했다. 그리고 여자에게는 남자와 함께 공연한 기억도 없었다. 비명을 쏟아낼 입마저 어둠에 짓뭉개져 있어서 공포감은 여자를 급격하게 부풀렸다.

"그 소녀는 석관 같은 방안에 처박혀 어른들의 은밀한 망상이나 즐길 만큼 어리지 않아요. 소녀의 젖가슴과 엉덩이는 당신의 노래보다 더 치명적인 매력으로 세상의 모든 남자들에게 죄악을 가르치고 있지요. 그리고 소녀는 당신을 전혀 기억하지 못해요. 그러니 당신의 죄책감은 도대체 어디서 시작됐을까요? 소녀는 당신 역시 피해자라는 사실을 너무 잘 알고 있어요. 그건 워크맨들의 사악함 때문에 일어난 사고에 불과해요. 그리고 개인이 오롯이 탄생하기 위해선 투쟁과 파괴가 불가피하다는 논리도 이제 이해하기 시작했어요. 이국의 스트리퍼가 된 것만으로도 당신은 충분히 속죄했어요. 그러니 이젠 노래를 멈추고 당신이 내팽개쳐둔 인생과 세계를 다시 살아보는 건 어떨까요?"

그때 갑자기 여자의 목구멍에서 곤죽이 된 빵덩어리가 튀어나왔다. 이로써 생의 비애가 조금 줄어들었다고 할 수 있을까. 여자는 미친 바람이든 모텔 주인이든 들개든 서둘러 나타나 악몽을 갈기갈기 찢어주길 소망했다. 아니면 탈출구 쪽에서 노래라도 다시 들려오기를. 여자는 팔을 뻗어 허공에 썼다. 당신은 누구죠?

"난 당신의 피아노 맨이자 그 살인사건 현장에서 당신과 함께 사라진 유일한 목격자죠. 당신이 세이렌을 죽인 게 아니라, 반대로 세이렌이 당신을 죽인 거예요. 그리고 노래가 멈추면 당신의 육신은 그 즉시 부패하기 시작할 거예요. 벌써 악취가 흘러나오는 것 같아요. 그러니 마지막으로 이 노래를 함께 들어요."

당장 사랑을
멈춰주세요, 제발

루시의 어머니는 열여덟 살이 되던 해 크리스마스 모임에 참석했다가 자신의 혈통을 따라 흐르고 있는 가족력에 대해 우연히 전해들은 뒤부터 자신은 평생 결혼과 출산을 멀리하겠다고 맹세했다. 그래서 수녀가 될 결심을 하고 수도원의 기숙사에 들어갔으나 다음해 크리스마스 미사에서 만난 남자와 사랑에 빠지는 바람에 자신의 결심 중 하나를 버려야 했다. 그녀는 그 남자와 결혼을 하되 평생 아이를 낳지 않고 개나 고양이를 키우거나 아시아 출신의 아이를 입양할 작정이었다. 남편은 이유를 묻지 않은 채 아내의 결정에 순순히 따랐다. 신혼 초기에 그들은 개와 고양이를 각각 한 마리씩 키웠다. 하지만 집안을 날아다니는 동물들의 털 때문에 남편이 자신 몰래 병원을 다니면서 항히스타민 처방을 받고 있으며 갑작스런 쇼크에 대비해 구급약까지 주머니에 늘 넣고 다닌다는 사실을 뒤늦게 알아차리게 되면서 아내는 개와 고양이를 친척에게 넘기고 관련 물품들을 모두 버렸다. 집안을 완전히 소독한 다음 그들은 아시아에서 사내아이를 입양해왔으나, 태어날 때부터 영양 상태가 좋지 않았던 아이는 1년 넘게 갖은 병치레를 하다가 두 살이 되기도 전에 숨지고 말았다. 아이의 주검은 연기와 재로 분리돼 모두의 생명 속에 골고루 스며들었다. 국내외 유명 관광지를 여행하는 것으로도 생의 기쁨을 회복하지 못하는 아내를 위해 남편은 크리스마스의 흥분 속에서 자신의 계획을 은밀히 실천했다. 2개월 뒤에 임신 사실을 확인한 아내는 결혼식에서의 언약을 깨뜨린 남편의 따귀를 때리고 이로 팔을 깨물었다. 남편은 아내의 반응에 어리둥절해하다가, 아내의 가문에 저주처럼 드리워진 가족력에 대한 이야기를 처음으로 듣고 나서야 비로소 자신의 어리석음을 인정했다. 하지만 인간에게 일어날 수 있는 모든 사건의 확률은 실제로 눈앞에서 일어나기 전까지 결코 50퍼센트를 넘지 않는 법이다. 남편은 아내가 임신 사실을 하느님의 축복으로 받아들일 수 있도록 위로하고 설득했으나 그 역시 비극이 일어날 확률을 걱정하지 않을 수 없었기 때문에 아내를 따라 일요일마다 성당에 나가 재앙을 무사히 건너게 해달라고 간절히 기도했다. 심지어 그는 비극의 제단에 희생양으로 바칠 수 있는 사람들의 이름까지 중얼거리기도 했다. 종교적 방법만으로는 마음의 평화를 얻을 수 없었던 그들은 병원을 바꿔가면서 세 차례의 기형아 검사를 받았고 모든 곳에서 무결점—검사 과정이나 결과에 오류가 개입할 확률은 채 2퍼센트도 되지 않았다—을 확인하자 비로소 하느님의 은총에 감사하며 출산 준비에 집중할 수 있었다. 열달 동안 이어진 사순절의 고행을 마치고 루시의 어머니는 가족과 친척들의 기도 소리 속에서 마침내 루시를 출산했는데 자신의 딸이 평범하지 않다는 사실을 한눈에 알아차리고 혼절하고 말았다. 축하의 자리는 순식간에 탄식과 절규로 채워졌고, 루시의 아버지는 방문객들을 쫓아내면서도 딸의 비밀을 끝까지 지켜달라고 신신당부했다. 그와 동시에 그는 하느님을 저주했고 그 즉시 배교자가 돼 죽을 때까지 성서의 모든 문구를 부정하리라 결심했다. 루시의 어머니는 사흘 만에 겨우 심신을 추스르고 자리에서 일어나 딸에게 젖을 먹였다. 퇴원하자마자 루시의 부모는 병원을 상대로 법적 소송을 시작했다. 병원측은 현재까지 개발된 것 중 가장 정확도가 높은 기형아 검사 방법을 적용했고 판정과 고지의 절차도 정확히 준수했기 때문에 환자의 비극을 책임져야 할 법적 근거는 전혀 없으며, 신의 시샘까지 통제하지 못했다는 이유로 처벌을 받게 된다면 의료계에서는 결코 새로운 아이디어와 기술을 발전시킬 수 없을 것이라는 논리를 폈다. 뿐만 아니라 루시의 아버지가 젊어서 한때 히피족과 어울리며 마리화나를 피우고 매독을 치료한 적이 있다는 사실을 무기 삼아 원고측의 공격력을 급격히 떨어뜨렸고 결국 소송에서 승리했다. 그 이후 루시의 부모는 패배감과 무력감 속에서 술과 마약으로 여생을 탕진하다가 루시의 양육권마저 박탈당하고 말았다. 루시는 국가가 운영하는 보호시설을 전전하면서 가축처럼 자라났다. 열여섯 살이 돼 보호시설에서 쫓겨난 루시는 자신의 부모를 쓰러뜨린 병원을 상대로 법적 소송을 다시 진행했는데, 이는 그녀의 비극을 이용해 명성을 얻고 싶었던 변호사가 부추긴 결과였다. 그녀는 자신에겐 태어나지 않을 권리가 있었으나 병원측이 이를 훼손했다고 주장한 끝에 재판에서 승소해 거액의 보상금을 받아냈다—'태어나지 않을 권리'라는 용어는 수년 전 프랑스 법정에서 처음 등장했으나, 세계 최초로 천부인권 사상을 인정한 프랑스 법원은 프랑스인이 그런 권리를 가지고 태어날 수 없다고 판결했다. 하지만 루시가 태어난 국가는 이민자들에 의해 건립됐을 뿐만 아니라 전통적으로 프랑스와 적대적인 관계를 유지해왔기 때문에 프랑스인이 지니지 않은 권리까지 인정할 준비가 돼 있었다—. 그리고 선천적 장애를 지닌 채 태어난 아이의 부모가 술과 마약을 손쉽게 구매할 수 없도록 주정부가 적절한 예방 조치를 취하지 않아서 자신과 같은 장애인들이 생존을 크게 위협받고 있다며 또다시 소송을 제기했고, 여기서마저 승리해 보상금을 추가로 받았다. 루시는 주정부를 상대로 한 소송에서 승리한 최연소 시민이라는 명예까지 얻었다. 변호사에게 막대한 수수료를 지불하고도 루시는 평생 직업을 가질 필요 없이 오롯이 자신의 의지대로 삶을 살아갈 수 있을 만큼의 돈을 챙겼다. 그녀는 더이상 자신의 후손이 태어나지 않을 권리를 주장하지 못하도록 하기 위해 세상과 절연한 채 혼자 살았고 일주일에 한 번씩 마트에 들러 식료품과 생필품을 구입하는 일을 제외하곤 하루 종일 집안에 머물렀다. 그녀의 소일거리라고는 독서와 정원 가꾸기가 전부였다.

하지만 어떤 인간의 삶도 자신의 순수한 의지대로 전개되지 않는다. 산꼭대기나 물속에 살고 있든, 지하 감옥이나 무인도에 갇혀 있든, 심지어 반쯤 죽은 채로 응급실에 누워 있다고 할지라도, 신은 그 또는 그녀의 운명을 바꿀 사건을 반드시 발명해낸다. 어쩌면 인간은 자신의 실패를 이해하기 위해 매 순간 신의 능력을 과장하는 것인지도 모르겠다. 장난기 많은 신이 루시의 운명을 바꾸기 위해 동원한 것은 말벌이었다. 그녀의 집 정원에서 자라고 있던 사과나무에 어느 봄날 오후부터 말벌들이 한두 마리씩 모여들더니 일주일 만에 멜론보다 다섯 배 정도 큰 벌집이 매달렸다. 루시는 그 시끄럽고 위험한 열매 때문에 더이상 자신의 즐거운 일과를 시작할 수 없었다—그녀는 봄부터 가을까지 거의 하루도 빼놓지 않고 정원으로 나와 한나절 이상 사과나무를 돌봤고 꽃과 열매를 따서 차를 만들었으며 바닥에 떨어진 도사리는 잼의 재료로 사용했다. 그리고 겨우내 그걸 먹으면서 추위와 고독을 견뎠다—. 남들의 도움 없이 혼자서 집안일을 처리해온 그녀에게도 벌집을 없애는 일만큼은 초인적인 용기를 요구했다. 그렇다고 10여 년 넘게 혼자서 지켜온 자신의 사적 공간에 외부인을 불러들이고 싶지도 않아서 그녀는 발만 동동 구르며 말벌들이 집을 버리고 떠날 겨울을 하염없이 기다려야 했다—그녀는 부모가 물려준 호신용 권총 한 자루를 가지고 있었기 때문에, 이웃들이 모두 휴가를 떠나는 여름에 총으로 그 위험한 열매를 쏴서 떨어뜨릴 궁리를 하기도 했다. 하지만 이층 난간에 기대어 서서 십여 미터 떨어져 있는 목표를 정확히 맞히려면 천부적인 재능이 필요했다. 게다가 그해 여름 이상기후로 폭우가 쏟아지면서 이웃들은 휴가를 떠나지 않았다—. 말벌의 방해로 꿀벌의 수분 활동마저 크게 위축되면서 예년보다 훨씬 적은 수의 사과가 매달리자 루시는 말벌집과 함께 사과나무까지 불태우기로 작심하고, 죄책감을 조금이나마 덜어낼 목적으로 자신이 무신론자라는 사실도 잊은 채 어머니가 남긴 성서의 몇 구절을 읽으면서 불씨를 가장 높게 피워올릴 수 있는 기회를 살폈다. 그녀가 기도를 멈추고 석유통과 라이터를 집어들려는 순간, 한 남자가 정원으로 불쑥 들어오는 게 아닌가. 그녀는 창문 옆에 숨어 침입자를 향해 권총을 겨누면서 그의 일거수일투족을 훔쳐보았다. 노숙자처럼 꾀죄죄한 몰골의 남자는 잠깐 동안 집 안 내부를 기웃거리더니, 마치 그 집 주인의 고민을 이미 알고 있다는 듯이 조금의 망설임도 없이 사과나무 쪽으로 가 가죽점퍼를 벗어 말벌집을 뒤덮은 다음 맨손으로 그것을 나무에서 뜯어냈다. 그러고는 일촉즉발의 시한폭탄을 품에 안은 채 집밖으로 달려갔다. 그러자 정원은 다시 자연의 순리와 인간의 겸양이 공존하는 공간으로 바뀌었고 그 중심에는 여전히 사과나무 한 그루가 서 있었다. 겨울의 추위와 고독을 견디기엔 턱없이 부족한 수의 사과가 매달려 있어서 정원에서 매일 해야 할 일은 없었는데도 루시는 아침 일찍부터 오후 늦게까지 정원에 머물렀으며, 사과나무를 돌보는 시간보다 현관이나 담장 부근을 서성거리는 시간이 훨씬 길었다. 집안에 들어간 뒤에도 어둠이 잠식한 정원에서 조그만 소리라도 들려오면 창밖을 주의깊게 내다보았으며 더이상 권총을 찾지 않았다. 나중에 그녀는 그 남자가 어딘가에 숨어서 자신을 관찰하고 있을지도 모른다는 생각에 사로잡혀 정원으로 나가지 않았다. 그러다가 어느 날 아침 정원을 내다보니, 사과나무는 마치 폭풍우를 통과한 것처럼 가지런히 비워져 있고 사과가 잔뜩 담긴 바구니 두 개가 현관 앞에 놓여 있었다. 그제야 루시는 그 남자에게 감사의 마음을 표현해야겠다고 마음먹었다. 그녀는 자신이 만든 잼과 차를 바구니에 담아 현관 앞에 놓아두고 간단한 편지도 남겼다. 그랬더니 다음날 저녁 누군가 현관문을 두드리는 게 아닌가. 루시는 저항할 수 없는 힘에 떠밀려 현관문을 열었고, 가죽점퍼의 남자가 안으로 들어오더니 문을 안에서 걸어 잠갔다. 그는 스무 살이었고 가족과 집이 없었으며 수년째 거리에서 겨울을 견디고 있었다. 그 남자와 루시는 사과잼과 차로 저녁 만찬을 즐긴 뒤 가죽 점퍼를 함께 덮고 누워 말벌들처럼 버둥거리면서 몸 곳곳에 매달린 사랑의 열매를 수확했다. 그뒤로 더이상 추위와 고독은 집안으로 틈입하지 않았다. 루시는 남자의 제안에 따라 교회에 나가기 시작했고 세례를 받자마자 정원에서 사과나무를 하객 삼아 남자와 결혼식을 올렸다. 이웃들은 순수한 사랑이 만들어낸 기적을 진심으로 상찬했으며, 사랑으로 장애와 편견을 뛰어넘은 그들의 이야기는 각종 언론을 통해 전국에 퍼져나갔다. 남자는 지역 주민들이 거의 모두 알아볼 수 있을 만큼 유명해졌는데도 거들먹거리거나 다른 여자 주변을 기웃거리지 않은 채 루시의 손을 잡고 마트나 식당을 드나들었으며 루시를 불편하게 만들 수 있는 호의나 관심을 단호하게 거절했다. 하지만 호기심 많은 아이들의 부탁만큼은 차마 거절하지 못해서 함께 사진을 찍기도 했다.

아이를 임신하자 루시는 남편과 함께 병원에 방문해 기형아 검사를 받았다. 검사 결과 아이가 벨라 증후군을 보유한 채 태어날 확률이 99퍼센트였고, 그 검사 과정이나 결과에 오류가 개입될 확률은 1퍼센트에 지나지 않았다. 벨라 증후군을 치료할 수 있는 방법은 아직 없었고 그 불치의 유전병에서 기적적으로 해방됐다는 자도 나타나지 않았다. 의사는 '범죄에 의해 원하지 않은 임신'을 한 경우를 제외하고는 이 나라에서 임신중절이 법적으로 허용되지 않기 때문에 외국으로 나가서 수술을 받는 것이 아이나 부모 모두를 위한 최선의 방법이라고 귀띔했다. 하지만 루시의 남편은 의사의 제안을 완강하게 거절했다. 그는 모든 생명은 신의 뜻대로 태어날 권리를 지녔으며 아이가 스스로 운명을 결정할 수 있을 만큼 자랄 때까지 부모는 정상적으로 양육해야 할 의무가 있다고 맞섰다. 루시는 자신이 '태어나지 않을 권리'를 인정받아 막대한 보상금을 받았다는 사실을 남편에게 차마 말할 수 없었다. 하긴 그땐 의학 기술이 99퍼센트의 확률로 미래를 예측할 수 있을 만큼 발달해 있지 않았기 때문에 자신의 소송과 승리는 역사가 응당 겪어야 할 과정이었다고 미화할 수도 있었다. 하지만 루시는 자신뿐만 아니라 자신의 아이까지 극진히 돌볼 준비가 된 남편의 태도에 깊은 감동을 받아, 결국 신의 뜻에 따라 아이를 낳기로 결심했다. 그러면서도 남편이나 첫째 아이를 위해서라도 둘째 아이는 아시아에서 장애가 없는 아이를 입양해오겠다고 약속했다. 하지만 남편은 동생 때문에 첫째 아이가 평생 자격지심을 지닌 채 살아가는 건 불공평하다는 논리를 내세우며 루시의 계획에 반대했다. 대신 첫째 아이가 제 어머니의 자궁 속에 쌓여 있던 비극의 찌꺼기를 모두 닦아내면서 태어날 것이기 때문에 둘째 아이는 벨라 증후군을 앓지 않을 것이라며 루시를 안심시켰다. 불법적인 수술을 요구한 것이 아닌데도 그녀의 출산을 도맡으려는 의사는 없었다. 의사들은 벨라 증후군을 가지고 태어난 아이 중 70퍼센트가 1년 안에 죽는다는 사실을 산모에게 굳이 말하지 않았다. 그리고 루시가 법정에서 주정부를 쓰러뜨린 최연소 시민이라는 사실도 언론을 통해 잘 알고 있었지만 전혀 내색하지 않았다. 예상대로 아이가 벨라 증후군을 지닌 채 태어난다고 하더라도 산모가 이런저런 트집을 잡아 천문학적 보상금을 요구할 확률이 매우 높아 보였으므로 아무도 긁어 부스럼을 만들고 싶지 않았던 것이다. 결국 의과대학을 갓 졸업한 탓에 인류애와 영웅심을 구분하지 못하는 젊은 의사가 그녀의 출산을 떠맡았다. 하지만 자신의 손으로 직접 받아낸 핏덩이가 인간이 아니라 동물일지도 모른다는 생각에 의사는 까무러쳤고, 과도한 인류애 또는 영웅심에 도취된 나머지, 더이상 불행이 잉태되지 않도록 무료로 불임수술을 해주겠다고 루시의 남편에게 말했다가—그 의사는 아이의 낙태를 반대한 자가 남편이라는 사실을 미처 알지 못했다—법적 소송 직전까지 내몰렸다. 병원장까지 나서서 루시와 남편에게 사과하고 병원비 전액을 병원측에서 부담하는 조건으로 합의한 뒤에야 비로소 그 젊은 의사는 개미지옥에서 간신히 벗어날 수 있었고, 한동안 수술실 근처에는 얼씬도 하지 않았다.

벨라 증후군을 앓은 채 태어난 아이를 확인하자 이웃들은 의학적인 지식을 거의 지니지 않았음에도 불구하고 그저 동정심에 휘둘려, 하나같이 산모를 위로하면서 둘째 아이를 서둘러 낳아 슬픔을 덮으라고 재촉했다. 하지만 정작 루시는 남편의 세심한 배려 덕분에 현실을 제대로 감지할 겨를조차 없었다. 왜냐하면 아이는 태어나자마자 집에서 이십 킬로미터 남짓 떨어진 마을의 보모에게 맡겨졌기 때문이다. 루시는 자신이 아이를 낳았다는 사실조차 잊고 지낼 때가 많았다. 아이는 첫돌을 며칠 앞두고 집으로 돌아왔다. 보모는 현관문 앞에 서서 마치 택배 기사가 소포를 건네듯 무심한 표정으로, 약간은 후련하다는 듯이, 아이와 짐 가방을 건넸다. 남편은 집안으로 들어와 아이의 첫번째 생일 파티에 참석해달라고 부탁했지만, 보모는 자신이 응당 받아야 할 수고비만을 챙긴 뒤 도망치듯 떠났다. 아이는 이불에 둘러싸여 있었기 때문에 모습이 잘 보이지 않았다. 자신의 아이를 받아든 루시의 몸속으로 모성애와 관련된 호르몬이 채워지기 시작했다. 하지만 이불 속에 얼굴을 묻고 있던 아이가 고개를 들었을 때 그녀는 커다란 충격을 받았다. 루시는 겉으로 내색하고 싶지 않았지만, 유년기 내내 자신을 괴롭히던 운명이 아이의 표정 안에 고스란히 담겨 있었기 때문에 차마 그럴 수 없었다. 심상치 않은 낌새를 눈치챈 남편이 급히 달려와 그녀의 팔을 붙잡지 않았더라면 루시는 하마터면 유리병처럼 연약한 아이를 바닥에 내동댕이쳤을지도 몰랐다. 아이의 첫번째 생일 파티는 당사자와 부모의 멈추지 않는 울음 때문에 엉망이 되고 말았다. 아이 역시 비정상적인 모습의 생모를 보고 크게 놀란 게 틀림없었다. 연거푸 토악질을 해대던 아이의 온몸이 뜨겁게 달아올랐다. 어찌할 줄 몰라 발만 동동 구르고 있던 루시와는 달리, 남편은 의사나 약물의 도움 없이 아이의 토악질을 멈추게 하고 열을 내릴 수 있었다. 탈진한 루시가 일주일 가까이 침대에 누워지내는 동안 아이를 먹이고 씻기고 재우는 일을 모두 남편이 맡아야 했다. 아이는 본능적으로 제 아버지의 품에 안겨 있을 때에만 평온을 느끼는지 루시의 품에서는 우유를 먹거나 잠들려 하지 않았다. 루시는 아이를 돌보는 방법을 남편에게서 하나씩 배워야 했다. 하지만 자신의 손길을 완강하게 거부하는 아이 때문에 그녀는 주로 남편이 아이를 돌보는 광경을 멀리서 지켜봐야 했고, 아이에게 남편을 빼앗겼다는 박탈감까지 느꼈다. 그녀는 아이를 돌보는 대신 정원의 사과나무를 가꾸고 사과를 따서 잼과 차를 만드는 일에 전념했다. 그리고 혼자서 마트에 들러 일주일 분량의 음식과 생필품을 샀다. 마트에서 만난 이웃들은 하나같이 아이의 안부를 물으면서, 아내 대신 육아에 전념하고 있는 남편을 침이 마르도록 칭찬했다. 그런 이야기를 들을 때마다 루시는 날달걀을 밟고 서 있는 것처럼 불안해졌다. 조만간 남편이 아이를 데리고 자신을 떠날지도 모른다는 걱정이 머릿속을 질주했고 그럴수록 장애가 없는 둘째 아이를 갖고 싶다는 욕망이 불어났다. 출산 후 1년 동안 집안을 채우고 있던 사랑의 기쁨이 첫째 아이가 돌아온 뒤로 완전히 사라지자, 루시는 다시 일상 곳곳에서 추위와 고독의 징후를 발견했다. 그녀는 남편에게 버림받지 않기 위해서라도 아이와의 유대감을 회복해야 한다는 강박에 시달렸고, 그럴수록 어리석은 실수를 반복해서 남편을 크게 실망시켰다. 상황을 단숨에 개선하는 방법이라곤 아시아에서 장애가 없는 아이를 입양해오는 것밖에 없다는 결론에 거의 도달했을 무렵, 그녀는 마치 꼬챙이가 온몸을 관통하는 듯한 통증을 느꼈고 그게 둘째 아이가 자신에게 도착한 신호라는 사실을 본능적으로 알아차렸다. 둘째 아이를 가졌다는 소식에 남편은 그 아이가 혈통의 비극에 감염됐을 확률 따윈 따지지도 않은 채 무척 기뻐했다. 그러고는 첫째 아이에게 쏟아붓던 애정을 루시에게 나눠주었는데, 그로 인해 소외감을 느끼게 된 아이는 지나치게 응석을 부리다가 오히려 아버지의 분노를 사고 말았다. 하는 수 없이 아이는 제 어머니의 품안으로 돌아가야 했고 더이상 울거나 채근하지 않았다. 아이는 이따금 루시의 배를 만지면서 자신이 언제쯤 에덴에서 추방될는지 가늠했는데, 나중에 생각해보니 아이의 그 행동이 동생에게 저주를 감염시킨 것 같았다. 그런 추측 때문에 루시는 첫째 아이에 대한 애정을 더욱 줄일 수밖에 없었다.

루시 부부는 태아의 기형아 검사를 받지 않기로 결심했다. 삼라만상이 오로지 하느님의 거룩한 뜻에 의해 이미 결정돼 있다면 불행이든 행운이든 그것의 정체를 미리 알게 된다고 한들 인간이 거부하거나 교정할 수는 없을 테니, 미래를 걱정하는 것만큼 어리석은 행동도 없기 때문이었다. 부부는 행운이라면 반드시 함정이 숨어 있을 것이고, 불행이라고 해도 그걸 견뎌낼 방법이 마련돼 있을 테니 현실을 세심히 살피는 게 중요하다고 생각했다. 그래서 첫째 아이와 함께 하루도 빠뜨리지 않고 교회를 찾아가서 자신들이 하느님의 충복이라는 사실을 알렸다. 루시는 출산 당일에도 교회에 갔다가 예배 도중에 산통을 느끼고 급히 집으로 돌아와야 했다. 산모의 출산을 돕기 위해 찾아온 네 명의 교인은 마치 그날이 부활절 전날이라도 되는 것처럼 희망적인 전조에 한껏 고무돼 찬송가를 부르고 덕담을 이어가면서 아이의 탄생을 기다렸다. 하지만 모두의 걱정대로 둘째 아이에게서도 벨라 증후군의 징후가 발견되자—여자아이가 태어날 것이라는 산모의 예감만큼은 적중했다—축하객들은 갑자기 노래와 이야기를 멈추더니 산모와 아이에게 눈길 한 번 주지 않은 채 슬그머니 집안을 빠져나갔다. 그러고는 천사 대신 악마를 세상에 보낸 하느님의 의도를 제 나름대로 해석한 뒤 불길한 소문을 세상에 퍼뜨리기 시작했다. 루시는 인간의 모든 죄악이 담겨 있는 상자처럼 자신 옆에 내팽개쳐져 있는 둘째 아이를 내려다보면서 더이상 하느님의 노예로 살아가지 않겠다고 선언했고, 하느님의 뜻을 제대로 알아듣지 못한 목사의 무능함과, 사랑과 평등의 가르침을 따르지 않고 자신의 둘째 아이를 차별한 교인들의 위선을 고발해 명예를 회복하겠다고 결심했다. 첫째 아이가 병원의 실수로 벨라 증후군을 지닌 채 태어났다면, 둘째 아이는 교회의 실수로 천형을 선고받았다고 생각했던 것이다. 첫째 아이를 재우고 안방으로 돌아온 남편은 아이들의 미래를 위해서라도 교회를 적으로 삼는 건 결코 현명한 행동이 아니라며 루시를 설득했다. 그 대신 근거 없는 희망을 과도하게 주입해서 자신들을 더욱 비참하게 만든 네 명의 교인을 가만히 놔둬서는 안 된다는 루시의 의견에는 동의했다. 셋째 아이에게선 하느님의 자비가 반드시 드러날 것이라는 남편의 어설픈 위로에 루시는 비명과 탄식을 연발했다. 하지만 두 아이가 부모가 죽은 뒤에도 큰 문제 없이 생존하려면 그들을 돌봐줄 친척이나 형제자매가 필요하다는 남편의 말에는 크게 반박할 수 없었다. 봉사 단체에 전 재산을 기탁하면서 두 아이의 양육을 부탁할 수도 있었지만, 부부는 타인과 세상에 대한 믿음을 점점 잃어가고 있었으므로 그 방법이 선뜻 내키지 않았다. 장애가 없는 아이를 아시아에서 입양해오는 것이 가장 현명한 방법이었지만, 피가 전혀 섞이지 않은 형제자매를 돌보다보면 셋째 아이는 필경 자신의 운명을 거부할 것이고, 양부모와의 약속을 저버린 채 재산만 챙겨 자신의 생모와 생부에게 되돌아갈지도 몰랐다. 그래서 루시는 만약에 셋째 아이를 임신하게 된다면 반드시 기형아 검사를 받을 것이고—적어도 유전적 불행을 진단하는 일에는 교회의 목사보다 산부인과 의사가 훨씬 낫다는 데 수긍했다—낯익은 함정이 발견되는 즉시 출산을 포기하겠다고 남편 앞에서 선언했다. 의학 기술의 놀라운 발전 속도를 감안한다면 가까운 미래에 유전자 결함까지 치료할 수 있을 테니, 그때 전 재산을 쏟아부어서라도 자신의 아이들을 정상 상태로 되돌려놓겠다고 다짐했다. 슬픔을 이겨내려고 애쓰는 모습이 안쓰러워서 남편은 루시가 말하고 행동하는 대로 가만히 놔두면서 이따금 고개를 끄덕였다. 둘째 아이가 태어난 뒤로 루시 부부는 더이상 교회에 나가지 않은 채 집안에서 성서를 읽고 그 내용을 아이들에게 직접 가르쳤다. 루시 부부가 네 명의 교인을 상대로 벌인 법적 소송에서 패배했다는 소식은, 기득권층에 유리하게 설계돼 있는 사회적 장치들을 비난하거나 조롱하는 여론을 불러일으켰다. 언론사와의 인터뷰에서 루시의 남편은 장애인들에 대한 차별 없는 대우—어느 사회도 아직까지 성공한 적이 없는—를 요구하는 대신 그들이 자신만의 방식대로 살아갈 수 있는 제도와 환경을 만들어달라고 호소했고, 법이나 성서보다 더 낮은 곳에 살고 있으면서도 이웃의 고통을 외면하지 않는 시민들의 응원과 지원금을 끌어모았다. 그래서 정작 싸움에서 승리한 자는 네 명의 교인이 아니라 루시 가족이라는 이야기가 사실처럼 받아들여졌다. 이를 확인시키려는 듯 루시 부부는 아이들을 데리고 이전보다 더 자주 마을을 산책하고 쇼핑을 했으며 식당을 드나들었다. 그들의 일상은 언론의 관심을 끌었기 때문에 적어도 공개적으로 그들을 무시하거나 비난할 수 있는 이웃은 없었다. 하지만 세 명의 악명 높은 장애인이 마을 전체를 흉흉하게 만들고 있다는 비난도 들개떼처럼 떠돌아다녔다. 지역 정치인들은 여론에 떠밀려 장애인 편의시설을 확충하겠다는 약속을 공표하긴 했으나 소수 유권자들에게만 정책과 예산을 집중하고 있다는 지지자들의 불평을 무시할 수도 없어서, 장애인이라면 결코 준수할 수 없을 교통 규칙을 새로 제정했고 이에 대한 벌금을 강화했으며 법적 소송에 앞서 이웃들 간의 갈등을 조정할 수 있는 절차를 일방적으로 도입했다. 이에 따라 이웃들은 자신의 삶이 황색 언론사들과 무례한 방문객들에 의해 무분별하게 파괴되고 있다는 이유로 루시 가족의 이사를 요구했고, 이를 법적으로 강제할 수 없다면 적어도 그들이 하루에 일정 시간 동안은 반드시 집안에 머물러야 하며 언론사와의 인터뷰나 방문객의 출입도 제한해야 한다고 주장했다. 시 당국은 이웃들과 루시 부부 사이의 화해를 추진할 담당자로 한때 그 부부가 하느님의 침실이라고 여기면서 매일 드나들었던 교회의 목사를 임명했다. 목사는 성서와 법전을 적절히 동원해가면서 그 부부와 아이들을 일정 시간 집안에 가둬놓는 데 가까스로 성공했지만, 그 부부가 너무 오랫동안 집안에 머물게 된다면 셋째 아이를 임신할 확률이 높아지기 때문에 루시의 남편에게 불임수술을 강제해야 한다는 이웃들의 억지에는 적절히 대응하지 못했다.

루시와 둘째 아이가 차례로 병치레를 하느라 남편과 첫째 아이만 일주일에 한 번 정도 마트에 나타나다가 그마저도 뜸해지자 언론들의 관심은 급격히 줄어들었고, 이웃들은 루시 부부를 집안에 가두거나 불임수술을 강제하려던 시도를 멈췄다. 하지만 첫째 아이가 여섯 살이 되던 해에 마을의 평화는 다시 심각한 위협을 받았다. 첫째 아이를 초등학교에 보내지 않는 루시 부부를 두고 여론이 대치하기 시작했다. 아무리 장애를 갖고 있더라도 아이가 보고 듣고 말하고 이해할 수 있다면 학교에 보내야 한다고 주장하는 부류가 있는가 하면, 다른 쪽에선 아이의 등교를 막고 있는 자가 이기적인 이웃들과 무능한 정부라고 지적했다. 국가는 모든 아이들이 고등학교까지 졸업할 수 있도록 규정과 예산을 마련해두었으니 루시 부부의 반대와 상관없이 아이를 학교로 보내야 한다는 여론이 좀더 힘을 얻었다. 하지만 아이는 부모에게서 단 한순간도 떨어지려고 하지 않았고, 아이의 고집을 꺾는 방법이라곤 제 아버지와 함께 등하교하면서 수업을 받는 것뿐이었는데 루시 부부에겐 자동차가 없었으므로—루시에게 없는 운전면허증을 남편은 가지고 있었으나 루시가 교통사고와 이혼을 걱정한다는 사실을 알고 자동차 구입을 고집하지 않았다—이번에도 교회의 목사가 분쟁의 전면에 등장해 해결 방법을 제시해야 했다. 매주 일요일 가난한 교인들을 교회까지 실어나르는 데 사용하는 승합차를 루시의 남편이 빌려서 첫째 아이를 태우고 매일 등하교를 하되 적당한 때를 봐서 아이 혼자만 교실에 들여보내기로 목사와 루시 부부는 합의했다. 자동차 사용료는 매주 루시 부부가 십일조의 형태로 교회에 납부했다. 이제 루시 남편은 주유소나 교회 주차장에서도 발견됐다. 여섯 살에 처음으로 자동차를 타본 첫째 아이는 너무 긴장해 반시간 넘게 땅바닥을 뒹굴며 울어 젖혔으나 자동차의 속도와 차창 밖의 풍경에 완전히 매료된 뒤로는 하루종일 자동차를 타고 달리는 시간만 기다렸다. 부모의 사랑을 흠뻑 받고 자라난 첫째 아이는 이웃들의 편견과는 달리 총명할 뿐만 아니라 사교성도 뛰어나서 선생의 칭찬과 급우들의 시샘을 한몸에 받았고 등교한 지 사흘도 채 지나지 않아서부터 혼자 교실로 들어갔다. 학교의 마스코트가 된 첫째 아이의 언행을 흉내내는 것이 급우들 사이에서 유행했고, 결코 평범하지 않은 학생 하나가 학교 전체의 분위기를 어떻게 긍정적으로 변화시킬 수 있는지 선생들도 몸소 확인했다. 루시의 첫째 아이 덕분에 반려동물이나 대형 인형을 찾는 아이들이 크게 늘었다는 사실은 거의 알려지지 않았다. 이웃들은 마트나 식당에서 루시의 가족을 만나면 첫째 아이를 가장 먼저 알은체했고 첫째 아이는 천진난만한 미소와 몸짓으로 상대방을 기쁘게 해주었다. 이웃들의 경계심이 점점 줄어들자 루시는 남편 명의로 중고차를 구입하고 승합차를 교회에 반납한 뒤 더욱 자주, 그리고 더욱 멀리까지 외출했다. 낯선 곳의 진기한 풍경과 적당한 긴장감은 루시의 건강뿐만 아니라 남편과의 친밀함까지 회복시켜주었다. 가족 사이에서 또다시 소외감을 감지한 첫째 아이는 학교에서 자신의 존재감을 확인받으려고 노력했다. 그래서 자신의 생일에 자신이 부모와 함께 만든 사과잼과 차를 가지고 등교해서 급우들에게 선물로 나눠줬는데, 그걸 먹으면 벨라 증후군에 감염된다고 믿은 급우들은 선물을 몰래 쓰레기통에 던져버렸다. 쓰레기통 주변에 잔뜩 모여든 벌레 덕분에 진실을 알아차린 첫째 아이가 크게 실망해 등교 거부를 선언하던 날 루시는 세번째 입덧을 시작했다.

아랫배가 불룩해진 루시가 가족들과 함께 마트에 나타나자, 이웃들은 일제히 비명과 탄식을 쏟아냈다. 벨라 증후군을 앓고 있는 두 명의 아이를 데리고 산책을 하는 부모—이웃들의 눈엔 세 명의 장애인이 보였다—를 찍은 사진들이 소셜 네트워크를 통해 급속히 퍼져나가자 악마의 자식들이라는 원색적인 비난과 함께 부모의 멈추지 않는 성욕 때문에 아이들이 평생 불행과 편견 속에 갇혀 살아야 하는 건 너무 부당하다는 여론이 들끓었다. 루시의 집 앞으로 몰려온 시위대—그들의 정체는 명확하지 않았는데, 자유연애주의자나 반기독교주의자, 청소년 상담사와 환경운동가 등이 섞여 있었고 낯익은 이웃들의 얼굴도 많이 보였다—는 자유민주주의 국가의 모든 국민들은 자유롭게 사랑할 권리를 가지고 있지만 그 결과가 미풍양속이나 이웃들의 권리를 훼손할 위험이 있다면 공권력에 의해 적절히 통제돼야 마땅하다고 주장했다. 벨라 증후군을 갖고 있는 자들이 그렇지 않은 자들보다 훨씬 낮은 지능을 지닌데다가 성욕과 식욕을 제대로 구분하지 못하기 때문에 국가가 나서서 적절한 조치를 취해야 한다고 주장하는 의사가 등장했는가 하면, 어떤 독지가는 셋째 아이를 낳지 않는다는 조건으로 병원비와 생활비를 지원하겠다고 제안했다. 하지만 루시 부부는 자신들이 기독교도이기 때문에 피임이나 수술과 같은 방법은 결코 선택할 수 없다고 당당하게 맞섰다. 그리고 셋째 아이마저 벨라 증후군을 갖게 될 것이라는 단정에는 아무런 의학적 증거가 없다고 주장했다. 그러면서도 루시 부부는 기형아 검사를 완강히 거부한 채—루시는 일전에 자신이 남편과 했던 약속을 의도적으로 파기했다—성서 구절을 인용해 자신들에게 더이상의 불운은 찾아오지 않을 것이라고 확신했다. 루시 가족과 이웃들의 갈등이 심화되고 있는데도 정작 교회 목사는 모호한 태도를 취함으로써 모두를 크게 실망시켰다. 항의의 표시로 많은 교인들이 주일예배에 불참하자 그제야 심각성을 인지한 목사는 『출애굽기』의 일화를 들먹이면서 루시 부부를 협박했고, 만약 셋째 아이마저 벨라 증후군 환자로 판명 난다면 다른 마을로 이주하겠다는 각서를 끝내 받아냈다. 하지만 루시 부부는 현재의 거주지 이외에 자신의 가족이 평온을 느낄 수 있는 곳은 세상 어디에도 없다는 사실을 잘 알고 있었다. 차라리 감옥처럼 담을 더욱 높이 쌓고 창문을 모두 벽돌로 막은 뒤 그 안에서 자신의 가족끼리만 여생을 보내는 편이 모두에게 유익할 것 같았다. 아껴 쓴다면 셋째 아이까지도 평생 돈

걱정 없이 살 수 있을 만큼의 재산은 아직 남아 있었다. 생필품이야 인터넷으로 주문해서 택배로 받으면 그만이고, 지하실의 잡동사니를 정리하면 반년 정도 버틸 만큼의 식품을 저장할 수도 있었다. 아이들을 가르치거나 그들과 함께 놀아줄 책들은 지천에 널려 있었다. 다만 누구든 크게 아플 때가 문제였는데, 루시의 남편은 선조 때부터 전해져 내려온 민간요법을 많이 알고 있었으므로 질병이 찾아오더라도 긴박한 상황은 피할 수 있을 것 같았다. 그래서 루시 부부는 마치 핵전쟁을 대비하는 사람들처럼, 이웃들과 절연한 채 살아갈 방법을 궁리하기 시작했다. 루시는 지하실의 잡동사니를 정리하다가 그 자리에서 셋째 아이를 낳았고, 그 아이가 벨라 증후군에 감염된 까닭은 전적으로 이웃들의 적대감 때문이라고 단정지었다. 루시 부부는 마을에서 영원히 추방될까봐 덜컥 겁이 났다. 그래서 목사에겐 셋째 아이가 출산 도중에 죽었다고 거짓말을 했다. 목사는 제 눈으로 태아의 주검을 확인하지 못한 이상 루시 부부의 말을 곧이곧대로 믿을 수 없었지만 그 가족의 불행을 활용해 자신의 자비로움과 기적을 일으키는 능력을 대중 앞에서 자랑하고 싶었기 때문에 그 거짓말을 믿어주기로 결심했다. 그래서 목사는 주일예배에 루시 가족을 초대해 그들이 최근에 겪은 유산의 고통을 위로한 뒤, 이웃들에 대한 하느님의 사랑을 실천하는 것만이 천국으로 들어가는 여권임을 역설했다. 목사가 직접 연출한 연극은 성공적으로 마무리됐고 이웃들은 자신들이 돌봐야 하는 형제자매로 루시 가족을 다시 받아들였다. 둘째 아이는 병치레 이후 성장 속도가 둔해졌고 지능도 언니보다 훨씬 뒤떨어진 반면 셋째 아이는 눈앞에 보이는 것들을 닥치는 대로 삼키고 아무때나 배설하거나 잠들었기 때문에 네 살 터울의 언니와 쌍둥이처럼 양육됐다. 이따금 루시의 남편은 셋째 아이를 데리고 외출을 하면서 이웃들에겐 둘째 아이라고 소개했는데 거짓을 전혀 눈치채지 못한 자들은 성장이 멈춘 것 같은 아이를 안쓰럽게 쳐다보다가 슬그머니 꽁무니를 뺐다. 그런 일이 자주 일어나다보니 셋째 아이는 자신의 이름 대신 언니의 이름에만 반응했고, 나중에 부모는 둘째 아이와 셋째 아이를 같은 이름으로 불러야 했다. 본인들도 누가 먼저 태어났고 누가 그 이름의 진짜 주인인지 헷갈려할 정도였다.

목사는 성서와 법전에 따라 루시 가족이 이웃들과 조화롭게 살 수 있는 방법을 가르쳐주겠다는 명목으로 매주 한 번씩 루시의 집에 방문했다. 그리고 루시 가족에게 설교를 할 때마다 현관문과 창문을 모두 열어놓아 이웃들이 자신의 헌신을 알아차리도록 만들었다. 하지만 어느 날 네 살 남짓의 남자아이를 데려온 뒤로는 더이상 문을 열어놓고 설교하지 않았을 뿐만 아니라 그 아이의 존재를 이웃들에게 비밀로 해달라고 신신당부했다. 아이는 목사를 아빠라고 불렀다. 목사는 모든 신도들의 운명에 개입해 선행을 직접 실천하는 사목인 만큼 누구에게든 아버지나 어머니로 불릴 수 있기 때문에 루시 부부는 그 호칭을 대수롭지 않게 받아들였다. 목사는 자신의 신도이기도 했던 그 아이의 부모가 최근 불의의 교통사고로 유명을 달리했는데 아이를 맡길 가족이나 친척을 찾을 수 없어서 자신이 당분간 돌보게 됐으며, 목사 업무와 육아를 동시에 수행하는 건 거의 불가능해서 적격의 양부모가 나타날 때까지 아이를 이곳에서 지내게 해달라고 부탁했다. 루시 부부는 목사가 그 아이를 파수꾼으로 세워 넷째 아이의 임신을 방해하려 한다고 의심했지만 목사의 제안을 거부하는 순간 이 마을에서 떠나야 한다는 사실을 너무나도 잘 알고 있었기 때문에 어쩔 수 없이 승낙했다. 아이의 양육에 소요되는 비용 일체는 목사가 부담하기로 약속했다. 아이가 혼자 지낼 수 있는 방을 요구받았을 때, 루시 부부는 목사 역시 벨라 증후군을 전염병으로 여기고 있다고 확신했다. 그래서 고귀한 투숙객이 혼자서 식사를 마친 다음에야 루시는 자신의 아이들을 식탁으로 불러들였고 그를 씻긴 물을 받아두었다가 자신의 아이들을 씻겼다. 투숙객의 옷과 신발, 수건은 항상 뜨거운 물로 삶았고, 매일 두 번씩 방을 청소했으며, 자신의 아이들이 그 방 안으로 들어가지 못하게 했다. 자신이 맡긴 아이를 보러 목사는 일주일에 두 번 이상 예고도 없이 불쑥 들이닥쳤다. 목사가 자신을 아빠라고 부르는 아이에게 설교하는 동안 루시의 가족들은 두 시간 남짓 정원에 나가 있어야 했다. 목사가 떠나는 즉시 아이는 생기를 회복하고 루시의 가족과 스스럼없이 어울렸는데, 아직 어려서인지 그곳에 사는 사람들이 자신과 많이 다르다는 사실을 거의 알아차리지 못하는 것 같았다. 아이는 루시 부부가 잠시 한눈을 파는 사이에 셋째 아이에게 우유를 먹이고 기저귀를 갈아주었다. 둘째 아이에게 동화책을 소리 내어 읽어주었고 첫째 아이를 등에 태우고 네발로 방안을 기어다니기도 했다. 악몽에 시달릴 때는 루시 부부의 침대로 숨어들어와 루시를 껴안고 잠을 잤다. 새로운 식구 덕분에 루시 가족은 그동안 집안에서 결코 느낄 수 없었던 종류의 온기를 감지했다. 그래서 루시 부부는 어쩌면 자신들이 그 아이를 넷째 아이—나이로 따지자면 그 아이는 둘째 아이가 돼야 했다—로 입양할 수 있을지도 모른다는 희망을 품었다. 루시는 그 아이를 얻게 된다면 자신의 재산 절반을 교회에 헌납할 생각까지 했다. 하지만 부부의 희망은 곧 처참하게 파괴됐다. 어느 날 목사는 젊은 여자를 대동하고 나타나서는 자신이 맡긴 아이의 양부모가 될 사람이라고 소개했다. 부부는 실망감을 드러내지 않기 위해 이를 악물고 손으로 얼굴을 가렸다. 루시 부부의 눈에 그 여자는 아이를 키우기엔 너무 어려 보였다. 루시 부부와 아이들이 정원으로 나가자 목사는 아이에게 장난감 하나를 던져주면서 거실에 머물게 하고 여자와 함께 아이의 방으로 들어가 문을 걸어 잠그더니 한참 만에 잔뜩 상기된 얼굴로 나왔다. 목사와 여자가 떠나자마자 울기 시작한 아이는 저녁식사도 거른 채 밤

늦게까지 울음을 그치지 않았다. 아이는 그 젊은 여자를 어머니로 받아들일 생각이 추호도 없는 게 분명했다. 그래서 목사가 여자를 데리고 나타날 때마다 어린 늑대처럼 울부짖었으나, 루시 부부는 그저 귀를 막은 채 거위처럼 정원을 서성거렸을 뿐이었다. 목사의 설교 시간은 점점 길어졌다. 그들이 떠나고 집안으로 돌아온 루시 부부는 아이의 원망과 체념 섞인 시선을 애써 외면하는 게 너무 곤혹스러웠다. 정체 모를 이물감을 양치질로 닦아내려다가 문득 루시 부부는 그 아이와 목사가 동일한 유전자를 나눠 가졌을지도 모른다는 의심에 사로잡혔다. 어느 날부터 목사는 혼자서 루시의 집에 나타나기 시작했고 나중엔 목사마저도 이런저런 핑계를 들어 발길을 끊고 말았다. 목사의 아들과 루시 가족은 자신들의 일생에서 가장 행복한 시간을 반년 남짓 보냈다. 루시 부부는 마침내 그 아이를 넷째 아이로 받아들이기 위해 목사가 결코 거절하지 못할 제안을 준비했다. 하지만 한때 목사를 따라 루시의 집을 드나들던 젊은 여자가 변호사를 대동하고 교회에 찾아와서 목사와의 불륜 사실을 폭로하는 바람에 루시 가족은 눈앞의 행복을 빼앗기고 말았다. 목사는 불명예스런 상황을 피해 루시 부부의 집으로 달려와서는 아이를 낚아채듯 데려갔다. 아이는 잠옷 차림으로 집에서 사라졌고, 그뒤로 목사와 아이에 대한 소식은 전혀 들려오지 않았다. 그래도 루시 부부는 아이가 새벽에 악몽을 피해 그곳으로 돌아올 경우에 대비해 자신의 아이들이 그의 방에 들어가거나 물건을 만지지 못하도록 감시했다.

루시의 첫째 아이는 열 살이 되던 해에 이웃 소년과 사랑에 빠졌다. 하지만 소년은 사랑의 감정보다 호기심에 휘둘렸을 뿐이고, 자신보다 불우한 처지의 친구들에게 친절을 베풀어야 한다고 배운 대로 행동했다. 첫째 아이가 수줍게 사랑을 고백했을 때에도 소년은 대수롭지 않게 여겼다. 첫사랑은 어차피 현실에서 부화하지 못하는 무정란인데다가 그 소녀가 조만간 사춘기에 들어서게 된다면 자신의 행동을 저절로 부끄러워할 것이라고 생각했다. 하지만 소녀의 집착이 정상 수준을 넘어서자—그녀는 제 부모가 만든 사과잼과 차를 소년에게 매일 가져다주었고 소년의 가족은 집 안팎으로 몰려드는 벌레를 없애느라 소독 업체까지 불러야 했다—소년은 덜컥 겁이 나서 자신의 부모에게 도움을 요청하지 않을 수 없었다. 소년의 부모는 모욕을 당한 것처럼 분노했다. 하지만 루시 부부가 법적 소송과 언론플레이를 통해 막대한 재산을 모았다는 사실을 알게 되자, 소년의 부모는 저절로 찾아온 행운을 내치고 싶지 않았다. 그래서 처음엔 스토킹을 이유로 루시의 첫째 아이를 경찰에 신고한 뒤 막후에서 그녀의 부모와 협상할 계획을 세웠다. 하지만 소녀의 감정이 자신들의 예상보다 훨씬 진지하다는 사실을 확인한 소년의 부모는 소녀를 인질 삼아 더 많은 돈을 벌 수 있는 방법을 궁리했다. 그래서 소년의 부모는 루시 부부를 찾아와 아이들이 저지른 일탈에 대해 설명하고, 공개적으로 둘이 사랑을 키워갈 수 있는 환경을 함께 마련해주자고 제안했다. 루시 부부는 이웃의 수상한 제안을 거부했다. 하지만 자신의 첫째 아이가 부모의 결정에 반발해 자해를 시도하자 크게 놀랐다. 루시 부부는 첫째 아이의 양육 방법을 두고 결혼 후 처음으로 격렬하게 다퉜다. 벨라 증후군을 갖고 있는 루시는 첫째 아이가 정상적인 환경 속에서 자립할 수 있는 방법을 가르쳐줘야 한다고 생각한 반면, 남편은 자신의 아이들이 정상적인 생활을 하는 건 불가능하기 때문에 이웃들의 적의와 호기심으로부터 그들을 보호해줄 방법을 부모가 미리 마련해야 한다고 주장했다. 그러니까 루시는 첫째 아이에게도 장애가 없는 남자와 결혼할 기회가 찾아오길 희망했으나, 남편은 벨라 증후군을 갖고 있는 여자를 자신처럼 진심으로 사랑할 수 있는 남자는 세상에 거의 존재하지 않다는 사실을 아이들에게 똑똑히 알려주고 싶어했다. 하지만 한 달여간 지속된 냉전 끝에 루시가 결국 승리해, 소년은 매일 아침 루시의 집으로 찾아와 첫째 아이를 데리고 등교했고, 하교한 뒤에도 첫째 아이의 방에 머물면서 책을 읽거나 음악을 들었다. 소년의 부모가 소셜 네트워크를 통해 이 사실을 세상에 알리자, 황색 언론은 마치 남미의 노예해방을 위해 애쓴 예수회의 신부처럼 소년을 미화했고, 그는 가는 곳마다 또래 소녀들의 구애가 끊이지 않을 정도로 유명해졌다. 그중 한 소녀와 친구 이상의 관계까지 맺게 된 뒤로 소년은 이런저런 핑계를 둘러대면서 루시의 첫째 아이와 함께 학교에 드나드는 걸 피했는데, 이를 눈치챈 소년의 부모는 아들을 협박과 매질로 다스리면서 돈벌이의 기회를 지켜내려 했다. 그러자 소년은 루시의 첫째 아이를 학대했고 첫째 아이는 이 모든 고난이 소년을 의심하고 냉대하는 자신의 부모에게서 시작됐다고 믿어 더욱 격렬하게 저항했다. 루시 부부는 소년의 변심을 의심하고 있었지만 비극적 결말을 막기 위해 소년과 그의 부모에게 값비싼 선물을 보내 환심을 샀다. 소년과 그의 부모는 갈수록 더 많은 보상을 노골적으로 요구했고, 루시 부부가 예약해준 항공권과 호텔을 사용해 해외여행을 다녀오기도 했다. 그렇다고 염치가 전혀 없는 건 아니어서 소년의 부모는 루시의 첫째 아이를 자동차에 태우고 인근 바닷가로 데리고 갔는데, 생애 처음 바다를 본 첫째 아이가 발작을 일으키자 숙소 근처의 병원에 입원시킨 채 자신의 아들만 데리고 귀가했다. 첫째 아이가 앰뷸런스에 실려 루시의 집으로 돌아온 뒤에도 소년의 부모는 루시 부부에게 전화를 걸어 소녀의 상태를 지극히 사무적인 어조로 물었을 뿐 소년을 보내거나 자신들이 직접 찾아오지 않았다. 첫째 아이가 한 달 남짓 두문불출하면서 건강을 회복하는 동안 루시의 남편이 집안의 우울한 분위기를 바꿀 방법으로 생각한 것은 고작해서 넷째 아이였다. 공교롭게도 첫째 아이가 첫사랑에 빠진 무렵부터 루시 부부에게는 권태기가 찾아왔는데, 아내와 자식들에게 버림받을까봐 불안해하는 남편이 걱정돼 루시는 그의 제안을 즉각 거절하지 못하고 머뭇거렸다. 그때 첫째 아이가 나서서 부모에게 반대 의사를 분명하게 표시하는 게 아닌가. 갖가지 선물 공세에도 소년의 반응이 여전히 쌀쌀해서 크게 상심해 있던 첫째 아이는 자신의 부모가 더이상 아이를 낳을 게 아니라 이미 낳은 아이들의 양육에 집중해야 한다고 소리쳤다. 아이는 제 부모가 자신에게 대물림한 유전적 결함이 너무나도 부당한 폭력으로 여겨졌고, 인류 역사상 가장 잔혹한 부모에 의해 가장 처참하게 파괴된 피해자가 자신이라고 확신했다. 그래서 루시의 첫째 아이는 소년의 부모를 찾아가 도움을 요청했고 그들이 알선해준 변호사의 조언에 따라 제 부모를 상대로 소송을 제기했다. 처음에 루시 부부는 이를 사춘기 소녀의 엉뚱한 장난 정도로 여겼으나, 이 소식이 언론을 통해 널리 알려진 뒤 딸을 응원하는 자들의 숫자가 들불처럼 불어나자 위기감을 느끼고 전력으로 대응하지 않을 수 없었다.

루시의 첫째 아이는 자신의 어머니가 성스러운 투쟁을 통해 쟁취해낸 법적 성과 덕분에 자신 역시 어머니를 상대로 한 소송에서 승리할 것이라고 낙관했다. 그녀도 당장 '태어나지 않을 권리'를 주장함으로써 제 부모를 무력하게 만들 수 있었다. 하지만 루시 부부는 루시의 부모와 달리 마약과 같은 위안에 중독돼 자식의 양육에 소홀한 적이 없었기 때문에 루시의 첫째 아이, 또는 그녀의 변호사는 주정부를 상대로 보상금을 청구할 수 없었다. 첫째 아이의 저항을 사주하던 소년의 부모는 돈벌이 기회가 줄어들었다는 사실을 순순히 받아들이지 않고 거의 고문과 다를 바 없는 방식으로 첫째 아이를 추궁해 기억의 파편을 찾아냈다. 그들은 이를 의도적으로 조작해 그럴듯한 스토리를 만들어냈지만, 정당한 방법으로 취득하지 못한 증거는 설령 그것이 진실의 일부라고 하더라도 법정에서 오히려 자신들의 숨통을 찌를 칼로 이용될 수도 있다는 변호사의 반대 때문에 폐기해야 했다. 하지만 소송에서 완전히 패배해 전 재산을 탕진한 것으로도 모자라 이웃의 명예를 훼손하고 미성년자를 학대했다는 죄명으로 1년여의 실형까지 선고받게 되자 소년의 부모는 자신들이 불법적으로 취득한 정보를 신문사에 넘기는 조건으로 보석금을 마련했는데, 이 신문사 역시 루시 부부에 의해 피소돼 막대한 보상금을 지불해야 했다. 루시 부부는 보상금 전액을 벨라 증후군 연구 기금으로 대학병원에 기부함으로써 더이상 언론이나 이웃들이 자신의 가족을 괴롭히지 못하도록 조치했다. 그리고 첫째 아이와 화해하기 위해 넷째 아이의 출산 계획을 포기하겠다고 선언하는 한편, 출소 이후에도 딸을 조종하고 있는 소년의 부모를 찾아가 더이상의 갈등을 원하지 않는다는 의사를 분명하게 밝혔다. 하지만 첫째 아이나 소년의 부모 모두 복수의 욕망을 버리지 않았다는 사실을 확인하고 루시 부부는 또다시 법의 위엄을 빌려 상황을 정리하기로 결심했다. 루시 부부, 또는 그들의 변호사는 일단 첫째 아이에게 태어나지 않을 권리가 있다는 사실을 순순히 인정했다. 그리고 그 권리를 침해당한 첫째 아이가 상실감을 치유하고 자립에 필요한 능력을 갖추는 데 최대한 지원하겠다고 약속했다. 하지만 그 채무 관계는 엄연히 부모와 자식이 서로 해결해야 할 사항이지 자식의 애인과 그의 부모가 개입할 사항은 아니라고 명토 박았다. 벨라 증후군을 갖고 있는 첫째 아이가 자신의 권리를 스스로 행사할 수 없기에 소년의 부모가 대리인으로 나설 수밖에 없었다는 논리는, 벨라 증후군을 갖고 있는 자에게도 정상적인 인지능력과 판단력이 작동한다는 의학 논문을 인용해 간단히 제압했다. 하지만 슬프게도 오래전 이웃들이 자신들에게 적용하려고 했다가 실패했던 주장, 즉 자유민주주의 국가의 국민이라면 누구든 사랑할 권리를 빼앗기거나 제한당할 수 없으며 출산은 사랑의 자연스런 결과에 불과하지만 그 결과가 미풍양속이나 이웃들의 권리를 훼손할 위험이 있다면 공권력에 의해 적절히 통제돼야 한다는 주장을 모두에게 상기시키면서 자신들의 부주의 때문에 자식들이 입게 된 피해의 규모를 과장했다. 루시 부부의 생각이 완전히 바뀐 것인지, 아니면 법적 소송에서 승리하기 위해 그들의 변호사가 준비한 문서를 소리 내어 읽은 것인지 분간할 수 없는 이 고백은 결국 벨라 증후군을 가진 자는 이웃들의 배려와 도움 없이 생활할 수 없다는 편견을 유포하고 말았지만, 적어도 법적 소송에서 루시 부부가 유리한 위치를 선점하는 데 도움이 될 여론을 모아주었다. 이웃들이 언론사 앞에 자발적으로 몰려가서 루시 부부의 헌신에 대해 증언해주었고, 마을 교회에 새로 부임한 목사도 주일예배마다 루시 부부의 승리가 곧 하느님의 뜻이라는 사실을 교인들에게 각인시켰다. 한편 첫째 아이의 저항을 사주하던 소년과 그의 부모에 대한 부정적인 사실들이 봇물 터지듯 언론에 쏟아져나왔다. 결국 진정한 사랑이 거짓 사랑을 제압하고 말았도다—교회의 새로운 목사는 부모와 자식 간의 사랑이 연인 사이의 그것보다 더 강하고 진실하다고 설교하면서 하느님과 교인들을 부모와 자식에 비유했다—. 지루한 법적 절차를 처리하느라 루시의 남편은 하루종일 집밖에 머물러야 했고 루시는 집안에 박혀 두 아이—첫째 아이는 소년의 집에 머물렀다—를 돌봐야 했다. 농익은 사과는 나무에 매달린 채 썩어갔고, 정원은 잡초와 벌레들의 차지가 됐다. 마을의 불량한 청소년들은 그곳에 숨어들어와 사랑을 나누고 담배를 피우거나 술을 마셨다. 배가 고픈 자들은 사과를 따먹고 담벽에 오줌을 갈겼다. 루시 부부는 정원의 소란을 감지했지만 해코지를 걱정해 집밖으로 나가지 않았다. 1년여가량 이어진 소송이 모두 끝나고 첫째 아이가 집으로 돌아오자 루시 부부는 이틀 동안 집안에 처박혀 꼼짝도 하지 않았다. 사흘째 되던 날 오후, 루시 가족은 정원으로 나와 사과나무 앞에서 사진을 찍었다. 그리고 다음날 간단한 짐만 자동차에 싣고 어딘가로 떠나 두 번 다시 그곳으로 돌아오지 않았다.

언론사로부터 받은 보상금 전액을 벨라 증후군 연구 기금으로 대학병원에 기부했다는 뉴스가 그들과 관련된 마지막 흔적이었다. 그사이 마을 청소년들 사이에서 루시 부부의 집은 사랑과 일탈의 명소로 유명해졌다. 시청은 주민들의 원성에 등 떠밀려 루시 가족의 집을 구매해 마을 도서관으로 개조했다. 정원의 사과나무는 용케 자리를 지킬 수 있었으나 사과잼과 차를 만들 수 있을 만큼의 꽃과 열매를 잉태해내진 못했다. 사과나무를 맴돌면서 비틀스의 노래를 흥얼거리던 이웃들에겐 법적 소송을 통해 큰부자가 된 루시 가족을 조롱하려는 의도가 다분했다. Lucy in the sky with diamonds, Lucy in the sky with diamonds, Lucy in the sky with diamonds.

해설 | **박혜진**(문학평론가)

태어나지 않은 독자를 위한 책

김솔은 김솔은 김솔이다

지금으로부터 5년 전 출간된 김솔의 장편소설 『보편적 정신』(민음사, 2018)은 김솔이 창조하는 소설들의 보편 정신을 이룬다. 이 소설은 한 회사에 대해 말하고 있지만 어떤 회사도 그 개념에 부합하지 않는다. 그러나 어떤 회사도 특정되지 않는 동시에 모든 회사가 그 소설 속에 등장하는 회사일 수 있다. 모든 것이기에 아무것도 아니고 아무것도 아니지만 모든 것이다. 거트루드 스타인의 표현이 떠오른다. 장미는 장미는 장미다Rose is a rose is a rose is a rose. 보편으로서의 장미에 대한 이 독창적 표현은 김솔에 대해 말할 때에도 적용할 수 있다. '보편'은 김솔 소설의 주제의식이다.

김솔이 천착하는 핵심적 세계관으로서 보편은 그의 소설 전부를 관통하는 동시에 그 모든 소설들을 내포할 수 있다는 점에서 '보편적'이다. 그러나 그것이 단지 물리적, 물질적 보편만을 의미하진 않는다. 오히려 비물질적 세계를 현실화한다는 점에서 그의 보편은 보편을 초월하며 끊임없이 보편의 의미를 생성한다. 그가 추구하는 보편이란 무엇인가.

성경을 이루는 신약의 구조는 보편에 대한 오래된 이상을 제시한다. 예언서 형태인 구약과 달리 신약은 그리스도의 행적에 관한 기록물의 형태를 취하는데, 이때 기록의 주체인 마가, 누가, 요한, 마태는 저마다의 시선으로 자신이 체험한 그리스도를 묘사하기 때문에 세부적인 내용은 조금씩 다르다. 이러한 비일관적 기술은 기록의 주관성을 드러낸다는 점에서 그리스도의 존재를 불신하는 근거가 된다. 그러나 이는 동시에 그리스도의 존재를 입증하는 근거가 될 수도 있는데, 역사적 사실을 기록하는 데 있어 일관된 진술이야말로 그것이 만들어진 이야기, 즉 거짓임을 드러내는 증거이기 때문이다. 누구도 자신이 경험한 것을 타인과 동일하게 묘사할 수 없다. 부활한 예수가 예수인 동시에 예수가 아닌 모습으로 나타났던 것처럼 2000년 동안 읽혀온 텍스트로서 성경의 권위는 그 진술의 일관성과 비일관성의 공존에 근거한다.

신약의 복음서가 취하는 비결정론적 세계는 질서 중심의 근대적 세계관에 반하는 비합리적인 구조처럼 보인다. 기록의 대상이 신이 아니었다면 그러한 되풀이를 노출할 수 있는 대범한, 또는 무모한 편집은 불가능했을 것이다. 그러나 이 같은 비합리적인 구조는 현대문학에서는 흔하게 찾아볼 수 있다. 현대사회가 점점 더 파편화되고 있으며 사회의 구조를 따라 현대인의 인식 역시 파편화되고 있는 탓이다. 이를 반영하듯 전체에 대한 환상은 부분에 대한 리얼리티로 대체되고 있으며, 문학에 있어 현대화란 진술의 시대에서 묘사의 시대로의 이행에 다름 아니다. 묘사는 전체에 속하지 않으며 부분이라는 장르를 실현하는 미학적 방법론이다.

서사에 기반한 질서에서 의미를 도출하는 결정론적 세계관과 달리, 무질서 그 자체에서 의미를 찾는 비결정론적 세계관은 서사를 해체하고 부서진 틈에서 의미를 추출해낸다. 평행 이론이나 양자적 세계관이 비결정론적 세계관을 설명할 수 있는 이론으로 환영받는 것도 같은 맥락에서 이해할 수 있다. 바야흐로 어제의 보편은 오늘의 보편이 아니다. 단일한 것이 시공간을 압도하는 결정론적 보편은 쇠퇴하고 서로 다른 것들이 동시에 공존함으로써 무엇도 확정되지 않는 비결정론적 보편이 지금 우리의 삶에 더 가까이 다가와 있다. 「낙타의 세계」에서 살해당한 아내와 아들을 최초로 발견한 주인공은 그를 제외한 목격자나 증거가 없는 탓에 가장 강력한 용의자로 의심받는다. 그는 가족을 잃은 슬픈 피해자이면서 가족을 살해한 잔악한 가해자라는 모순을 동시에 안고 있는 존재다. 그의 모순은 그가 살아가는 세계의 본질을 드러낸다. 그가 살고 있는 곳은 “낙타의 세계”(102쪽)다. 그곳에서 “십계명처럼 널리 인용되는 불확정성의 원리”(같은 쪽)에 따르면 “어떤 원인이 진실 또는 거짓일 확률과 그로 인해 야기된 결과를 동시에 확정하는 게 불가능하기 때문에, 확정된 하나의 결과는 반드시 진실과 거짓을 동시에 동원해야만 그 원인을 완벽하게 설명할 수 있다”(102~103쪽). 『말하지 않는 책』을 읽는 동안 우리는 익숙한 “인간의 세계”(108쪽)에서 낯선 “낙타의 세계”(99쪽)로 건너간다. “단 오 분 동안만이라도 오로지 진실로만 가득 채워진 세계에서 살아보고 싶”(89쪽)은 마음으로.

성스러운 문맹

책은 비결정론적 세계관을 지지하는 사람들이 결정론적 세계관에 던지는 폭탄이다. “거짓”이 “인간의 발명품”(108쪽)인 것처럼 책 역시 또다른 현실을 증명하기 위한 인간의 발명품인 셈이다. 살아가는 데 폭탄이 필요하지 않은 것만큼이나 살아가는 데 책이 꼭 필요한 것은 아니다. 책이 삶에 미치는 영향이 있다면 그건 삶을 파괴하는 것뿐일 것이다. 책을 읽으면 그것을 읽고 있는 지금의 삶은 부서지고 그 자리에 새로운 삶이 들어선다. 김솔에게 책은 각기 다른 삶들이 공존하는 것이라는 점에서 일찍이 그가 추구하는 보편의 도구였다. 이 소설집에 대해 말하기 위해 책에 관한 세 편의 소설, 「말하지 않는 책」「우는 책」 그리고 「Little Boy」를 포석으로 두는 것은 자연스러운 결과이기도 하겠다.

어릴 때 싫었던 것이 어른이 되어 좋아지는 경우가 있다. 일례로 도시에 나가 살다가도 나이가 들면 자연으로 돌아가고자 하는 것을 들 수 있지 않을까. 그러나 세속화된 자연은 자연화된 세속일 뿐 우리가 원하는 자연 그 자체의 모습은 아니다. 대부분의 평범한 어른들이 꿈꾸는 것은 자연화된 세속이다. 따라서 그들이 돌아가고자 하는 곳이 자연으로서의 자연인지는 의심할 수밖에 없지만, 그럼에도 스스로 발명한 '거짓'에 지쳐 방황할 때 거짓 없는 진실의 세계로서 자연이 주는 경외감이 인간을 겸손하게 만든다는 점에는 의문의 여지가 없을 듯하다. 어른도 어른을 필요로 한다. 자연은 어른에게 필요한 어른이다.

어린 시절 나에게 가장 힘겨운 읽기의 대상은 신화였는데, 지금 나에게 가장 흥미로운 읽기의 대상도 신화다. 이 사실은 내가 이제 어른이 되었다는 하나의 신호처럼 느껴진다. 신화는 어른에게 필요한 어른이고, 어른이 되어서야 진가를 알아보게 되는 자연이기도 하다. 이번 소설집의 표제작 「말하지 않는 책」은 성스러운 문맹에 도달하는 수녀의 체험을 통해 책의 이상을 신화적 상상력으로 재구축하는 소설이다. 신화적 상상력의 핵심에는 '원형'을 향한 인간의 천착이 있다. 사회화된 것들, 세속화된 것들의 의미망을 알고 있는 사람만이 그것의 해체와 해체를 통해 기원에 도달하는 것에서 쾌락을 얻는다. 김솔의 소설이 구성에 집중하기보다 구성된 것의 해체와 해체된 것들의 파편에 집중하는 양상을 띠는 것은 김솔이 그것을 통해 기원을 탐색하기 때문이다. 그러나 그가 그 기원의 조각들을 이어 하나의 완성된 집을 짓는다고 볼 수는 없다. 그의 소설은 차라리 땅속의 뿌리와 같다. 뿌리는 뻗어나가며 다른 나무의 뿌리와 연결되는데, 그로써 땅 위에서 서로 다른 개체로 존재하는 나무들이 땅 밑에서는 생태학적으로 하나의 개체일 수 있으며 그 세계에서 연결은 수사학적 차원의 것이 아닌 실제의 것이 된다.

책이라는 것에 장르가 있다면 그것은 소멸일 것이다. 소멸이야말로 책의 이상이며 또한 책의 보편이다. 책의 소멸이란 언어를 통해 시작하지만 궁극에는 언어를 넘어서는 침묵으로 가능해지는 연결을 의미한다. 「말하지 않는 책」의 마르타 수녀는 누구에게도 라틴어를 배운 적 없지만 세 살 때 이미 『마태복음』을 술술 읽어 내려가던 천재 소녀였다. 그의 명석을 부정하는 사람도, 그의 명성에 무지한 사람도 없었다. 그런 그가 문맹에 이른 상황을 납득할 수 있는 사람이 없는 것은 당연하다. 사람들의 반응은 진실된 것이다. 왜냐하면 마르타 수녀의 문맹은 문자의 없음이 아니라 문자의 필요 없음을 의미하기 때문이다. 책의 이상이 문자를 이해하는 것이 아니라 더이상 문자를 필요로 하지 않는 상태라고 할 때

마르타 수녀는 문맹인 동시에 문맹이 아니다. 마르타 수녀는 성경을 읽은 뒤 자신이 읽은 것과 읽는 방법을 모두 잊고 '말하지 않는 책'을 만난다. 말하지 않는 책은 말이 필요 없는 책이다. 마르타 수녀는 문해가 지닌 도구적이고 일시적이며 자의적인 사용들 너머 절대적 언어로서의 침묵을 만난다. 마르타 수녀가 언어를 잃어갈수록 선명하게 가시화되는 건 폐허가 된 문해적 세계다.

침묵이 언어의 부재가 아니라 언어의 초월인 것처럼 소멸의 의미 또한 죽음만을 가리키지 않는다. 「퍼플 케이크—Walking Tree 2」에서 주인공과 함께 씨앗 가게를 운영하는 M은 자신이 나무로 변하고 있다고 생각한다. 주인공은 M의 자기 인식이 치료할 수 없는 차원의 병리적 현상이라고 생각한다. 김솔의 여느 소설들과 같이 우리는 이들의 이야기를 얼마쯤 허구적으로, 또 얼마쯤 사실적으로 읽게 되는데, 이때 주인공이 M의 여자친구에게 M이 식물로 변해가고 있다는 이야기를 전하며 주고받는 대화는 허구와 사실의 경계를 무화시킨다.

> "죽어가고 있나요?"
> "아니요, 그 반대로 너무 오래 살게 됐어요."(187쪽)

인간의 역사는 "짧은 고통과 긴 죽음"(「보이지 않는 왕관을 쓴 독재자」, 195쪽)의 연속이다. 나무로 변해가는 동시에 인간으로서는 소멸해가는 상상 속에서 긴 죽음과 긴 생명은 동일한 의미를 가진다. 한편 식물이 되어가는 것이 무의식에서 일어나는 일이라면 씨앗을 판매하는 것은 의식에서 벌어지는 일이다. 이 소설은 인간에서 식물로, 식물에서 씨앗으로, 가능성만이 존재하는 공존의 세계로, 말하자면 진실만이 가득한 세계로 존재를 소급해나간다. 그 끝에서 죽음과 생명은 포개어진다.

속된 문해

말하지 않는 책과 침묵의 언어라는 책의 이상과 달리 우리의 일상에는 선택되지 않는 언어들과 그로 인해 사용성을 잃고 폐기되어가는 언어들이 있다. 「퍼플 케이크」에서 2050년은 지구상에 존재하는 언어의 90퍼센트가 사라진 비관적인 미래로 언급된다. 이 간단한 설정은 우리에게 생각보다 큰, 그리고 구체적인 공포를 마주하게 한다. 비관적인 미래가 내포하는 것은 자연 파괴에 앞서 인간 문화의 파괴이며, 파괴되는 인간 문화는 그 시작도 끝도 언어일 것이라는 점에서 그러하다.

일찍이 언어는 철저하게 기능화된 도구로서 기능성에 의거해 그 존립이 결정되었다. 기능을 잃는 순간 소멸하는 것이 언어에 주어진 운명이었다. 고대 이집트에서 신이 선물했다는 상형문자와 사제들이 신의 이야기를 기록하기 위해 상형문자를 변형시켜 만든 신관문자, 그리고 민중에 의해 간이화된 민중문자 가운데 경제적 가치가 분명한 민중문자만이 살아남았다는 기록이 말해주는 것처럼 언어는 정치적, 사회적, 문화적, 경제적, 심리적인 환경 속에서 생로병사의 과정을 거치며 살아나가거나 죽어나간다. 서로 다른 언어들이 비결정적인 상태로 공존하는 것은 불가능에 가까운 일일까.

「말하지 않는 책」이 성스러운 문맹의 이상을 제시한다면 「우는 책」은 책을 기록하는 언어가 탄생하고 이식되고 소멸하는 과정을 보여준다. 작중에서 한글은 문자를 필요로 하는 국가에 이식되어 그 국민의 말을 기록하고 표현하는 수단으로 사용될 수도 있었으나 정치적인 이유로 좌절된다. 한편 스스로 언어를 만들어 언어 독립국을 이룬 한국은 훗날 영어와 한글을 공용어로 사용하게 된다. 하지만 머잖아 어떤 언어를 쓸 것이냐는 선택의 문제가 되고, 소설은 사람들로부터 선택받지 못한 한글이 자연 소멸의 과정을 거칠 것임을 예견한다. 기능화된 언어는 그 기능을 대체할 수 있는 도구의 출현과 함께 퇴출된다. 도구로서만 존재하는 언어는 그 효능이 다하는 순간 쉽게 사라지는 것이다. 도구 이상의 언어로 인해 가능했던 기록들도 함께. 일기와 같은 기록물의 형태를 지닌 소설의 구조는 역으로 글의 부재가 가져올 기록의 종말과 기록의 종말이 가져올 언어의 그림자를 가리켜 보인다.

P금속이 매장되어 있다는 이유로 P국으로 불리던 국가가 P금속을 수출하던 시기부터 P금속 대신 자유를 판매하며 "전 세계 인간들의 추악한 욕망을 처리하는 하치장"(221쪽)으로 기능하기까지의 흥망성쇠를 우화적으로 그리고 있는 소설 「보이지 않는 왕관을 쓴 독재자」에서 P국을 독재라는 "변덕과 궤변"(198쪽)으로, 곧 충동으로 지배했던 '보이지 않는 왕관을 쓴 독재자'를 직접 본 사람은 한 명도 없다. 그를 직접 봤다고 주장한 자들은 대부분 죽었고, 간신히 살아남은 자들도 자신이 본 것이 실재인지 환상인지 구별하지 못한다. 보이지 않는 왕관을 쓴 독재자는 보이지 않았던 것일까, 기록되지 않음으로써 보이지 않게 된 것일까. P국이 국가로서 기능하지 못하게 된 것은 영토가 없어서도 주권이 없어서도 아니다. 그곳에 국민이 거의 존재하지 않기 때문이다. 국민이 존재하지 않는다는 것은 기록하는 사람, 기억하는 사람이 존재하지 않는다는 것과 동일한 의미가 아닐까. 국가에 있어 언어의 소멸은 국민의 소멸과 동일한 결과를 낳을 수 있다. 충동에 의한 지배는 어떤 공존도 허락하지 않지만, 무엇보다 언어가 전제된 기록의 공존을 참지 못한다.

독자도 작가도 없는 책

"독자들은 거의 사라진 반면 작가들이 크게 늘어"(65쪽)난 상황을 배경으로 하는 「Little Boy」는 국민 없는 나라에 대한 또다른 비유가 된다. 책의 나라야말로 독자라는 국민이 존재하지 않음으로 인해 국가로서의 기능을 할 수 없을 지경에 이른 세계다. 독자는 찾아보기 힘들고 작가만 늘어나는 시대에 벌어지는 기이한 현상들과 그 이면을 그리고 있는 이 소설에서 작가의 정체는 모호하고 독자는 선명하다. 이러한 상황에서 막대한 부와 권력을 지닌 기업가 W회장이 자서전을 쓰기 위해 세 명의 고스트 라이터를 고용한다. 각각 시인과 소설가와 비평가인 그들은 자신 말고 고스트 라이터가 또 있다는 사실을 모른 채 독립적으로 자서전을 완성하고, 편집자로 고용된 '나'는 그것들을 편집해 한 권의 자서전을 만들어야 하는 임무를 부여받는다. 이 작업의 난관은 서사시와 대하소설과 학술 논문 사이에서 균형을 잡는 일이 아니다. 바로 라울 페레스의 추천사를 받는 것이다.

라울 페레스는 "한밤에 자신의 가족 일곱 명과 이웃 열여섯 명을 잔혹하게 죽이고 종신형을 선고받아 교도소에 갇혀 있는 범죄자"(64쪽)이자 "수만 명의 추종자를 거느린 스타 독자"(67쪽)다. 스타 작가의 시대가 아니라 스타 독자의 시대에 책 만드는 일에 대한 한 편의 블랙코미디인 이 소설은 작가와 독자의 위상이 바뀐

시대에 책의 운명을 결정짓는 것이 작가와 그가 쓴 책이 아니라 독자의 추천사가 된 상황과 그로 인해 몸값이 천정부지로 솟은 스타 독자의 실체가 알려진 것과는 전혀 다르다는 사실이 드러나는 과정을 위트와 풍자로 풀어나간다. 자서전 프로젝트가 보여주는 바, 모두가 작가여서 아무도 작가가 아닌 시대에는 독자도 독자가 아니다. 쓰지 않는 작가와 읽지 않는 독자의 시대에 편집자는 무엇을 선택하고 무엇을 버려야 할지 알 수 없는, 그야말로 난처하고 난감한 상황에 처한다.

기록은 자신의 운명을 알지 못한다. 어떤 일기는 법적 근거로 유무죄를 판단하는 자료가 되기도 하고 전시에 쓰인 일기는 승패에 대한 다른 서사를 제공해 전쟁에 미시사적인 의미를 부여하게 한다. 「노래를 들을 때」는 1995년 스레브레니차 학살 사건에서부터 1973년 칠레 쿠데타와 1982년 서울에 이르기까지, 역사적인 사건 한가운데에 존재해왔던 "몸속에서 노래가 흘러나오는 여자"(232쪽)에 관한 기록이다. 소설은 이로 인해 벌어지는 사건들 속에서 노래를 멈추지 못하는 여자의 상황을 통해 결정론적 세계관과 대비되는 비결정론적 세계관을 시청각이 풍요로운 이야기로 구성한다. 무엇이 될 것인지 알 수 없을 때 기록은 시작된다. 그러므로 기록은 무엇이든 될 수 있다는 가능성을 품고 있다. 가능성이 공존을 가능하게 하고 공존이 역사의 화음을 만든다. 이 화음이야말로 김솔이 추구하는 보편이고 보편으로서의 책이며 진실이다. 「노래를 들을 때」의 마지막 장면은 어떤 것도 선택되지 않은 상황에서 모든 것이 살아 있는 보편적 존재론에 대해 말하고 있는데, 이는 흡사 「낙타의 세계」에서 목격자인 동시에 가해자였던 남자를 떠올리게 한다. 보편을 실현하는 도구 왼편에 책이 있다면 오른쪽에는 노래가 있다. 노래는 형체 없이 침투해 수많은 형체와 결합한다.

> "난 당신의 피아노 맨이자 그 살인사건 현장에서 당신과 함께 사라진 유일한 목격자죠. 당신이 세이렌을 죽인 게 아니라, 반대로 세이렌이 당신을 죽인 거예요. 그리고 노래가 멈추면 당신의 육신은 그 즉시 부패하기 시작할 거예요. 벌써 악취가 흘러나오는 것 같아요. 그러니 마지막으로 이 노래를 함께 들어요."(249쪽)

다시 만난 책

신약과 구약은 서로를 보완하며 하나의 그리스도적 세계관을 완성한다. 김솔의 소설 역시 두 세계가 보합保合되는 양상을 보인다. 그런데 성경과는 그 구조가 상반된다. 구약의 추상적인 예언들이 세계관을 형성하고 신약의 구체적인 일화가 추상적 예언들을 증명하는 것이 성경의 구조라면 김솔 소설은 정확히 그와 반대로 구성된다. 김솔 소설에서 추상적 예언은 바로 그 보편에 있고, 구체적 일화는 세계관의 형성에 있다. 김솔의 소설에 독자 친화적이지 않은 면이 있는 듯 느껴진다면 그것은 김솔 소설이 독자들에게 제시하는 것이 그동안 생략된 형태로 주어지던 세계관에 관한 정보이기 때문일 것이다. 소설이 현실이 부재하는 상황에서 자신의 근거를 찾을 때, 공통된 세계의 부재는 소설가로 하여금 새로운 세계의 조립을 추동하게 만든다. 그것은 우리가 "낙천적인 결정론자로 퇴화"(「노래를 들을 때」, 247쪽)하지 않게 하기 위한 플롯이기도 하다.

「당장 사랑을 멈춰주세요, 제발」에서 유전병을 가지고 태어나 '태어나지 않을 권리'를 주장하던 루시는 훗날 아이를 갖게 된다. 아이도 유전병에 걸린 채 태어날지 모른다는 두려움에 떠는 루시는 이를 떨쳐내기 위한 갖가지 노력들, 이를테면 유병 가능성을 알아볼 수 있는 첨단의 검사라든가 모든 상황을 받아들이기 위해 신을 향해 올리는 기도처럼 상반된, 그러나 가능한 모든 종류의 노력을 기울이지만, 태어난 자식은 그 존재만으로 자신의 노력을 배반하고, 심지어 자신의 태어나지 않을 권리를 주장하며 다시 루시를 배반한다. 태어나지 않을 권리란 태어나지 않은 상태에 대한 권리이자 태어남으로 인해 발생하는 결정적 상황들에 대한 근본적 거부이며 부정이다. 계속해서 아이를 낳는 루시 부부에게 급기야 사랑을 멈춰달라고 할 때, 그 말에 내포된 바는 더이상의 '결정'을 멈춰달라는 것이다.

책은 비결정론을 지향한다. 책은 결코 하나의 상태에 머물러 있지 않다. 읽을 때마다 다른 감각과 다른 해석이 가능한 책은 읽는 사람과 상호작용하며 언제나 무엇이든 될 수 있는 씨앗으로 존재한다. 『말하지 않는 책』은 보편의 도구로서 책이 처한 위기를 증명하는 생생한 기록이자 책의 이상에 대한 아름다운 기도문이며 책을 읽고 쓰는 세계에 관한 인류학적 보고서다. 책이라는 비유를 통해 비결정적 세계관의 실재를 조각하는 이 소설집은 아직 태어나지 않은 독자를 위한 책이다. 태어나지 않은 독자는 아직 실패하지 않았다. 이 책은 다시 태어날 독자를 위해 쓰인, 아직 읽히지 않은 책이다.

김솔은 비평가를 위해 쓰지 않는다. 독자를 위해 쓰지도 않는다. 그는 태어나지 않은 독자를 위해 쓴다. 비평가를 위해 쓰지 않는 작가는 많다. 독자를 위해 쓰지 않는 작가라면, 그보다 많을 수는 없지만 역시나 흔하다고 할 수 있다. 그러나 태어나지 않은 독자를 위해 쓰는 작가는 희귀하다. 김솔은 내가 아는 가장 희귀한 작가이다. 모든 것이 있고 아무것도 없는 그의 소설은 너무나 보편적이어서 특수하고 전적으로 보편적이어서 경이롭다. 그의 소설을 읽는 행위는 읽는 사람을 태어나지 않은 독자로 만든다. "씨앗들은 발아하기 직전까지 어떤 운명도 부여받지 않는다"(「퍼플케이크」, 181쪽). 김솔의 소설은 발아하기 전의 씨앗이다. 아무것도 아닌 모습으로 모든 것이다.

작가의 말

책은 (전혀) 듣지 못한다는 약점을 감추기 위해 (끊임없이) 말을 건다. 진리는 문자에 (거의) 담기지 않고 여백에 (겨우) 담긴다는 진리를 정작 책은 (애써) 외면한다. (결코) 말하지 않겠다고 선언한 책조차도 사실은, (먼저) 말하진 않겠지만 누군가 (굳이) 말을 걸어온다면 (그 즉시) 대답하려고 (잔뜩) 벼르고 있다. 책에서 입을 떼어내고 귀를 달아준다고 한들 책은 고막을 울려서라도 (기어이) 말을 이어갈 태세다. 여기까지 (벌써) 도착했다면, 돌아가기엔 (이미) 늦었다. 이 책의 말을 (가깝게) 듣는 대신 이 책에 말을 (건성으로) 거는 독서법을 당신에게 (슬쩍) 추천하겠다. 나의 무명만큼이나 당신의 부재가 (늘) 고맙다.

2023년 6월

김솔

| 수록 작품 발표 지면 |

「말하지 않는 책」…… 『에픽』 2021년 1/2/3월호

「Little Boy」…… 문장 웹진 2022년 3월호

「낙타의 세계」…… 『에피』 2020년 14호

「우는 책」…… 『문학3』 2017년 3호(발표 당시 제목은 '진실의 푸른 강')

「퍼플 케이크—Walking Tree 2」…… 미발표작

「보이지 않는 왕관을 쓴 독재자」…… '코로나19, 예술로기록' 2022년 4월

「노래를 들을 때」…… 『문학과사회』 2016년 가을호

「당장 사랑을 멈춰주세요, 제발」…… 2021년 경기도 문학 창작기금 수혜작

문학동네 소설
말하지 않는 책

초판인쇄 2023년 6월 2일
초판발행 2023년 6월 16일

지은이 김솔
책임편집 서유선 | 편집 오윤 김내리
디자인 백주영 이원경 | 저작권 박지영 형소진 최은진 오서영
마케팅 정민호 김도윤 한민아 이민경 안남영 김수현 왕지경 황승현 김혜원
브랜딩 함유지 함근아 박민재 김희숙 고보미 정승민
제작 강신은 김동욱 임현식 | 제작처 한영문화사

펴낸곳 (주)문학동네 | 펴낸이 김소영
출판등록 1993년 10월 22일 제2003-000045호
주소 10881 경기도 파주시 회동길 210
전자우편 editor@munhak.com | 대표전화 031) 955-8888 | 팩스 031) 955-8855
문의전화 031) 955-2696(마케팅) 031) 955-8864(편집)
문학동네카페 http://cafe.naver.com/mhdn
인스타그램 @munhakdongne | 트위터 @munhakdongne
북클럽문학동네 http://bookclubmunhak.com

ISBN 978-89-546-9531-2 03810

www.munhak.com